AF159063

LUKAS ERLER

DAS LETZTE GRAB

EIN FALL FÜR CARLA WINTER

TROPEN

Tropen
www.tropen.de
© 2022 by J. G. Cotta'sche Buchhandlung Nachfolger GmbH,
gegr. 1659, Stuttgart
Alle Rechte vorbehalten
Cover: Zero-Media.net, München
unter Verwendung zweier Abbildungen von © Magdalena Russocka/
Trevillion Images (Frau) und © FinePic®, München (Hintergrund)
Gesetzt von C.H.Beck.Media.Solutions, Nördlingen
Gedruckt und gebunden von CPI – Clausen & Bosse, Leck
ISBN 978-3-608-50169-8
E-Book ISBN 978-3-608-11923-7

BAGDAD, APRIL 2003

Niemals zuvor hat er so viel Angst gehabt. Ahmad Khadim sitzt auf einem alten Stuhl in der Vorhalle des Nationalmuseums und lauscht der gespenstischen Stille. Normalerweise drängeln sich hier Besuchermassen und veranstalten einen Höllenlärm. Jetzt ist es im Gebäude völlig ruhig, und nur gelegentlich dringen gedämpfte Schreie und das Knattern vereinzelter Schüsse von der Straße herein.

Bald ist es so weit.

Die Kalaschnikow liegt quer über seinen Knien, aber sie beruhigt ihn nicht. Seit er aus dem Fenster gesehen hat, fürchtet er sich vor dem, was kommen wird.

Die Panzer auf dem Alawi-Platz sind verschwunden.

Er weiß, was das bedeutet.

Den verdammten Amerikanern ist das Museum scheißegal! Und allen anderen auch.

Mittags hat er von der Erstürmung des Al-Kindi-Hospitals gehört. Die Plünderer waren mit Gewehren bewaffnet. Sie haben Patienten aus den Betten gezerrt und die Matratzen mitgenommen, Nachttische, Kopfkissen, Stühle, Schläuche, alles.

Wenn sie vor dem Krankenhaus nicht zurückgeschreckt sind, werden sie auch das Museum nicht verschonen.

Und wenn er sich ihnen entgegenstellt? Gewiss, der Wert all dessen, was das Museum beherbergt, ist unermesslich, aber lohnt es sich, dafür zu sterben? Wer kümmert sich um seinen Sohn, wenn ihm etwas zustößt? Hamed ist ein Hitzkopf, der bei jeder

Dummheit mitmacht. Stolz hat er zu Hause erzählt, wie seine Freunde und er die Statue vor dem Palestine Hotel mit Schuhen und Hämmern bearbeitet haben. Wie sie versuchten, Saddam Hussein mit einem Strick um den Hals zu Fall zu bringen, und am Ende doch die Hilfe der Eindringlinge nötig war, um den verhassten Hundesohn in den Staub zu zwingen. Was für eine Schande.

Wieder wandert sein Blick durch die gähnend leere Halle. Alle haben das sinkende Schiff verlassen. Der Direktor und die anderen Vorgesetzten sind gestern durch einen der Hintereingänge geflohen, als die Kämpfe näher kamen und nebenan Granaten einschlugen. Jetzt ist er allein verantwortlich für 170 000 Kostbarkeiten. Ausgerechnet er. Ein Wächter aus der Ausgrabungsabteilung. Mit vier Jahren Schulbildung und Gicht in den Gliedern. Ausgemergelt und fast sechzig Jahre alt.

Warum haut er nicht auch ab? Aber wohin? Er denkt an seine elende Wohnung in Sadr City und bleibt sitzen.

Dann sieht er die ersten Plünderer. Drei junge Männer, gut genährt und stark. Sie sind durch das Hauptportal hereingekommen und schlendern lässig auf ihn zu. Als sie näher kommen, hebt er die Kalaschnikow und zielt auf ihre Bäuche.

»Halt!«, sagt er. »Keinen Schritt weiter!«

Tatsächlich bleiben sie stehen, starren ihn verwundert an und wechseln ein paar ratlose Blicke. Er hat noch nie auf einen Menschen geschossen, und so Allah gnädig ist, wird das auch niemals geschehen, aber er hofft inständig, dass ihm diese Friedfertigkeit nicht ins Gesicht geschrieben steht.

Die Männer drehen sich um und trotten wortlos davon, alhamdu li-llāh! Vielleicht hat er Glück.

Hat er nicht. Eine halbe Stunde später sind sie wieder da und haben zwanzig Freunde mitgebracht. Wieder bleiben sie stehen, als er das Gewehr in Anschlag bringt, aber er sieht auch, dass er sie diesmal nicht aufhalten wird. Sie fangen an, ihn zu umringen, er dreht sich mit, versucht Blickkontakt zu Einzelnen zu halten und starrt in wütende, entschlossene Gesichter.

Die Männer um ihn herum haben keine Schusswaffen, sondern Hämmer und Eisenstangen mitgebracht und Schubkarren für ihre Beute. Es werden immer mehr. Sie haben die vor Tagen zugemauerten Nebeneingänge aufgebrochen und strömen jetzt in die große Vorhalle, mindestens einhundert Menschen.

Wieder fuchtelt er mit dem Gewehr herum, schimpft, schreit die Männer an. Er appelliert an ihren Anstand, an ihre Furcht vor Allah, dem Allmächtigen, er bittet, er fleht. Die Menge lacht ihn aus und umschließt ihn enger.

Jetzt hat er so viel Angst, dass er nicht mehr klar denken kann. Er reckt das Gewehr in die Höhe und jagt einen kurzen Feuerstoß in die Decke. Die Meute verstummt. Für einen winzigen Augenblick ist es vollkommen still. Dann entbrennt ein anschwellendes Wutgeheul. Zwei Männer springen ihn an und reißen ihm die Waffe aus der Hand. Sie schlagen ihm damit ins Gesicht, sein Kiefer bricht mit einem trockenen Knacken, dem ein entsetzlicher Schmerz folgt. Er geht zu Boden und landet auf den Knien. Von allen Seiten hagelt es Tritte und Schläge. Ein schwerer Schuh trifft sein Ohr, sein Schädel explodiert, und er weiß, dass er auf diesem Fußboden sterben wird.

Doch Allah steht ihm bei.

Bevor er das Bewusstsein verliert, ertönt aus der Menge heraus eine helle, gebieterische Stimme. Wie durch einen blutigen Nebel hört er Worte, ohne ihre Bedeutung zu erfassen, und erwartet den letzten, tödlichen Tritt, doch der kommt nicht. Die Tortur hat ein Ende. Ungläubig öffnet er die Augen und erblickt eine irritierend fremdartige Gestalt.

Der Mann, der sich zu ihm hinunterbeugt, ist noch jung, vielleicht Mitte zwanzig. Er trägt Jeans und eine helle Jacke. Um den Hals hat er eine Kufiya geschlungen, das Tuch der Palästinenser, und auf seinem Kopf sitzt eine schwarze Mütze mit dem Emblem der Al-Mustansiriyya-Universität. Er spricht Arabisch mit irakischem Akzent, aber seine blauen Augen und der kurzgeschnittene blonde Bart verraten, dass er Ausländer ist.

»Steh auf und geh hier weg«, sagt der Mann und streckt ihm die Hände entgegen. »Sonst bist du verloren!«

Ahmad Khadim kommt mühsam auf die Beine und fällt sofort wieder hin. Sein Körper scheint nur aus Schmerz zu bestehen, und sein Gesicht fühlt sich an, als sei es nach rechts verrutscht. Tränen laufen seine Wangen hinunter, doch er spürt sie nicht. In wenigen Sekunden hat er mehr Schläge und Tritte eingesteckt als in den vergangenen sechzig Jahren seines Lebens. Mag sein, dass sich sein Körper davon erholt, sein Stolz wird es nicht.

Noch einmal hilft ihm jemand hoch. Schwankend steht er inmitten der abwartenden Menge, die jetzt eine Gasse bildet und ihn durchlässt, als der Fremde erneut einen Befehl bellt. Mit zitternden Knien erreicht Ahmad Khadim das Hauptportal, während hinter ihm das Inferno losbricht. Er hört gellende Triumphschreie, das Krachen eingetretener Türen und das Rattern seiner Kalaschnikow. Und über allen Geräuschen das Klirren der zersplitternden Vitrinen. Er wankt hinaus auf den Vorplatz, kniet nieder und hält sich die Ohren zu. Kann es irgendeinen Zweifel geben? Der Allmächtige hat ein Wunder geschehen lassen. Allah hat ihn behütet und der Menge befohlen, diesem Ausländer zu gehorchen. Wie sollte es anders gewesen sein. Al-hamdu li-llāh!

اجتنب مصاحبة الكذاب فإن اضطررت
إليه فلا تُصَدِّقهُ

Vermeide den Umgang mit Lügnern,
aber wenn du das nicht kannst, glaube ihnen nicht.

ARABISCHES SPRICHWORT

FRANKFURT AM MAIN, IM MÄRZ 2019

EINS

I see a little silhouetto of a man, Scaramouch, Scaramouch, will you do the Fandango, Thunderbolt and lightning, very, very frightening me ...
    Carla schreckt aus dem Tiefschlaf hoch und verflucht Freddie Mercurys glasklare Schalmeienstimme. Ihre Neffen haben »Bohemian Rhapsody« als Klingelton für das neue Handy ausgesucht und schon hundertmal versprochen, den Song gegen irgendwas Sanftes von Frank Sinatra auszutauschen. Sie wirft einen Blick auf die andere Bettseite, wo die Gestalt unter der Decke sich keinen Millimeter gerührt hat, und greift dann nach dem Telefon. Das Display zeigt die Nummer ihrer Kanzlei und die Uhrzeit.
    »Verdammt, Mathilde! Es ist 9 Uhr! Ich habe doch gesagt, dass ich heute erst um zwölf komme. Sie könnten auch noch zu Hause sein. Was machen Sie im Büro?«
    »Arbeiten. Für mich ist Freitag immer noch ein Werktag.« Die Stimme ihrer Sekretärin klingt geschmeidig und arrogant wie immer. »Und es ist gut, dass ich hier bin. Sie haben nämlich Besuch.«
    »Von wem?«
    »Da kommen Sie nie drauf. Ein Herr vom türkischen Generalkonsulat will Sie unbedingt sprechen. In einer äußerst wichtigen Angelegenheit. Behauptet er jedenfalls. Ich habe versucht, ihn abzuwimmeln, aber er hat darauf bestanden, dass ich Sie anrufe.«
    Carla Winter hält den Atem an und versucht das Hämmern in ihrem Kopf zu ignorieren. Der Kater ist überirdisch und lässt ihre

Hand leicht zittern. Sie kann sich nur einen Grund vorstellen, warum das türkische Konsulat sich für sie interessiert: Asan Ekincis. Scheiße!

»Ich bin in vierzig Minuten da. Sagen Sie ihm das!«

Ihre Sekretärin legt kommentarlos auf. Carla bleibt auf der Bettkante sitzen und starrt auf das Telefon. Schließlich steht sie auf, um ins Bad zu gehen.

»Dein Ernst?«

Sie dreht sich zu dem Mann um, mit dem sie die Nacht verbracht hat. Er hat sich aufgerichtet, stützt den Kopf mit dem Ellenbogen ab und starrt sie halb verärgert, halb gekränkt an. Carla muss sich eingestehen, dass sie seinen Namen nicht weiß. Entweder vergessen oder gar nicht danach gefragt. Jedenfalls sieht er gut aus. Groß, blond, Dreitagebart. Ein Surfer-Typ. Es war nicht nötig gewesen, ihn sich schönzutrinken. Was sie nicht davon abgehalten hat.

»Tut mir leid, ich muss in die Kanzlei.«

»Was ist mit Frühstück?«

Carla kniet sich auf die Bettkante und küsst ihn. »Träum einfach weiter, und wenn das böse Erwachen kommt, machst du dir einen Kaffee und fährst nach Hause.«

Sich zu ihm hinunterzubeugen, verursacht eine heftige Übelkeit. Rasch entzieht sie sich seiner Umarmung und streift einen Bademantel über. Als sie die Schlafzimmertür hinter sich schließt, hört sie ihn leise fluchen. Trotz ihrer schlechten Laune und der Kopfschmerzen muss sie grinsen.

Duschen, Zähne putzen, Aspirin schlucken, anziehen, ein Hauch von Make-up, dann steht sie kurz sinnierend vor dem Kleiderschrank. Hat ein unangemeldeter Besucher, der vermutlich kein Geld einbringt, Anspruch auf standesgemäße Anwaltskleidung? Sie schüttelt den Kopf, was den Schmerz darin erneut aufflammen lässt, und schlüpft in Jeans und Pullover.

Frage Nummer zwei: Soll sie wirklich ohne Kaffee aus dem Haus gehen? Schweren Herzens entscheidet sie sich dafür. Wenn ihre

Vermutung zutrifft, wartet möglicherweise Ärger auf sie. Irgendetwas sagt ihr, dass es keine gute Idee ist, den Mann allzu lange warten zu lassen. Das türkische Konsulat hat ihr schon einmal eine Menge Probleme beschert. Sie tritt ins Freie und inhaliert die kalte und feuchte Märzluft. Der graue, wolkenverhangene Himmel scheint das Tageslicht zu verschlucken. Laut Wetterbericht steht die nächste Regenfront unmittelbar bevor.

Der Tag fängt beschissen an und wird exakt so enden. Einen winzigen Moment lang überlegt sie, einfach umzukehren. Zurück ins Bett zu Wie-heißt-er-noch. Wärme, entspannter Sex und anschließend zwei Stunden Tiefschlaf. Rausschmeißen kann sie ihn auch später noch.

Will sie aber nicht. Es macht ihr keinen Spaß, es wirklich auszusprechen. Sie hofft, dass der Mann in ihrem Bett genug Verstand hat, zu kapieren, dass dieser gemeinsamen Nacht keine weiteren folgen werden, und sein Stolz ihm rät, zu verschwinden, bevor sie zurückkommt. Leise zieht sie die Haustür zu, geht ein paar Schritte die Einfahrt hinunter und schließt den kleinen Audi auf, den sie zu Weihnachten angeschafft hat. Er riecht immer noch fabrikneu, was Carla, die vorher ihr ganzes Leben lang nur Gebrauchtwagen gefahren ist, äußerst faszinierend findet.

Wenig später fädelt sie sich in den schon sehr dichten morgendlichen Verkehr ein und fährt in Richtung Innenstadt. Sie muss daran denken, dass sie schon einmal einen Anruf aus dem türkischen Generalkonsulat erhalten hat. Einen sehr erbosten Anruf. Nachdem sie für den Kurden Asan Ekincis einen Freispruch erwirkt hatte. Was um Himmels willen hat der Mann diesmal angestellt?

ZWEI

Ihre kleine Kanzlei liegt im fünften Stock eines Bürogebäudes, das Gott sei Dank über einen Fahrstuhl und eine Tiefgarage verfügt. Sie fährt mit dem Lift nach oben, zögert kurz und reißt dann die Tür zum Büro ihrer Sekretärin auf.

Mathilde schaut sie an und runzelt missbilligend die Stirn.

»Oh!«, sagt sie.

»Wie wär's mit ›Guten Morgen‹?«

»Sie sehen ziemlich ... derangiert aus.« Mathilde beherrscht die Kunst der schonenden Abwertung perfekt.

»Das entspricht genau meiner Mörderlaune. Die Sie übrigens ausbaden dürfen, wenn Sie so weitermachen.«

Eine leere Drohung, wie beide wissen. Mathilde Stein ist die beste Sekretärin, die Carla je hatte. Clever, fantastisch organisiert, enorm fleißig und hemmungslos unverschämt. Sie zeigt mit dem Daumen auf die Tür hinter sich.

»Er sitzt im Besprechungsraum eins. Ein sehr gutaussehender Mann. Erinnert mich an Doktor Schiwago? Sie hätten sich ruhig ein bisschen zurecht...« Mathilde deutet den Gesichtsausdruck ihrer Chefin offenbar richtig und schenkt sich den Rest des Satzes.

Carla schluckt ihren Ärger hinunter und öffnet die Tür zum Besprechungsraum. Ihr Besucher steht höflich auf, als sie mit ausgestreckter Hand auf ihn zugeht.

»Günaydın! Tut mir leid, dass Sie warten mussten.«

Er ist groß, elegant gekleidet und sieht tatsächlich gut aus. Aber er lächelt nicht. »Frau Winter. Auch Ihnen einen guten Morgen. Wie geht es Ihnen? Mein Name ist Ömer Sahin, ich komme vom türkischen Generalkonsulat hier in Frankfurt. Bitte entschuldigen Sie, dass ich so unangemeldet hereinplatze. Aber es handelt sich um eine wichtige Angelegenheit.«

Carla nickt. Der Mann wirkt kühl und ernst, aber nicht feindselig, als er in einem Sessel Platz nimmt. Carla setzt sich ebenfalls und lässt sich Zeit mit der Antwort. Der Schmerz in ihrem Kopf ist auf dem Rückzug. Bald wird sie wieder klar denken können.

»Kein Problem«, sagt sie schließlich und überlegt, ob sie ihrem Gast einen Kaffee anbieten soll. Sie selbst könnte jedenfalls einen vertragen, aber sie möchte Mathilde jetzt nicht um etwas bitten, und im Grunde hat sie auch keine Lust, höflich zu sein. Zum Teufel mit dem diplomatischen Geplänkel. »Ich bin ausgesprochen neugierig zu erfahren, was Sie zu mir führt. So früh und so dringend. Es geht doch hoffentlich nicht noch einmal um Asan Ekincis?«

Carlas Gegenüber hebt die Augenbrauen und scheint angesichts ihrer Direktheit ein wenig unangenehm berührt zu sein. Sie hat ein Thema angesprochen, das innerhalb von drei Sätzen eskalieren kann. Scheinbar möchte er das nicht, aber er kann ihre Bemerkung auch nicht einfach so passieren lassen.

»Sie wissen schon, was für ein Mann das ist, den Sie damals vertreten haben?«

»Sie meinen, womit er sein Geld verdient? Sicher, das weiß ich. Drogenhandel, Glücksspiel, Schutzgelderpressung und einiges mehr. Die Liste ist lang und eindrucksvoll.«

»Was Sie offenbar nicht gestört hat.«

»Doch, schon. Nur dass er bei der Sache mit dem illegalen Tabak für die Shisha-Bars tatsächlich unschuldig war. Sie erinnern sich daran, dass zwei Duisburger Ermittler die Beweise manipuliert hatten? Was offensichtlich *Sie* nicht gestört hat. Für das Konsulat war nur wichtig, dass manche kurdischen Clans im Ruhrgebiet Anteile ihrer Einkünfte der PKK zukommen lassen und somit in

Ihren Augen Terrorismus finanzieren. Und deutsche Anwälte ihnen angeblich dabei helfen.«

»Was zweifellos der Fall ist.«

»Mag sein. Es gibt nur keine Beweise dafür, und ich habe mir diese Vorwürfe jetzt auch oft genug angehört. Sind Sie wirklich deswegen gekommen?«

Der türkische Beamte schüttelt langsam den Kopf, und sein Gesicht zeigt einen betrübten Ausdruck, den Carla nicht deuten kann. Er scheint nicht recht zu wissen, wie er beginnen soll, was ihn offenbar nervös macht. Sie wirft einen dezenten Blick auf ihre Armbanduhr, und ihr Besucher gibt sich einen Ruck.

»Nein, es geht nicht um Asan Ekincis.«

»Sondern?«

»Sagt Ihnen der Name Felix Winter etwas?«

Carla zuckt zusammen und vergisst vor Überraschung das Atmen. Mit allem hat sie gerechnet, aber diese Frage trifft sie unvorbereitet wie ein heimtückischer Schlag in den Magen. Eine Extradosis Adrenalin schießt durch ihren Kreislauf, und auch der Kopfschmerz ist sofort wieder da.

Ihr Besucher sieht besorgt aus. »Ist Ihnen nicht gut?«

»Doch, geht schon.« Carla reißt sich zusammen. »Ich war mal mit einem Felix Winter verheiratet. Vor etlichen Jahren.«

Sieben, um genau zu sein. Im Februar ist die Scheidung sieben Jahre her gewesen. Sie hat kein verdammtes Detail vergessen. Was hat dieser türkische Beamte mit ihrem Exmann zu tun? Und wie kann es sein, dass in ihrem Gehirn nach so vielen Jahren immer noch alle Warnlichter aufblinken, wenn auch nur Felix' Name fällt?

»Ich habe möglicherweise eine sehr schlechte Nachricht für Sie. Je nachdem, wie nahe Sie sich noch gestanden haben.«

Carla wischt ihre schwitzenden Hände an der Jeans ab. »Was ist passiert?«

»Vor zehn Tagen ist ein deutscher Staatsbürger bei einem schweren Autounfall in der Türkei ums Leben gekommen. In Anatolien, nahe der syrischen Grenze. Sein Wagen ist auf einer Landstraße bei Mardin von der Fahrbahn abgekommen und anschließend völlig ausgebrannt. Keine Zeugen, keine Hinweise auf Fremdverschulden. Wir haben Grund zu der Annahme, dass ...«

»... der Fahrer des Autos Felix Winter war?«

Ömer Sahin nickt. »Leider ja. Obwohl er bis zur Unkenntlichkeit verbrannt ist. Die Gegend dort ist recht einsam, es hat Stunden gedauert, bis jemand den Unfall gemeldet hat. Zu löschen gab es nichts mehr.«

»Wie konnten sie wissen, wer der Mann ist?«

»Ausweispapiere wurden nicht gefunden. Falls er welche mit sich führte, sind sie verbrannt. Die Polizei konnte jedoch das Autowrack als Leihwagen identifizieren. Das Fahrzeug war sechs Tage vorher von einem Ausländer, der sehr gut Arabisch und Türkisch sprach, angemietet worden. Er hat der Mietwagenfirma einen Pass und einen internationalen Führerschein vorgelegt. Beide Dokumente wurden fotokopiert. Sie weisen ihren Inhaber als einen Deutschen namens Felix Winter aus. Die Behörden in Mardin haben uns die Kopien geschickt.«

Carla nickt. Selbstbeherrschung ist keine ihrer Stärken, und lange wird sie nicht mehr durchhalten. Im Grunde sind nur zwei erbarmungslose Wörter wirklich zu ihr durchgedrungen, doch die schnüren ihre Kehle zu und erzeugen im Kopf ein weißes Rauschen: *verbrannt* und *Unkenntlichkeit*.

»Darf ich Ihnen die Kopien zeigen?«

Wieder nickt sie nur.

Der türkische Beamte streckt ihr zwei DIN-A4-Blätter entgegen. Sie nimmt sie nicht in die Hand, das braucht sie nicht, um Felix auf den Passfotos zu erkennen.

»Ja«, sagt sie.

Ömer Sahin steckt die Blätter wieder in seine Aktentasche.

Carla räuspert sich. »Wie sind Sie auf mich gekommen?«

»Die Behörden in Anatolien wussten nach Abschluss der Untersuchungen nicht, was mit dem Leichnam geschehen sollte. Also haben sie die deutsche Botschaft in Ankara angerufen, und die hat versucht herauszufinden, ob ein Herr Felix Winter hier Familienangehörige hat, die eine Beisetzung in Deutschland wünschen und für die Überführung aufkommen möchten. Die Suche nach nahen Verwandten verlief allerdings ergebnislos. Nur Ihre Eheschließung und Scheidung waren amtlich registriert. Normalerweise hätten wir es den deutschen Behörden überlassen, Sie zu informieren, aber da Sie hier in Frankfurt leben und wir schon einmal miteinander zu tun hatten, wurde ich gebeten, die traurige Nachricht persönlich zu übermitteln.«

»Danke.«

»Und, werden Sie es machen?«

»Was?«

»Die Kosten für die Überführung des Leichnams und seine Bestattung in Deutschland übernehmen?«

Carla zögert nur kurz. »Natürlich.«

Der türkische Beamte wirkt erleichtert. »Dann muss ich Sie bitten, diese Verpflichtungserklärung zu unterschreiben. Den Rest organisiert das Konsulat. Wir unterrichten Sie über die Details und die genaue Ankunftszeit.«

Er reicht ihr ein Formular, und sie unterschreibt es, ohne auch nur eine Zeile gelesen zu haben. Er verstaut das Blatt in seiner Tasche und scheint es jetzt sehr eilig zu haben.

»Ich muss mich verabschieden und möchte Ihnen auch im Namen des türkischen Generalkonsulats mein herzliches Beileid ausdrücken. Leben Sie wohl, Madame.« Diesmal verzichtet er auf den Handschlag und hat sich bereits zur Tür gewandt, die er offen stehen lässt, als er mit einer kurzen Bemerkung zu Mathilde verschwindet.

Carla bleibt einfach sitzen und rührt sich nicht. »Noch mal danke«, sagt sie tonlos, obwohl sie weiß, dass ihr Besucher längst weg ist. Tränen laufen ihr die Wangen hinunter, während ihre Gedanken in die Vergangenheit rasen und nicht wissen, an welcher Stelle sie anhalten sollen.

Wie immer landen sie im Jahr 2008. Ihr Schicksalsjahr, in dem alles gut wurde. Zumindest hat sie es damals so gesehen. In diesem Jahr hat die vornehme Kanzlei Sterneis, Hooge & Partner ihren befristeten Arbeitsvertrag in einen unbefristeten umgewandelt und ihr Gehalt kräftig erhöht. Und am selben Tag, der zufällig ihr einunddreißigster Geburtstag war, hat Felix ihr den Antrag gemacht. Ein grandioses Timing. Auf eine feierliche und altmodische Weise hat er um ihre Hand angehalten, was sie rührend und unwiderstehlich fand. Allerdings hätte sie ihn auch genommen, wenn er einfach »Wie wär's mit Heiraten?« gesagt hätte.

Keinen Augenblick hat sie gezögert. Alles war perfekt. Ein exzellent bezahlter Job und der großartigste Ehemann unter der Sonne. Was wollte sie mehr? Na ja, schön wäre gewesen, wenn ihre Familie Carlas Begeisterung für den Auserwählten geteilt hätte. Unbegreiflicherweise war das nicht der Fall. Sie hatte Felix bei einer Familienfeier vorgestellt, und es war ein Fiasko geworden. Ihre Schwestern hatten ihn ungeniert nach Herkunft, Beruf, Verdienst, Zukunftsplänen, Kinderwunsch und Gesundheitszustand befragt, und Felix hatte nur mit seinem Ingenieur-Diplom und dem Fachgebiet Meerwasserentsalzung überzeugen können. Bei allen anderen Punkten waren seine Antworten ein wenig vage ausgefallen. Carla fand das Verhör so peinlich, dass sie es schließlich abgebrochen hatte. Dennoch war das Urteil ihrer Schwestern einhellig: »Er hat die ganze Zeit herumgeeiert!«

Ihre Eltern waren ebenfalls nicht erfreut gewesen. Ihre Mutter, die auf dem Weg von der Melancholie in die Depression damals schon ein gutes Stück vorangekommen war, hatte nur traurig gelächelt. »Also, hübsch ist er schon.« Ihr Vater hatte offen ausgesprochen, was alle dachten: »Tut mir leid, Liebes, aber das ist definitiv kein Mann zum Heiraten.« *Was für eine gequirlte Scheiße.* Die Ignoranz ihrer Familie hatte sie unfassbar wütend gemacht. Warum konnte niemand sehen, was sie sah? Vor ihr lag ein fantastisches Leben mit einem wunderbaren Mann.

Felix war humorvoll, einfallsreich und gutaussehend, und die ersten zwei Jahre ihrer Ehe hatte Carla in vollen Zügen genossen, obwohl er so viel unterwegs war. Sie hatte sich nach ihm gesehnt, wenn er manchmal zwei Monate lang wegblieb, und die langen Phasen des Alleinseins waren schwer auszuhalten, doch auch sie hatte viel gearbeitet und war auf dem besten Weg gewesen, eine erfolgreiche Wirtschaftsanwältin zu werden. Vor allem aber hatte sie restlos darauf vertraut, dass er mit der Zeit sesshafter werden würde und sie nur etwas Geduld haben müsste.

Dann musste irgendetwas geschehen sein, über das er nicht sprechen wollte. Er blieb länger und länger fort und entfernte sich auch emotional immer mehr von Carla. Eine Art Riss schien durch ihre Beziehung zu gehen und Felix immer mehr von ihr zu entfremden. Vermutlich hatte er eine andere Frau kennengelernt. Dieser Gedanke war sofort in Carlas Kopf aufgetaucht und hatte sich dort mit zahlreichen Widerhaken festgesetzt. Irgendwann hatte sie den Verdacht als Gewissheit betrachtet, obwohl es nie einen Beweis gab. Wenn sie Felix gegenüber etwas in dieser Richtung andeutete, war er wütend und verletzt gewesen. Er hatte ihr dann von extremem beruflichem Stress erzählt, von nervenzermürbenden Verhandlungen mit arabischen Regierungsstellen, internationalem Konkurrenzkampf und dergleichen mehr. Und immer schwor er, dass es nur sie gab. Sie hatte zugehört und versucht, ihm zu glauben. Hatte sich eingeredet, dass er den Nahen Osten und das ewige Herumreisen irgendwann satthaben und mit ihr und zwei Kindern in ein gemütliches Haus am Taunusrand ziehen würde.

Allerdings deutete nichts in seinem Verhalten auf eine solche Absicht hin. Stattdessen war er im dritten Ehejahr von seinen

Auslandsreisen immer seltener und unwilliger nach Frankfurt zurückgekehrt und zum Schluss über einen Monat lang überhaupt nicht mehr erreichbar gewesen. Damals hatte sie begriffen, dass ihr Ehemann bei aller Liebenswürdigkeit in erster Linie ein narzisstischer Abenteurer und Herumtreiber war, der sich niemals ändern würde. Furchtlos, sprachbegabt, notorisch unzuverlässig und völlig unberechenbar. Kein schlechter Mensch, der andere absichtlich verletzte, sondern jemand, der außerstande war, wegen der Bedürfnisse eines anderen auch nur einen Millimeter von seinen eigenen Plänen abzurücken. Was im Ergebnis auf das Gleiche hinauslief.

Also hatte sie nach knapp vier Jahren Ehe die Reißleine gezogen und den Gedanken an eine gemeinsame Zukunft begraben. Kein Haus, keine Kinder, kein Vorgarten. Nicht mal ein verdammter Hund. Zum Glück! Am Telefon hatte sie Felix das endgültige Aus mitgeteilt, und er hatte nicht den geringsten Versuch unternommen, sie umzustimmen. Dafür hatte sie ihn gehasst.

Und nun war er in einem Auto in Anatolien verbrannt. Was für eine elende Scheiße.

»Alles okay mit Ihnen?« Mathilde ist hinter ihr im Türrahmen aufgetaucht, und in ihrer Stimme schwingt tatsächlich so etwas wie Anteilnahme mit.

Carla zieht den Rotz hoch und wischt sich die Tränen aus den Augen. »Mein Exmann ist tot.«

»Was?!« Ihrer Sekretärin scheinen einen Moment lang die Worte zu fehlen, aber wie immer ist dieser Moment kurz. »Das tut mir leid«, sagt sie. »Ist er in der Türkei gestorben?«

»Ja.«

»Und es kommt jemand vom Konsulat hierher, um Ihnen das persönlich mitzuteilen?«

»Ja, sehr freundlich, oder?«

Mathilde schweigt eine Weile. »Mhm ...«, sagt sie dann, »und sehr, sehr ungewöhnlich. Die Herrschaften haben doch gegenüber den Medien damals behauptet, Sie seien so was wie die Hausanwältin der kriminellen Kurdenclans im Ruhrgebiet.«

»Das ist vier Jahre her.«

»Hat Ihnen der Tote noch etwas bedeutet?«

Carla zögert. »Ich weiß es nicht«, sagt sie schließlich. »Ich glaube, er war der, der es gewesen wäre.«

DREI

Konzentrier dich, verdammt! Wenn sie nicht langsamer fährt, wird sie noch vor Felix auf einem deutschen Friedhof landen. Die Rückfahrt zu ihrer Wohnung kommt ihr endlos lang vor, weil ihre Tränen unaufhörlich fließen und sie mit den Gedanken bei ihm ist. Wie mag er in den letzten Jahren ausgesehen haben? Immer noch blond und schlaksig? Mit diesem herausfordernden Grinsen? Auf den schwarzweißen Passfotos, die man ihr gezeigt hat, war nicht viel zu erkennen gewesen.

Und zum Schluss hat es ja auch keine Rolle mehr gespielt. *Bis zur Unkenntlichkeit verbrannt*, hat Doktor Schiwago gesagt. Sie wird diese niederschmetternden Worte nicht mehr aus dem Kopf bekommen. An einer roten Ampel fährt sie beinahe auf den Wagen vor ihr auf und nimmt beim Rechtsabbiegen erst im letzten Augenblick einen Radfahrer wahr, der sich mit einem wütenden Tritt gegen ihre Beifahrertür revanchiert.

Warum nimmt Felix' Tod sie so mit? Seit der Scheidung haben sie, abgesehen von einem kurzen Telefonat, keinen Kontakt mehr gehabt. Aber sie hat oft an ihn gedacht. In den ersten Jahren voller Groll, Enttäuschung und Selbstzweifel. Als diese Emotionen schwächer wurden, waren auch ein paar schöne Erinnerungen zurückgekehrt, doch nach und nach war er immer seltener in ihrem Kopf aufgetaucht. Die Sache war gelaufen. Schluss, aus, abgehakt! Felix war, wie er war, und er hatte in ihrem Leben nichts mehr zu suchen. Zumindest hat sie sich das so zurechtgelegt. Was also soll die verdammte Heulerei?

Eine Woche nach ihrer Heirat hatte er einen Vertrag bei einem Kraftwerksbetreiber in Dubai unterschrieben, dessen gigantische Meerwasserentsalzungsanlage täglich Millionen Liter Frischwasser aus dem Persischen Golf gewann, und einen Monat nach der Hochzeitsreise war er dort hingeflogen. Sie hatte keine Vorstellung gehabt, was ein Projektmanager genau tat, aber offenbar ließ ihm die Firma viele Freiheiten und vor allem Zeit zum Reisen. Lange hatte sie sich nichts dabei gedacht, wenn sie Anrufe und SMS aus Ländern bekam, in denen es gar keine Wasserentsalzungsprojekte gab. Auf jeden Fall verdiente er gut. Pünktlich zum Ersten jedes Monats hatte *Jebel Ali Power and Desalination Plant* eine stattliche Summe auf ihr Frankfurter Konto überwiesen, und wenn er zu ihr zurückkehrte, hatten sie das Geld zusammen mit vollen Händen ausgegeben. Das waren die schönen Zeiten in ihrer Ehe gewesen. Wenn er *zurückkam*.

Der Regen hat wieder eingesetzt und macht den Scheibenwischern des Audi schwer zu schaffen. Die erheblich verschlechterte Sicht stresst sie zusätzlich.

Als sie den Wagen schließlich vor ihrem Haus im Nordend parkt, ist sie in Schweiß gebadet. Sie steigt nicht gleich aus, sondern bleibt noch einen Augenblick im Auto sitzen, um ihre Nerven zu beruhigen.

Hoffentlich ist der Typ aus ihrem Bett verschwunden. Eigentlich müsste er wach genug gewesen sein, um begriffen zu haben, dass sie ihn bei ihrer Rückkehr nicht mehr antreffen will. Sich auch noch mit einem gekränkten und anhänglichen Liebhaber herumzuschlagen ist so ziemlich das Letzte, wonach ihr der Sinn steht.

Was sie jetzt wirklich braucht, ist ein heißes Bad. Allein sein, mit niemandem reden müssen, nicht mehr an Felix denken. Und Kaffee. Viel Kaffee. Vielleicht einen Film ansehen. Und nicht mehr an Felix denken. Sie schaut durch das Seitenfenster hinaus in den strömenden Regen. Das wird noch ewig so weitergehen. Fluchend öffnet sie die Fahrertür, sprintet die zwanzig Meter bis zum Haus und wird trotzdem komplett durchnässt, weil das Türschloss etwas schwergängig ist und sie wie immer den Schlüssel verkantet und drei Anläufe braucht, um die Tür zu öffnen. Im Flur streift sie die Schuhe und ihre klatschnasse Jacke ab, schüttelt die triefenden Haare wie ein Hund – und sieht die Kommode.

Alle Schubladen sind bis etwa zur Hälfte herausgezogen, und ihr Inhalt ist auf dem Boden verteilt.

Dieser Dreckskerl!

VIER

Er hat es nicht verkraftet, ein One-Night-Stand zu sein. Ein Mann, der nach dem Sex ohne Trara wieder zu verschwinden hat. Offensichtlich war das zu viel für sein kostbares Ego, und bevor er abgehauen ist ... Was für ein mieses Arschloch.

Sie geht ein paar Schritte weiter und wirft einen Blick in Bad und Küche, die beide vom Flur abzweigen. Auch hier ein Bild der Verwüstung. Schranktüren wurden geöffnet und Schubladen herausgerissen, Geschirr, Besteck, Kosmetikartikel auf den Boden geworfen. Wohn- und Schlafzimmer bieten den gleichen Anblick. Er hat außerdem die Sessel und das Sofa aufgeschlitzt. Der Teppich ist übersät mit dicken Bündeln des Füllmaterials.

Mit geballten Fäusten steht sie mitten im Zimmer. Immer noch nass und zitternd vor Kälte und Wut. Schließlich holt sie ihr Handy heraus und beginnt, das Chaos zu fotografieren. Nach zwanzig Fotos fragt sie sich, warum sie das eigentlich tut. Ihre Wohnung ist ein Tatort. Die Polizei wird mehr als genug Fotos schießen und jede Kleinigkeit dokumentieren. Sie muss sie nur rufen und den Drecksack anzeigen. Noch während ihr dieser Gedanke durch den Kopf schießt, bemerkt sie, dass er einen gewaltigen Haken hat.

Sie kann das Schwein nicht anzeigen, weil sie seinen Namen nicht weiß. Um genau zu sein, weiß sie überhaupt nichts über ihn. Sie könnte der Polizei den Pub in Sachsenhausen nennen, wo sie ihn abgeschleppt hat, aber was soll das bringen? Wie groß ist die Chance, dass er dort namentlich bekannt ist? Oder sich jemand an ihn erinnert. Die irische Kneipe ist rappelvoll gewesen, wie beinahe jede Nacht. Das Guinness floss in Strömen, es gab Livemusik und Karaoke. Niemand wird ein knutschendes Paar in der hintersten Ecke des Pubs beachtet haben.

Und da ist noch ein weiterer Punkt, an den Carla bisher nicht gedacht hat und der ihr unmittelbar Übelkeit verursacht. Wenn die Polizei sich diese Schweinerei hier ansieht und sie den Surferboy anzeigt, muss sie einräumen, dass sie die Nacht mit einem Mann verbracht hat, von dem sie nicht einmal den Namen kennt. Und der halb so alt ist wie sie selbst. Es braucht nicht viel Fantasie, um sich die Blicke und das anzügliche Grinsen der Beamten vorzustellen. Klar, wenn sie ein *Mann* Anfang vierzig wäre, der eine Zwanzigjährige mit nach Hause genommen hätte, sähe die Sache anders aus ...

Scheißegal! Sie ist Single, erwachsen und in jeder Hinsicht unabhängig. Sie kann schlafen, mit wem sie will.

Stimmt. Allerdings kann sie nur schwer einschätzen, wie sehr ihr diese Geschichte beruflich schaden würde, wenn sie die Runde macht. Und das wird sie. Die Bullen werden sie genüsslich weitererzählen, und sie weiß, dass auch die Frankfurter Juristenszene ein redseliger Haufen ist. Gegen den Tratsch wird sie völlig wehrlos sein.

Ihr Magen hat angefangen im Zehnsekundenrhythmus zu krampfen. Als sie merkt, dass ihr schwindlig wird, setzt sie sich vorsichtig auf den Fußboden und beginnt mit den Fingerspitzen ihre Schläfen zu massieren. Sie muss das hier zu Ende denken, eine Entscheidung treffen.

Soll sie auf eine Anzeige verzichten? Wenn sie das tut, wird sie keinen Cent von der Versicherung sehen. Kommt nicht in Frage. Die Polizei rauszuhalten, ist keine Option. Aber was, wenn sie den Typen verschweigt? Den One-Night-Stand einfach unter den Tisch fallenlässt. Das ginge vielleicht. Jemand ist während ihrer Abwesenheit in ihr Haus eingedrungen, hat keine Wertgegenstände gefunden und aus Frust alles verwüstet. Ein Wohnungseinbruch mit Vandalismus. Keine wirklich gute Geschichte, aber eine, die funktionieren könnte. Trotz der fehlenden Einbruchsspuren an der Haustür?

Wieder fängt sie an zu zittern. Sie muss endlich raus aus den nassen Sachen. Mühsam kommt sie auf die Beine, schleppt sich ins Bad und zieht sich aus. Sie schlüpft unter die Dusche, und während sich der kleine Raum mit Wasserdampf füllt, betrachtet sie ihr rasch undeutlicher werdendes Spiegelbild. Die dunklen, kurzgeschnittenen Haare, die gerade Nase, der breite Mund. Ein schmales, irgendwie androgynes Gesicht, das viele Männer ausgesprochen attraktiv finden. Felix hatte behauptet, sie sähe aus wie Jamie Lee Curtis in *Ein Fisch namens Wanda.* Vor zehn Jahren vielleicht, denkt sie mit einem Anflug von Bitterkeit und registriert mit einem Seitenblick, dass sogar der Deckel des Wasserkastens an der Toilette entfernt wurde. Was für eine blinde, krankhafte Wut muss hier am Werk gewesen sein.

Als das Wasser nach fünfzehn Minuten abzukühlen beginnt, trocknet sie sich ab und streift einen Bademantel über. Sie hat entschieden, wie es jetzt weitergeht. Schritt für Schritt. Sie wird sich etwas Bequemes anziehen, ihre Haare föhnen und die Polizei verständigen. Und dann die Einbruchsversion vortragen, in der das Arschloch nicht auftaucht. Es tut ihr leid, ihn einfach so davonkommen zu lassen, aber es geht nicht anders.

Wenn die Bullen alles aufgenommen haben, lässt sie den ganzen verdammten Mist hinter sich und fährt übers Wochenende zu ihrer Schwester nach Mainz.

Barfuß geht sie ins Schlafzimmer und öffnet den Kleiderschrank. Als die Tür aufschwingt, weiß sie, dass alles anders kommen wird.

FÜNF

Jemand hat ihn mit großer Kraft in den Schrank gestopft. Dorthin, wo die Jacken und Blusen auf Bügeln hängen.
Ihr Gast von heute Nacht trägt nur ein T-Shirt, und die Nacktheit zwischen seinen Beinen wirkt im Tod abstoßend und obszön. Sein Kopf ist extrem nach rechts verdreht, sodass sie ihm nicht wirklich ins Gesicht schauen kann, aber dennoch nimmt sie etwas von dem Entsetzen wahr, das seine Züge im Augenblick des Todes gezeichnet hat. Die aufgerissenen blutunterlaufenen Augen und der weit geöffnete Mund, den vielleicht kein Schrei mehr verlassen hat. Der getrocknete Blutfaden, der sich von seiner aufgeplatzten Unterlippe aus in den blonden Bartstoppeln auf dem Kinn verliert.
Sie weiß, dass er tot ist, ohne ihn anzufassen oder den Puls zu fühlen. Es braucht keinerlei medizinische Kenntnisse, um zu sehen, dass die abartige Verdrehung seines Kopfes mit dem Leben nicht vereinbar ist. Und dass sich kein Mensch auf der Welt so etwas selbst antun könnte. Ihr erster Impuls ist, die Schranktür wieder zuzuschlagen. Sie will das nicht sehen, will nicht wahrhaben, was einem Menschen zugefügt wurde, dessen Wärme und Leidenschaft sie vor weniger als zwölf Stunden noch genossen hat. Auch wenn er ihr ansonsten herzlich egal gewesen war.
In diesem Augenblick realisiert sie die ganze Wucht und Tragweite dessen, was sie da sieht. Was es *bedeutet:* Während sie die Nachricht vom Tod ihres Exmannes bekommen hat, ist jemand in ihr *Haus* eingedrungen und hat ihren Liebhaber ermordet. In *ihrem*

Haus, großer Gott! Vermutlich, weil er ihn gestört hat bei dem, was er vorhatte. Und das war nicht einfach die Ruinierung der Wohnungseinrichtung gewesen. Sie sieht den abgeschraubten Deckel des Wasserkastens ihrer Toilettenspülung vor sich. Kein Vandalismus. Der Mörder hat etwas gesucht.

In ihrem Kopf ist wieder dieses Rauschen, das immer lauter wird. Ihr Herzschlag beschleunigt noch einmal, und im Brustkorb breitet sich ein sengender Schmerz aus. Vorsichtig geht sie in die Hocke, kniet sich dann hin und übergibt sich vor dem Kleiderschrank. Ausgiebig und immer wieder.

Als nur noch Galle kommt, wählt sie den Polizeinotruf.

SECHS

Die erste, vorläufige Vernehmung findet in ihrem Arbeitszimmer im oberen Stockwerk statt, in dem zwar alles durcheinandergebracht, aber nichts zerstört wurde. Die Kriminaltechniker sind schon hier gewesen. Carla setzt sich hinter ihren Schreibtisch und versucht, nicht an den Mann im Schrank zu denken. Ein Polizeibeamter, der sich als Kriminalhauptkommissar Rossmüller vorstellt, nimmt ihr gegenüber Platz. Seine uniformierte Kollegin hockt sich auf einen Stuhl in der Ecke und zückt einen Notizblock.

»Sind Sie einverstanden, dass unser Gespräch aufgezeichnet wird?«

»Ja, sicher.«

Der Beamte auf der anderen Seite des Schreibtisches spricht das Datum, den Ort der Vernehmung, seinen eigenen Namen und den seiner Kollegin ins Mikrofon und richtet es dann wieder auf Carla aus.

»Nennen Sie bitte für das Protokoll Ihren vollständigen Namen, Ihre Anschrift und Ihren Beruf.«

»Carla Marie Winter. Geborene Bellmann. Wohnhaft in der Gabelsbergerstraße 15. Ich bin Rechtsanwältin. Strafverteidigerin, um genau zu sein. Hier in Frankfurt.«

Sie ist müde und abgenervt, was man ihrer Stimme anmerkt. Eineinhalb Stunden sind vergangen, seit sie die Schranktür geöffnet hat. Neunzig Minuten, in denen ihr Leben komplett aus den Fugen geraten ist.

Sie haben das volle Programm durchgezogen. Ein Notarztteam,

das nach einem Blick auf den Toten gleich wieder abgerückt ist, eine übellaunige Gerichtsmedizinerin, Kriminaltechnik, Spurensicherung. Und sie sind noch lange nicht fertig.

Zum zweiten Mal an diesem Tag wird ihr Haus auf den Kopf gestellt. Von Männern und Frauen in futuristischen Plastikoveralls, die alles Mögliche fotografieren, untersuchen, bepinseln und eintüten. Eine routinierte Maschinerie, die weitgehend ohne Anweisungen und Gequatsche auszukommen scheint. Alle wissen, was zu tun ist, und niemand hat sich für Carla interessiert. Bis jetzt.

»Familienstand?«

»Geschieden. Ich habe den Namen meines Exmannes behalten.«

Der Beamte ihr gegenüber nickt und ordnet irgendwelche Unterlagen vor sich auf dem Tisch. Er ist Mitte fünfzig und übergewichtig. »Wir haben bei dem Opfer keine Ausweispapiere gefunden. Wer ist er?«

»Das weiß ich nicht.«

Ihr Gegenüber runzelt die Stirn. »Das müssen Sie mir erklären. Wenn Sie den Mann nicht kennen ... was war der Grund, warum er bei Ihnen war?«

»Geschlechtsverkehr.«

Mit Genugtuung registriert sie, wie er zusammenzuckt. Sie hat genug Zeit gehabt, sich diese maximal offensive Antwort zurechtzulegen. Auf gar keinen Fall lässt sie sich von irgendeiner Moralwachtel in Uniform an die Wand drängen. Wenn es unvermeidlich ist, dass die Fakten auf den Tisch kommen, wird sie das selbst erledigen.

Der Polizist bringt seine Gesichtszüge wieder unter Kontrolle. »Okay. Bitte erzählen Sie mir, wie alles abgelaufen ist.«

Carla nickt. »Ich habe den Mann gestern Abend im O'Dwyer's kennengelernt. Er hat mir gefallen. Wir haben was getrunken und sind dann gegen Viertel nach eins mit dem Taxi zu mir gefahren.«

»Und er hat sich Ihnen gar nicht vorgestellt?«

»Falls er mir seinen Namen genannt hat, habe ich ihn vergessen.«

»Hatten Sie keine Bedenken, einen völlig Fremden nachts in Ihr Haus mitzunehmen?«

»Ich bin nicht besonders ängstlich. Er war eine gute Wahl. Alles bestens. Heute Morgen bekam ich dann gegen 9 Uhr einen Anruf von meiner Sekretärin, die mich bat, in die Kanzlei zu kommen. Also habe ich meinem Gast gesagt, er solle sich einen Kaffee machen und danach nicht auf mich warten. Ich hatte nicht die Absicht, ihn wiederzusehen.«

»Sie haben ihn abserviert?«

»Finden Sie, ich hätte ihn behalten sollen?«

Der Beamte verzieht das Gesicht. »Wie hat er es aufgenommen?«

»Enttäuscht. Ich glaube, er hatte sich mehr vorgestellt.«

»Warum mussten Sie so dringend in Ihre Kanzlei?«

»Im Büro wartete jemand vom türkischen Generalkonsulat, der mir mitgeteilt hat, dass mein Exmann in Anatolien einen tödlichen Unfall hatte.«

»Ach du Scheiße«, sagt der Bulle. Es klingt durchaus mitfühlend.

Carla nickt schweigend.

»War das eine schlimme Nachricht für Sie?«

»Ja, verdammt!«

Die schlichte und emotionale Antwort scheint ihn zu überraschen. »Nach dem Gespräch mit dem Konsulatsangehörigen sind Sie nach Hause zurückgekehrt?«

»Ja. Als ich dann die verwüstete Wohnung gesehen habe, dachte ich, das sei mein Gast gewesen. Ich war stinkwütend!«

»Wann war das?«

Carla überlegt. »Ich war um kurz vor zehn in der Kanzlei und gegen 10:30 Uhr da wieder raus. Also etwa Viertel nach elf.«

»Wann haben Sie die Leiche entdeckt?«

»Wenig später. Bevor ich die Polizei rief, wollte ich mich umziehen. Also habe ich den Schrank aufgemacht ...«

Sie kann das Zittern nicht ganz aus ihrer Stimme heraushalten. Einen winzigen Moment bekommt die coole Fassade einen Riss, was dem Polizisten nicht entgeht. Dann hat sie sich wieder im Griff.

»Das Erbrochene vor dem Kleiderschrank ist von Ihnen?«

»Ja.«

»Der Anblick hat Ihnen zu schaffen gemacht?«

»Ihnen nicht?«

Der Beamte zögert mit der Antwort. »Doch!«, sagt er dann. »So etwas habe ich noch nie gesehen.«

»Sie meinen seinen Kopf?«

»Unsere Pathologin will sich noch nicht festlegen. Aber für mich sieht es so aus, als hätte ihm jemand mit enormer Kraft buchstäblich den Hals umgedreht.«

»Damit scheide ich wohl als Verdächtige aus.«

»Wir hatten Sie nicht in Verdacht. Aber natürlich werden wir Ihre Angaben überprüfen. Zuerst müssen wir jedoch die Identität des Opfers klären.«

»Wie gesagt, da kann ich leider nicht helfen.«

»Ich bin überrascht, wie jung er war.«

Carla nickt. Sie hat sich schon gefragt, wann das Thema zur Sprache kommt. »Ja«, sagt sie, »er war wesentlich jünger als Sie. Und schlanker!«

Dieses Mal scheint der Kommissar richtig wütend zu werden, aber er nimmt sich zusammen. »Was, denken Sie, ist hier geschehen?«

»Ich hab gehofft, *Sie* erklären es mir.«

»Kommen Sie morgen Nachmittag auf unsere Dienststelle. Zweites Polizeirevier, Mercatorstraße 50. Dann wissen wir schon mehr. Sie unterschreiben das Protokoll, und alles geht seinen Gang.«

»Morgen ist Samstag.«

Der Beamte lächelt müde. »Na und?«

Drei Stunden später sind alle raus. Carla geht noch einmal durch die Räume, nimmt jede Einzelheit des Chaos in sich auf und fühlt sich von Minute zu Minute elender. Auch sie wird nicht hierbleiben. Nicht heute und auch die nächsten Tage nicht. Nicht, solange die Türschlösser nicht ausgetauscht sind. Und danach? Einen Augenblick lang überlegt sie, in ein Hotel zu ziehen, aber jetzt allein in einem Zimmer zu hocken, kommt nicht in Frage. Die einzig vernünftige Möglichkeit ist die, an die sie vorhin schon gedacht hat. Sie wird nach Mainz fahren und ein paar Tage bei ihrer Schwester wohnen. Familie tanken, mit ihren Neffen Stud Poker spielen und die Nerven beruhigen. Bloß raus hier!

Alles, was im Haus zu tun ist, hat Zeit bis morgen. Morgen kehrt sie für ein paar Stunden hierher zurück. Ellen hilft ihr bestimmt beim Aufräumen. Vielleicht kommen auch die Jungs mit. Die sind ausgesprochen kräftig, was sehr nützlich wäre. Sie muss den verdammten Kleiderschrank loswerden. Nie wieder wird sie ihn ohne Angst öffnen können.

Sie greift nach dem Telefon und wählt die Mainzer Nummer. Ellen wird zu Hause sein. Von den drei Bellmann-Schwestern ist sie diejenige, die zuverlässig zu Hause ist. Und immer sofort ans Telefon geht.

»Hallo Carla«, sagt sie. »Wie schön, dass du mal anrufst.«

Die warme und mütterliche Stimme mit dem mild vorwurfsvollen Unterton hat die erwartete beruhigende Wirkung auf Carla.

»Kann ich eine Weile bei euch wohnen?«

»Klar! Wir freuen uns. Ich koch was Schönes, und wir machen es uns gemütlich. Du hörst dich ja schrecklich an. Ist wer gestorben?«

»Zwei«, sagt Carla.

SIEBEN

Als die Haustür geöffnet wird, schlägt Carla ein Höllenlärm entgegen. Zwei unterschiedliche Sorten Hip-Hop aus zwei Zimmern vereinen sich im Hausflur zu einer unbeschreiblichen Kakophonie von stampfenden Rhythmen, fetten Bässen und großmäuligen Punchlines: *Ich mach dir Feuer unterm Arsch ganz ohne Holzfällen – du gehst baden und ich reite auf Erfolgswellen!*

Ellen umarmt und küsst sie, umfasst dann ihre Schultern und hält sie auf Armeslänge von sich. »Große Güte, wie siehst du denn aus?«

Carla muss wegen des Lärms den Satz praktisch von ihren Lippen ablesen und findet, dass ihre Schwester gelegentlich durchaus Ähnlichkeit mit Mathilde hat. Sie umarmt Ellen noch einmal. »Ich erzähle dir nachher alles. Lass mich erst mal ankommen.«

Ellen dreht sich um und schreit in den Flur: »Tom und Chris! Carla ist da!«

Der Hip-Hop-Krawall erstirbt und wird von einem donnernden Getrampel abgelöst, als beide Neffen die Treppe heruntertoben. Nette Jungs! Zwanzig und zweiundzwanzig, groß, blond, charakterlich sehr verschieden, aber in einem Punkt völlig einig: Was keinen Krach macht, macht auch keinen Spaß!

Ellen kann es kaum erwarten, dass die beiden eigene Wege gehen, aber alle Versuche, sie auszuwildern, sind bislang gescheitert. Chris studiert an der Mainzer Uni, und der jüngere, Tom, macht eine Ausbildung zum Physiotherapeuten. Beides lässt sich vom Hotel Mama aus offenbar bestens bewerkstelligen.

Carla genießt sowohl die stürmische Begrüßung als auch die köstlichen Aromen, die aus der Küche strömen. Ellen kocht traditionell und gutbürgerlich, aber auf einem Niveau, das seinesgleichen sucht. Wer erfahren möchte, wie rheinischer Sauerbraten und Rinderrouladen schmecken *können*, wenn man's *kann*, ist hier genau richtig. Das ganze Haus riecht absolut himmlisch.

»Hast du Geld zum Verlieren mitgebracht?«, will Chris wissen. Eine kleine Anspielung auf die letzte Pokerrunde, bei der die Jungs sie gnadenlos abgezogen haben.

Carla lächelt so höhnisch wie möglich. »Ich habe hundert Euro dabei, von denen ihr keinen Cent sehen werdet.«

»Schauen wir mal!«

»Zuerst wird gegessen«, sagt Ellen.

»Unbedingt«, grinst Tom. »Wenn sie satt ist, spielt sie *noch* schlechter!«

Carla lacht und spürt, dass ihre Anspannung nachlässt. Mein Gott, wie sehr sie das alles hier vermisst hat. »Ihr wisst doch, was die Profis sagen: Wenn du nicht innerhalb der ersten halben Stunde am Tisch erkennst, wer von den anderen der Dumme ist, dann bist du der Dumme! Ist bei euch beiden 'ne Minutensache!«

Tom starrt sie an und prustet dann los. »Quatschen kann sie!«

»Anwältin halt«, ergänzt sein Bruder.

»Schluss jetzt!«, sagt Ellen. »Ich habe Hunger!«

Es gibt Steinpilzsuppe, Tafelspitz mit Kren und Bouillonkartoffeln und selbstgemachtes Schokoladeneis mit Karamell-Birnen. Dazu einen Weißburgunder, der das Ganze grandios abrundet.

Carla lächelt verträumt, als sie sich nach dem letzten Löffel Dessert den Mund abwischt. »Wieso ist Leo nicht da, wenn es so etwas Fantastisches zu essen gibt?«

»Der ist auf seiner Großbaustelle in Bayern und kommt da auch vor nächster Woche nicht weg.« Ellens Mann arbeitet als Bauleiter für eine Firma, die ihn bundesweit einsetzt.

»Was für ein Pechvogel!«

»Können wir jetzt spielen?«, drängelt Chris.

»Zwei Stunden. Danach will ich mit eurer Mutter was besprechen.«

»Kein Problem! Länger reicht dein Geld eh nicht.«

So ganz stimmt das nicht, denn als Carla um 22 Uhr aussteigt, hat sie immerhin noch achtzehn Euro in der Tasche. Tom und Chris verziehen sich trotzdem siegestrunken in ihre Zimmer. Carla weiß, dass sie ihnen nicht verschweigen kann, was geschehen ist, aber das hat Zeit bis morgen früh. Erst will sie mit Ellen allein sprechen.

»Hast du noch mehr von dem Weißburgunder?«

Ellen nickt. »Reichlich! Leo bekommt ihn kistenweise zu Weihnachten von Freunden aus Südtirol.« Sie geht in die Küche, kommt mit einer neuen Flasche zurück und entkorkt sie routiniert. Dann schenkt sie nach, macht es sich auf dem Sofa bequem und schaut Carla herausfordernd an. »Haben wir jetzt lange genug drum herumgeredet?«

»Ja!« Carla hat Tränen in den Augen und muss mehrmals schlucken, bevor sie weitersprechen kann. »Felix ist tot. Er hatte einen Autounfall in der Türkei.«

»Mein Gott, wie schrecklich.« Ellen wirkt betroffen, obwohl sie den Ex ihrer Schwester nicht besonders gemocht hat und das alles lange her ist. »Hattet ihr noch Kontakt?«

»Schon seit Jahren nicht mehr. Er hat einmal angerufen, als Mama gestorben ist ... Aber mit Felix, das war noch nicht alles ...«

»Heißt was?« Ellen gibt sich keine Mühe, ihre Ungeduld zu verbergen. »Könntest du der Reihe nach erzählen?«

Carla nickt. »Heute Morgen hat mich meine Sekretärin informiert, dass jemand vom türkischen Generalkonsulat mich sprechen will. Also bin ich in die Kanzlei gefahren und habe von Felix' Unfalltod erfahren. Der türkische Beamte wollte wissen, ob ich für die Überführung des Leichnams und die Beisetzung in Deutschland aufkommen möchte. Ich habe zugestimmt, die nötigen Papiere unterschrieben und bin wieder nach Hause gefahren. Dort musste ich feststellen, dass während meiner Abwesenheit jemand gewaltsam eingedrungen war. Die Person hat das Haus verwüstet und den Mann, mit dem ich die Nacht verbracht habe, ermordet.«

Ellen ist jetzt sehr bleich geworden, und über ihrer Nase hat sich eine Steilfalte gebildet, die ihrem gutmütigen Gesicht einen Ausdruck von fassungsloser Wut verleiht, den Carla an ihrer großen Schwester noch nie wahrgenommen hat. »Wieso?«

»Ich weiß es nicht. Kriminaltechnische Untersuchungen und Pathologie sind noch nicht abgeschlossen. Morgen Nachmittag soll ich mich auf der Polizeidienststelle in der Mercatorstraße melden. Vielleicht gibt es dann schon eine erste Auswertung der Tatortspuren.«

»Wer ist der Tote?«

»Kennst du nicht.«

»Du denn?«

»Ach, komm«, sagt Carla müde. »Lass gut sein. Nicht heute Abend.«

Ellen nickt. »Das sagst du immer. Nicht jetzt! Aber was ist denn passiert?«

»Ich vermute, dass jemand in meiner Wohnung etwas gesucht hat. Und dass mein Gast ihm in die Quere kam.«

»Glaubst du, sein Mörder kommt zurück, um noch einmal zu suchen? Wurde etwas geklaut?«

Carla zuckt mit den Achseln. »Er hat ja beinahe schon alles zerstört, wo man hineingucken kann. Und nein, geklaut wurde nichts. Aber vielleicht ist es trotzdem sinnvoll, wenn die Bullen das Haus beobachten. Ich bespreche das mit Rossmüller. Auf jeden Fall bin ich froh, hier bei dir zu sein.«

»Morgen musst du es den Jungs erzählen.«

»Ja.«

Beide schweigen eine Weile. »Ich weiß, dass du nicht darüber reden willst«, beginnt Ellen schließlich vorsichtig, »aber ich habe die Ausflüchte satt. Ich denke, jetzt ist der richtige Zeitpunkt.«

Carla ist sofort auf der Hut. »Der richtige Zeitpunkt für eine kleine Predigt? Über Liebe, Partnerschaft, Sex und Moral?«

»Nein, über Abhängigkeit, Selbsttäuschung, falsche Vorwürfe und die Illusion, dass man Menschen ändern kann.«

»Du hast fünf Minuten – weil du so hervorragend gekocht hast.«

»Das wird reichen, Liebes. Also, hier ein paar Wahrheiten, die schon lange fällig sind, und ich will nicht unterbrochen werden: Du bist am Boden zerstört wegen Felix' Tod, weil du nie über ihn hinweggekommen bist, als er noch lebte. Er war die große Liebe deines Lebens und gleichzeitig die größte Enttäuschung. Du hast dir eingeredet, dass du mit diesem Kapitel abgeschlossen hast, aber das stimmt nicht. Es hat keinen Schlussstrich gegeben. Das meiste von dem, was du in den letzten sieben Jahren getan hast, hing irgendwie mit dem Versuch zusammen, mit der Trennung fertig zu werden. Die Kündigung deines Jobs, die eigene Kanzlei, die ganzen One-Night-Stands, der Scheißporsche damals, dein Alkoholkonsum und die zynische Attitüde ... wenn du nachdenkst, fällt dir sicher noch mehr ein.«

Carla starrt sie entsetzt an. Mit einem derart heftigen Angriff hat sie nicht gerechnet. »Kann ich auch mal was sagen oder geht der Monolog so weiter ...?«

»Ich hab noch zwei Minuten von den fünf. Worauf ich hinauswill, ist sehr einfach: Alles, was du gemacht hast, ist weder schlimm noch irgendwie ungewöhnlich. Blöd ist der *Grund!* Dir hat die Trennung damals den Boden unter den Füßen weggezogen, weil du so maßlos enttäuscht und gekränkt darüber warst, dass Felix etwas anderes vom Leben wollte als du.

Aber das hättest du wissen können. Wir haben es dir alle gesagt, und Felix selbst hat keinen Hehl daraus gemacht. Deine große Enttäuschung war das Ergebnis einer Selbsttäuschung. Du hast ihn gegen alle Widerstände geheiratet, weil du dachtest, dass er irgendwann sein wahres Ich erkennt und auf deinen Lebensplan einschwenkt. Du hast gehofft, dass *du* es bist, die ihn dazu bringt, endlich das zu tun, was er *eigentlich* will. Und was dir am Ende den Rest gegeben hat, war das Gefühl, nichts mehr unter Kontrolle zu haben. Kontrolle war immer schon dein Ding.«

»Okay, das reicht«, sagt Carla tonlos. »Hast du heimlich Psychologie studiert?«

»Herzchen, ich kenne dich mein ganzes Leben lang.«

»Dann sag doch noch: Hättest du diese schlaue Analyse auch einem Mann um die Ohren gehauen? Einem Typen, der einfach nur seinen Plan durchzieht? Ist doch komisch, oder? Wenn eine Frau sich das Gleiche rausnimmt wie Abermillionen Männer, findet sich garantiert eine andere Frau, die das als Resultat einer tiefen Verletzung deutet. Hinter jeder harten Fassade weint eine verlorene Seele, oder wie?«

Ellen nickt. »Touché. Darüber werde ich nachdenken.«

Carla kämpft die Tränen nieder. »Gut!«

Die Anspannung steht wie eine Wand zwischen ihnen. Ellen lehnt sich zurück und schließt die Augen. Nach ein paar Minuten Atempause fragt sie versöhnlich: »Cognac?«

Als Carla nickt, schenkt Ellen aus einer bauchigen Flasche großzügig ein.

»Hast du was von Papa gehört?«, läutet Carla den Themenwechsel ein und nippt vorsichtig an ihrem Glas. Wie immer taucht bei dieser Frage das Bild ihrer Mutter in ihrem Kopf auf. Fünf Jahre ist es jetzt her, dass Hannah Bellmann den Kampf gegen den Krebs verlor. Er dauerte entsetzlich lange, und obwohl erst siebenundsechzig, starb sie sehr alt.

»Es geht ihm gut. Er grantelt den ganzen Tag herum und meckert über die Dänen, aber Ricki sagt, im Grunde sei er ganz glücklich. Ihre Kinder halten ihn auf Trab.«

Nach dem Tod seiner Frau ist ihr Vater zu seiner jüngsten Tochter Ricarda gezogen, die in Esbjerg verheiratet ist. Eine gute

Lösung. Ricki ist immer am besten mit ihm klargekommen. Carla nimmt sich vor, ihn bald mal wieder anzurufen.

»Er darf nichts von alledem hier erfahren!«

»Gott bewahre«, lacht Ellen. »Er würde sofort herkommen, und *dann* wäre die Katastrophe perfekt!«

»Ooohhh, ja! Zuerst würde er den Grund für den ganzen Schlamassel analysieren, der wie immer darin liegt, dass man nicht auf ihn gehört hat. *Ex-pli-zit* hat er vor einer Heirat mit Felix gewarnt, *ex-pli-zit*, diesem ... wie hat er ihn immer genannt?«

Ellen kichert. »Einen zwielichtigen Weltenbummler.«

»Richtig. Ein Mensch, der aus freien Stücken dauerhaft nicht in Europa leben wollte, war ihm per se verdächtig.«

»Kein Wunder, dass von so einem selbst als Leiche noch jede Menge Ärger ausgeht.«

»Wenn ich es mir genau überlege«, sagt Carla, »habe ich eigentlich nie auf ihn gehört.«

Ellen nickt nachdenklich und lächelt. Carla kann ihre Gedanken lesen. Jost Bellmann, Latein- und Griechischlehrer an einem Wiesbadener Gymnasium, hatte stets gewusst, was das Beste war, und zwar für alle. Wer das nicht einsah, rannte pfeilgerade in sein verdientes Unglück. Carla hatte in seinen Augen ein besonderes Talent dafür.

»Als Kind war es leichter, mit ihm auszukommen.«

»Stimmt«, sagt Ellen. »Wir fanden es beruhigend, dass er immer recht hatte. Er konnte gut Sachen erklären. Und er hat immer noch eine schöne Stimme.«

»Oh ja!« Carla denkt daran, wie es war, auf der Brust ihres Vaters einzuschlafen und zu hören, wie er leise Homer auf Altgriechisch deklamierte oder von den Punischen Kriegen erzählte. *Ceterum censeo Carthaginem esse delendam!* Er hätte auch das Telefonbuch von Eschwege vorlesen können. Spätestens nach fünf Minuten war Carla jedes Mal im Land der Träume gewesen, und dort hatte es ihr besser gefallen als irgendwo sonst.

ACHT

Am nächsten Nachmittag sitzt Carla auf dem Polizeirevier in der Mercatorstraße erneut KHK Rossmüller gegenüber.

Seit dem Frühstück hat sie nichts gegessen, und trotz des Hungers, der in ihren Eingeweiden rumort, würde sie vermutlich auch jetzt nichts hinunterbekommen. Stunden schon balanciert sie am Limit. Nach dem langen Abend mit ihrer Schwester und einer weitgehend schlaflosen Nacht ist der Samstagvormittag dafür draufgegangen, mit Ellen und den Jungs die Wohnung aufzuräumen, eine Schadensliste zu erstellen und Fotos für die Versicherung zu schießen. Am Montag muss sie versuchen, die Türschlösser auswechseln zu lassen und einen Polstereibetrieb zu finden, der vielleicht ihre Couchgarnitur retten kann. Außerdem braucht sie für Felix eine Grabstelle und einen Bestatter. Aber eins nach dem anderen. *Heute* muss sie nur noch dieses Gespräch über die Bühne bringen. Danach wird sie zurück nach Mainz fahren, sich mit einem Glas Chardonnay in Ellens Badewanne legen und vielleicht zwei Episoden einer Serie auf dem Tablet anschauen …

Mit Mühe unterdrückt sie ein Gähnen und versucht sich auf Rossmüller zu konzentrieren, dessen rundes Gesicht für einen winzigen Moment vor ihren Augen verschwimmt. Die Übermüdung und der Stress in den letzten dreißig Stunden fordern ihren Tribut.

Rossmüller ringt sich ein Lächeln ab. »Sind Sie einverstanden, dass wir auch dieses Gespräch aufzeichnen?« Als Carla nickt, macht er sofort weiter. »Okay! Ihre Aussage von gestern liegt jetzt schriftlich vor. Wenn Sie das Protokoll bitte sorgfältig durchlesen und dann unterschreiben würden.«

Sie überfliegt die zwei DIN-A4-Seiten und setzt ihren Namen an die vorgesehene Stelle.

Rossmüller lehnt sich zufrieden zurück. »Wir konnten inzwischen die Identität Ihres Besuchers feststellen. War überraschenderweise nicht schwer. Er war so was wie ein Stammgast im O'Dwyer's. Einer der Barkeeper von Donnerstagnacht hat ihn auf einem Foto erkannt, das meine Kollegen herumgezeigt haben. Den Namen wusste er, weil der Mann seit Monaten seinen Deckel nicht bezahlt hatte.«

»Und?«, fragt Carla und versucht nicht, ihre Ungeduld zu verbergen.

»Marc Debus. Dreiundzwanzig Jahre alt, Architekturstudent. Stammt aus Aschaffenburg. Hat hier in Frankfurt eine kleine Wohnung.«

Carla nickt und versucht, den bitteren Geschmack im Mund herunterzubekommen. Es ist ihre Schuld. Er ist tot, weil er zur falschen Zeit im falschen Haus war. Und zwar weil sie ihn dorthin mitgenommen hat. Dieses Mal wird sie sich seinen Namen merken. »Haben Sie mittlerweile eine Vorstellung, was passiert ist?«

»So in etwa. Theoretisch können es eine oder mehrere Personen gewesen sein, aber im Moment gehen wir von einem männlichen Einzeltäter aus, der sehr kräftig gewesen sein muss. Wir nehmen an, dass er Ihr Haus möglicherweise schon Tage vorher beobachtet hat und wusste, dass Sie allein leben. Als Sie morgens um neun gegangen sind, hat er gedacht, er hätte freie Bahn. Von Ihrem nächtlichen Gast konnte er ja nichts wissen. Er ist auf der hinteren Seite des Hauses eingedrungen. Dort hat er ein Kellerfenster aufgebrochen und ist dann von unten ins Erdgeschoss gelangt. Wir konnten eindeutige Spuren sichern, die diese Vorgehensweise belegen.«

»Was hat er gewollt?«, fragt Carla, obwohl sie die Antwort zu kennen glaubt.

»Der Täter hat etwas gesucht. Etwas, das so wichtig oder wertvoll ist, dass er dafür ohne zu zögern einen Mord beging. Vermutlich hat er sich keine große Mühe gegeben, Lärm zu vermeiden. Marc Debus war zu diesem Zeitpunkt wahrscheinlich im Badezimmer. Zumindest haben wir seine Boxershorts dort gefunden. Unter einem Handtuch, das achtlos auf den Boden geworfen wurde. Ich nehme an, er hat die Geräusche gehört und ist ins Wohnzimmer gestürmt. Der Mörder hat ihn sofort angegriffen und getötet.«

»So, wie wir es vermutet haben?«

Rossmüller nickt. »Er hat ihm mit irgendeinem Kampfkunst-Hebel das Genick gebrochen. Von hinten ausgeführt, nach rechts verdreht. Unsere Pathologen sind noch dran. Fallschirmjäger lernen solche Techniken. KSK, Navy Seals, militärische Spezialeinheiten. Es kommt bei diesen Griffen nicht nur zum Bruch der Halswirbelsäule, sondern auch zu einem kompletten Abriss des Hauptnervenstrangs. Unsere Pathologin erklärte mir, dass bei einem solchen Abriss mit sofortiger Wirkung eine Kettenreaktion im Gehirn ausgelöst wird, die innerhalb von Millisekunden zur Bewusstlosigkeit führt.«

»Könnte auch eine Frau so etwas tun?«

Rossmüller zieht die Schultern hoch. »Warum nicht? Wenn sie kräftig ist, entsprechend ausgebildet und brutal genug ... vielleicht. Aber nach meiner Erfahrung deutet der Tathergang auf einen Mann hin. Sie dürfen nicht vergessen, dass auch Ihr Marc Debus groß und sportlich war. Ihn in den Schrank zu stecken, war mit Sicherheit ein schönes Stück Arbeit.«

»Warum hat der Mörder das gemacht?«

Der Polizist runzelt erstaunt die Stirn. Offenbar hat er sich diese Frage bislang nicht gestellt. »Mit dem Schrank, meinen Sie? Keine Ahnung. Vielleicht wollte er ihn aus den Augen haben.«

Carla starrt ihn an. Rossmüllers Zynismus macht sie wütend und verstärkt ihre Übelkeit, aber sich jetzt mit ihm anzulegen, wäre ein blöder Fehler. Als Strafverteidigerin hat sie viel Erfahrung im Umgang mit der Polizei, doch die Situation, in der sie sich jetzt befindet, hat nicht das Geringste mit dem zu tun, was sie beruflich kennt. Außerdem gehört sie zu der Sorte Anwälte, die die Bullen sowieso nicht ausstehen können. Also reißt sie sich ein weiteres Mal zusammen und zwingt sich zu einem sachlichen Tonfall.

»Warum sind Sie so sicher, dass der Eindringling etwas gesucht hat?«

»Bei Vandalismus wird zertrümmert, zerfetzt und beschmiert. Bei Ihnen hat der Täter *geschraubt*. Wandverkleidungen, Toilettenspülung, die Rückwände Ihrer Lautsprecherboxen. Haben Sie es nicht gesehen? Er hat überlegt, was als *Versteck* in Frage kommen könnte. Würde mich nicht wundern, wenn er einen Akkuschrauber dabeigehabt hätte.«

Carla nickt nachdenklich. Die Polizei ist zu den gleichen Schlussfolgerungen gelangt wie sie selbst, was sie mit einer vagen Genugtuung erfüllt, die allerdings ziemlich absurd ist. Denn diese Schlussfolgerungen führen nur zu einer Frage, auf die sie keine Antwort weiß. Rossmüller spricht sie aus.

»Haben Sie irgendeine Idee, was der Täter gesucht haben könnte? Einen Wertgegenstand? Dokumente? Eine Fallakte?«

Carla schüttelt den Kopf.

»Haben Sie im Haus Dinge aufbewahrt, die für irgendjemanden von enormer Wichtigkeit sein könnten? Kommen Sie, denken Sie nach!«

»Habe ich schon. Und zwar ununterbrochen, doch da ist nichts. Ich hab mein Auskommen, aber ich bin nicht reich. Berufliche Unterlagen nehme ich prinzipiell nicht mit nach Hause. Es gibt bei mir weder Schmuck noch Bargeld zu holen. Mein teuerster Besitz ist ein Saxofon, für das ich in einem Anflug von Irrsinn mal sechstausend Euro ausgegeben habe.«

»Ich hab's gesehen«, sagt Rossmüller. »Ein schönes Instrument. Spielen Sie noch?«

Carla schüttelt den Kopf. »Selten.« Nach der Scheidung wollte sie einen Neustart. Möglichst viel Veränderung. Also hat sie sich selbständig gemacht, die Haare kurz geschnitten und einen alten Porsche und ein Saxofon gekauft. Der Porsche war bald am Ende, und nach drei Jahren Unterricht hatte sie auch die Lust an dem Saxofon verloren. »Ich konnte mich nur noch nicht davon trennen. Vielleicht fange ich eines Tages wieder an.«

»Den Mörder hat das Sax jedenfalls nicht interessiert.«

»Er hat es nicht gestohlen oder zerstört. Aber der Koffer lag nicht genau an seinem Platz. Vermutlich hat er ihn geöffnet und nachgesehen, ob wirklich nur das Instrument darin ist.«

Rossmüller nickt. »Da war ein wenig Staub auf dem Instrumentenkoffer verwischt, was uns aber nicht weiterhilft. Im Moment haben wir nicht viel vorzuweisen. Keine Abdrücke, keine DNA, keine verwertbaren Spuren, die auf die Person des Täters hinweisen. Versuchen Sie bitte weiterhin darüber nachzudenken, was er gesucht haben könnte. Solange wir das nicht wissen, kommen wir keinen Schritt voran.«

»Meinen Sie, er kommt noch einmal zurück, um gründlicher nachzusehen? Vielleicht sollten Sie mein Haus observieren?«

»Wir haben ein Auge auf Ihr Haus, glauben Sie mir! Und auf Sie auch.«

Als Carla die Dienststelle verlässt und in den kalten Märzregen hinaustritt, klingen Rossmüllers Worte in ihrem Kopf nach. *Denken Sie darüber nach, was er gesucht haben könnte.* Vielleicht hat Ellen eine Idee. Der Gedanke, mit ihrer Schwester zu reden, tut ihr gut. *Wie* gut, hat sie gestern Abend gemerkt. Es ist schön, Familie zu haben und in dieser Situation bei ihr sein zu können. Ein wenig fühlt es sich an wie früher, als sie jedes Jahr in der letzten Dezemberwoche nach Hause fuhr. »Driving home for Christmas«. Nur dass in der Studentenbude, die sie hinter sich ließ, niemandem der Hals umgedreht worden war.

NEUN

Als Carla am folgenden Donnerstag mit einem Taxi zum Friedhof fährt, hat sie drei fürchterliche Tage hinter sich. Nervtötende Telefonate mit der Versicherung, Rückrufe der Polizei, die schwierige Suche nach einem Handwerker, der sich ihrer Couchgarnitur annimmt, und die Verhandlungen mit einem Bestattungsunternehmen, das Felix' Leichnam vom Flughafen abholen und sich um alle Formalitäten kümmern soll, haben sie rund um die Uhr auf Trab gehalten. Alles hat sie von der Kanzlei aus erledigt, an normale Arbeit war nicht zu denken. Am einfachsten war es noch, die Türschlösser austauschen zu lassen. Mittwochnachmittag ist sie deswegen für zwei Stunden in ihrem Haus gewesen, was nicht so furchterregend und belastend war, wie sie befürchtet hatte. Sie hat deshalb beschlossen, ab sofort wieder zu Hause zu schlafen. Keinen Tag länger lässt sie sich von dem Dreckskerl vertreiben.

Auf ihre Bitte hin hat Mathilde alle Termine für diese Woche abgesagt und keinen Hehl daraus gemacht, was sie davon hält: »Natürlich ist dieser Mord in Ihrem Haus schockierend, aber kein Geld zu verdienen, hat noch nie ein Problem gelöst.« Zwei Mandanten haben ausgesprochen erbost reagiert, doch das ist nicht weiter schlimm. Sie werden es schlucken. Schlimm war die Begegnung mit der alten Frau.

Sie war nicht wirklich alt. Anfang fünfzig vielleicht. Aber Trauer und Verzweiflung hatten ihr zwanzig zusätzliche Jahre aufgebürdet. Am späten Nachmittag, kurz nachdem die Schlüsselfirma weg war, hat sie plötzlich vor der Tür gestanden. Eine kleine, zerbrechlich wirkende Person, ganz in Schwarz gekleidet. Carla hat sofort gewusst, wer sie ist.

»Frau Debus? Guten Abend! Bitte kommen Sie rein. Ich bin sehr froh, mit Ihnen sprechen zu können.«

Doch die Frau hat den Kopf geschüttelt. »Ich will nicht mit Ihnen reden. Und ich will auch nicht wissen, was Sie denken oder fühlen. Ich wollte nur sehen, wie die Frau aussieht, wegen der mein Sohn gestorben ist.«

»Bitte, Frau Debus, lassen Sie uns drinnen reden. Marc ist in meinem Haus ermordet worden, das ist wahr. Es ist das Schlimmste, was in meinem ganzen Leben passiert ist, aber es war nicht meine Schuld. Er hat einen Einbrecher überrascht ... Ich selbst war gar nicht ... Bitte, lassen Sie mich erklären ...«

Die Frau hat sie mit einem langen eisigen Blick gemustert. »Sie hätten seine Mutter sein können.«

»Mein Alter hat nicht das Geringste mit seinem Tod zu tun.«

»Wagen Sie es nicht, zur Beerdigung zu kommen!«

Dann hat sie sich umgedreht und ist einfach davongegangen.

Carla schließt die Augen und versucht den Druck in der Magengegend zu ignorieren, den sie jedes Mal spürt, wenn sie an diese Begegnung denkt. Marcs Mutter hat ihr entgegengeschleudert, was sie selbst die ganze Zeit denkt: Es ist ihre Schuld. Die Frau hätte ihr genauso gut ins Gesicht spucken können.

Um 15 Uhr soll Felix' Sarg auf dem Hauptfriedhof beigesetzt werden. Pünktlich um Viertel vor drei erreicht sie den Parkplatz und bittet den Taxifahrer, auf sie zu warten. Es regnet nicht mehr, und die Märzsonne bahnt sich zaghaft einen Weg durch die heller werdenden Wolken. Der Bestatter hat ihr den Weg zu der Grabstelle beschrieben, und nach zehn Minuten sieht sie das ausgehobene Grab und den großen mit Holz verkleideten Zinksarg vor sich. Acht Mitarbeiter des Beerdigungsinstitutes stehen um ihn herum. Felix hat keiner Kirche angehört, und so ist auch kein Geistlicher erschienen. Das Angebot des Bestatters, eine Trauerrede zu halten, hat Carla abgelehnt, ebenso wie Ellens Angebot, sie zu begleiten. Sie lässt ihren Blick über das riesige Areal gleiten. Der Frankfurter Hauptfriedhof gilt als einer der schönsten Friedhöfe Deutschlands. Ungewöhnliche Portalbauten, zahlreiche Statuen und Grabdenkmäler renommierter Künstler sowie eine wunderschöne Gartenanlage bilden ein großartiges Ambiente, von dem Carla nicht das Geringste mitbekommt. Stattdessen fällt ihr zwei Gräber weiter ein junger Mann auf, der mit gesenktem Kopf und gefalteten Händen in den Anblick einer Gedenktafel vertieft ist. Sonst ist weit und breit niemand zu sehen.

Sie tritt näher an das offene Grab heran, dessen Tiefe ihr Entsetzen einflößt. Eine Traurigkeit, die sie nicht für möglich gehalten hat, und Erinnerungen an vier verrückte Jahre überwältigen sie. Felix und sie in Paris, auf den Bahamas und in Neu-Delhi. Die Reise nach Vietnam. Eine unfassbar schöne Woche am Gardasee. Und zwischen den glücklichen Zeiten immer wieder diese Wochen und Monate der Einsamkeit, Frustration und heimlichen Wut. Sie schließt die Augen und begreift, dass hier etwas Wichtiges zu Ende geht. Dass dies der Schlussstrich unter einem Lebensabschnitt ist, der sie mehr geprägt hat, als sie sich all die Jahre eingestehen wollte. Und Ellen hat recht gehabt: Diesen Schlussstrich hat sie nicht selbst gezogen. Alles endet einfach in diesem grauenhaft tiefen Loch.

Sie muss hier weg, bevor sie die Beherrschung verliert. Carla gibt den Grabträgern ein Zeichen, die daraufhin den Sarg mit Sorgfalt und Präzision in die Erde gleiten lassen. Anschließend tritt einer von ihnen vor und streckt ihr die Hand entgegen. »Herzliches Beileid, auch im Namen meiner Kollegen. Wir lassen Sie jetzt eine Weile allein und werden das Grab schließen, wenn Sie gegangen sind.«

Carla nickt und sieht den Männern nach, die sich schweigend und gemessenen Schrittes auf eine kleine Kapelle zubewegen, vermutlich um auf der Rückseite ein paar Zigaretten zu rauchen. Sie wartet noch einen Augenblick und denkt über die Inschrift auf dem Grabstein nach, den sie in Auftrag geben will. Dann wendet sie sich ab, um zum Parkplatz zurückzukehren.

Nach einigen Schritten hört sie hinter sich eine Männerstimme.
»Frau Winter?«

Überrascht dreht sie sich um. In etwa fünf Metern Entfernung ist der Mann stehen geblieben, den sie eben bei einem der Nachbargräber gesehen hat. Er trägt Jeans, Sneakers und einen alten Bundeswehrparka. Und er ist nicht so jung, wie es von weitem den Anschein hatte. Zahlreiche Falten um Mund und Augen, Dreitagebart und ein ausgemergeltes Gesicht lassen ihn wie einen Mann von Mitte vierzig aussehen, mit dem das Leben es nicht besonders gut gemeint hat.

»Könnte ich Sie kurz sprechen? Bitte! Es ist sehr wichtig.«

Er spricht fließend Deutsch mit einem französischen Akzent, der einen minimal kehligen Unterton hat. Diese Akzentnuance, seine Augen und der dunkle Teint lassen Carla vermuten, dass er arabischer Herkunft ist. Und er wirkt äußerst angespannt. Sein Blick huscht ununterbrochen hin und her und scannt die Umgebung, während er nervös von einem Bein auf das andere tritt.

»Wenn Sie mich sprechen wollen, machen Sie einen Termin und kommen Sie in die Kanzlei.«

Der Mann schüttelt den Kopf. »Nein«, sagt er. »So viel Zeit habe ich nicht!« Er deutet mit einer Kopfbewegung in Richtung Grab. »Ich habe ihn gekannt. Bitte, ich muss mit Ihnen reden. Felix war mein Freund!«

Carla ist wie erstarrt. Die irre Wendung, die diese trostlose Beisetzung nimmt, entspricht der düsteren Vorahnung, die sie seit dem vergangenen Freitag mit sich herumschleppt. Als die Kleiderschranktür aufschwang, hat sie gewusst, dass etwas Dunkles auf sie zukommt. Etwas Dunkles, in das dieser Mann hier offenbar verwickelt ist. Und Felix.

ZEHN

Sie nimmt sich zusammen und überwindet die Schockstarre. »Gut! Aber nicht hier. Kommen Sie, ich kenne ein Café, wo wir ungestört sprechen können.«

Ohne die Zustimmung des Mannes abzuwarten, setzt sie sich in Bewegung. Schweigend gehen sie zum Parkplatz zurück. Der Taxifahrer deutet mit dem Zeigefinger auf seine Armbanduhr und dann auf den Taxameter, aber es ist ihr egal, wie teuer diese Beerdigung wird. Sie nennt ihm die Adresse eines Cafés in der Nähe der Galluswarte, und zwanzig Minuten später nehmen sie an einem gemütlichen Ecktisch Platz. Carla fällt auf, dass der Fremde sich bewusst so setzt, dass er die Wand im Rücken und den Innenraum samt Eingangstür im Blick hat. Keiner der zahlreichen anderen Gäste schenkt ihnen allerdings die geringste Aufmerksamkeit.

»Was möchten Sie trinken?«

»Tee.«

Carla bestellt, und während sie auf den Tee warten, beobachtet sie den Mann auf der anderen Seite des Tisches. Er scheint nicht mehr so nervös und besorgt zu sein, sondern wirkt jetzt vor allem erschöpft.

»Also, Sie wollten mich sprechen. Meinen Namen kennen Sie offenbar. Wer sind *Sie*?«

»Nennen Sie mich Wassouf.«

»Nur Wassouf?«

»Wassouf reicht.«

Carla nickt. »Okay! Was wollen Sie von mir? Und was hatten Sie mit meinem Exmann zu tun?«

»Ich möchte Ihnen zunächst danken, dass Sie Felix nach Deutschland geholt und würdig bestattet haben. Wir waren Freunde.« Er verzieht den Mund zu einem grimmigen Lächeln. »Nein, das ist zu wenig gesagt. Verzeihen Sie! Er hat mich gerettet. Mein Leben, meine Gesundheit und den Rest meines Verstandes.«

Er nestelt eine Packung Camel aus der Tasche seines Parkas, wirft einen sehnsüchtigen Blick darauf und steckt sie wieder ein.

»Erzählen Sie mir, was er getan hat«, bittet Carla.

Wassouf nickt und lässt sich Zeit. »Ich war in Sednaja«, beginnt er schließlich. »Wissen Sie, was das ist?«

Carla braucht ein paar Sekunden, bis sie begreift, wovon ihr Gegenüber redet. »Das Foltergefängnis in Syrien?«

»Ja. Die meisten Deutschen kennen nicht einmal den Namen. Es ist der schlimmste Ort auf dieser Welt.«

Carla hat vor zwei Jahren ein paar syrische Flüchtlinge verteidigt, die wegen irgendwelcher Bagatelldelikte vor Gericht standen. Sie haben ihr von Sednaja erzählt. Dem Schlachthaus des Assad-Regimes, dessen bauliche Form aus der Luft betrachtet einem Mercedes-Stern ähnelt. Abertausende Hinrichtungen, systematische Folter, unaussprechliche Gräueltaten, kein Wasser, keine Nahrung, keine Medikamente.

Carla fällt das Atmen schwer. »Wann sind Sie dort gewesen?«

Wassoufs Gesicht hat den starren Ausdruck eines Menschen angenommen, der um keinen Preis in Tränen ausbrechen will.

»Ich war Lehrer für Französisch und Geschichte an einer Schule in Damaskus. Im Frühjahr 2011, gleich zu Beginn der Unruhen, wurde ich verhaftet. Warum, weiß ich bis heute nicht. Zusammen mit anderen brachte man mich nach Sednaja. Schon bei der Ankunft wurden wir verprügelt und ausgepeitscht. Die Wärter nannten das die Willkommensfeier.« Wassouf schweigt und starrt vor sich auf die Tischplatte. Die Erinnerung scheint ihm schwer zu schaffen zu machen.

»Wenn Sie können, erzählen Sie mir davon.«

Nach einer Weile hebt er den Kopf. »Das Gefängnis liegt in unmittelbarer Nähe des griechisch-orthodoxen Klosters Unserer Lieben Frau von Sednaja. Vor dem Krieg ein Touristenmagnet. Sehr idyllisch dort. Nur ein paar Kilometer entfernt beginnt die Hölle.« Er macht wieder eine längere Pause, und Carla lässt ihm Zeit. »Die meisten Gefangenen waren jung, kaum einer über vierzig. Intellektuelle, Armeeangehörige und Dschihadisten. Ich habe niemanden getroffen, der einen Haftbefehl gesehen hätte oder wusste, warum er eingesperrt war. Fast alle waren nackt, und ohne Ausnahme alle wurden misshandelt. Mit Stöcken und Peitschen verprügelt, mit Elektroschocks an den Genitalien gefoltert oder mit kochendem Wasser übergossen. Die Toten blieben oft tagelang in den Zellen liegen. Wenn wir vor Hunger schrien, kippten die Wärter das Essen in die Toilette, und wir mussten es daraus essen. Die Folter diente nicht dazu, Geständnisse zu erpressen, sie wollten uns einfach brechen, und das Quälen machte ihnen Spaß. Nach einem Jahr war ich so gut wie tot.«

»Was passierte dann?«

»Felix Winter hat mich rausgeholt.«

»Was? Wie hat er das gemacht?«

»Er hat einen Offizier und zwei Wärter bestochen. Für fünfhundertvierzig US-Dollar haben sie mich über eine Mauer nach draußen geworfen und einen anderen statt meiner verscharrt.«

»Woher kannte Felix Sie?«

Wassouf schüttelt den Kopf. »Er kannte mich nicht. Meine Tochter hat ihn aufgesucht. Unsere Familie hatte damals noch viele Freunde in Damaskus. Jemand erzählte, dass im Al Shahbandar Palace Hotel ein deutscher Geschäftsmann mit angeblich großem Einfluss wohnte. Es gelang ihr, zu ihm vorzudringen, und sie flehte ihn an, etwas für mich zu tun. Er hat es getan.«

»Ganz ohne Gegenleistung?«

Wassouf nickt. »Meine Tochter hat ihm den Schmuck ihrer Mutter angeboten, und wahrscheinlich hätte sie auch mit ihm geschlafen, wenn er das gewollt hätte. Aber er hat einfach so geholfen. Safiye hat ihn beeindruckt.« Der Gedanke an seine Tochter zaubert ein kurzes stolzes Lächeln auf Wassoufs Gesicht. »Er hat einen Arzt bezahlt, der mich in seiner Praxis versteckt und behandelt hat, und den Schmuggler, der mich schließlich nach Deutschland brachte.«

»Sie haben sich schnell eingelebt?«

»Dass ich Französisch konnte, machte es einfacher, Deutsch zu lernen. Freunde von Felix besorgten mir einen Intensivsprachkurs und versuchten, mein Asylverfahren zu beschleunigen. Er hatte wirklich überall gute Beziehungen.«

Carla nickt. Es tut ihr gut, zu hören, dass Felix diesem Mann geholfen hat, und auf eine irrationale Weise ist sie stolz darauf. Das war der Felix, in den sie sich verliebt hatte. Aber irgendwie ahnt sie, dass die Sache einen Haken hat.

»Hat Felix den Kontakt zu Ihnen gehalten?«

»Er hat mich gebeten, sein Geschäftspartner zu werden, und das war mir eine Ehre. Als ich von seinem Tod erfuhr, war ich am Boden zerstört.« Wassouf hat jetzt Tränen in den Augen und scheint auch wieder nervös zu werden. Blitzschnell huscht sein Blick durch das Café, dann schaut er kurz über seine Schulter, obwohl dort nur die Wand ist, und rutscht dabei die ganze Zeit auf seinem Stuhl hin und her.

»Felix war als Ingenieur fest angestellt. Wozu brauchte er einen Geschäftspartner? Was für Geschäfte waren das?«

»Das spielt jetzt keine Rolle! Ich habe nur eine einzige Frage an Sie, und die ist wirklich wichtig: Hat Felix Ihnen in den letzten Tagen seines Lebens etwas gegeben oder zugeschickt? Mit einem Kurierdienst? FedEx oder UPS? Ein Paket, vielleicht dreißig mal zwanzig Zentimeter groß? Wenn Sie es erhalten haben, geben Sie es mir bitte. Felix hätte gewollt, dass ich es bekomme. Mein Leben und das meiner Familie hängen davon ab!«

»Tut mir leid, ich habe seit Monaten kein Paket mehr ...« Carla starrt Wassouf misstrauisch an, und ein verrückter Verdacht schießt ihr durch den Kopf. Könnte er ...?

Nein, denkt sie. Zu mager. Nicht kräftig genug. Und viel zu nervös. Aber die Frage ist trotzdem fällig, und sei es nur, um ihn unter Druck zu setzen. Sie stellt sie in dem düsteren Tonfall, den Felix früher ihre »Kreuzverhörstimme« nannte. »Sind Sie in mein Haus eingebrochen und haben nach diesem Scheißpaket gesucht? Und dabei alles verwüstet und einen Freund von mir umgebracht?«

»Was!?«

Der absolut entsetzte Gesichtsausdruck des Mannes genügt ihr als Antwort.

»Alles gut. Vergessen Sie die Frage, und nehmen Sie noch etwas Tee. Ich glaube Ihnen!«

Ihr Gegenüber zwinkert mit den Augen und fährt sich mit einer nervösen Handbewegung durchs Gesicht. Erneut fischt er die Camel-Schachtel aus der Parkatasche, nimmt eine Zigarette heraus und ist offenbar entschlossen, sie anzuzünden. Carla schüttelt nachdrücklich den Kopf, und er steckt sie wieder weg.

»Ist das wahr? Ist wirklich jemand in Ihr Haus eingedrungen?« Seine Stimme ist kaum mehr als ein Flüstern.

»Ja.«

»Das bedeutet, dass sie hier sind. Hier in Frankfurt. Sie haben mich aufgespürt.«

»Wer, ›sie‹? Wie wäre es, wenn Sie jetzt mal Klartext reden? Wer ist hinter Ihnen her?«

Wassouf nimmt einen Schluck aus seiner Teetasse, und Carla registriert die kleinen Schweißperlen auf seiner Stirn. »Die Leute, die wir bestohlen haben. Felix und ich.« Er klingt jetzt von Satz zu Satz panischer. »Bitte, denken Sie noch einmal nach. Kann es nicht doch sein, dass in Ihrer Abwesenheit ein Paket angekommen ist, das der Zusteller dann wieder mitgenommen hat? Und Sie haben vielleicht den Zettel im Briefkasten übersehen? Wäre das nicht ...?«

Er bricht ab und starrt sie auf eine drängende und zugleich hilflose Weise an, die ihr zunehmend auf die Nerven geht. In Carlas Kopf nimmt ein wildes Gedankenkarussell Fahrt auf. Felix soll Geschäfte gemacht haben, bei denen er zusammen mit diesem Wassouf etwas gestohlen hat? Neben seinem Job als Ingenieur? Und deswegen wird der Mann jetzt verfolgt? Was, verdammt, läuft hier?

»Hören Sie, Wassouf, ich bin bekannt für meine endlose Geduld. Aber wenn Sie jetzt nicht ein paar verständliche Sätze am Stück von sich geben, werde ich fuchsteufelswild! Fangen Sie mit dem Paket an! Was ist da drin?«

Um den Druck noch einmal zu erhöhen, holt Carla ihr Portemonnaie heraus und deutet in Richtung der Kellnerin mit Daumen und Zeigefinger an, dass sie bezahlen möchte.

»Warten Sie«, sagt Wassouf.

»Worauf?«

Ihr Gegenüber hat angefangen, seinen Speichel zu schlucken. Hektisch bewegt sich sein Adamsapfel rauf und runter. Kein schöner Anblick. Carla kann in seinem Gesicht lesen, wie er das Für und Wider abwägt und verzweifelt versucht, die richtige Entscheidung zu treffen. Ein weiteres Mal huscht sein Blick über die anderen Gäste im Café. Dann nickt er und senkt die Stimme.

»Ich erzähle es Ihnen. Ich erzähle Ihnen alles.«

»Gut«, sagt Carla.

»In dem Paket könnte eine Statue sein. Eine Statue von Ishtar. Aus Gold! Sehr kostbar!«

»Ist das jemand, den ich kennen sollte?«

»Eine Gottheit aus dem alten Mesopotamien. Zweitausend Jahre vor Christi Geburt.«

»Was verstehen Sie unter *sehr kostbar*?«

Wassoufs Stimme wird noch einmal leiser, und sein Gesicht zeigt plötzlich einen merkwürdig verträumten Ausdruck. »Für Kunsthistoriker *un*ermesslich kostbar. In Dollar etwa vierhundert Millionen. Vielleicht mehr.«

»Etwas derart Wertvolles verschickt man doch nicht mit UPS.«

»Wenn man verzweifelt und in einer absoluten Zwangslage ist, vielleicht doch.«

»Und diese Figur haben Felix und Sie gestohlen? Aus einem Museum, oder wie?«

Wassouf gibt ein bitteres kleines Lachen von sich. »Nein, den Leuten, die mit solchen Dingen handeln. Felix hat für sie gearbeitet. Lange bevor er mich kennenlernte und als Mittelsmann in Westeuropa aufbaute.«

Carla schnappt nach Luft. »Heißt das, er hat Sie aus eigennützigen Motiven aus dem Gefängnis geholt? Und mit voller Berechnung in Deutschland platziert?«

Wassouf zuckt mit den Schultern. »Und wennschon. Ich habe niemals erwartet, etwas geschenkt zu bekommen. Felix hat mein Leben gerettet und meine Tochter nicht angerührt. Nur darauf kommt es an. Dass er einen Geschichtslehrer, der Arabisch, Französisch und bald auch Deutsch sprach, gebrauchen konnte, war ein einzigartiger Glücksfall!«

»Ja«, sagt Carla und versucht, nicht zynisch zu klingen. »In jeder Hinsicht die berühmte Win-win-Situation. Auf Ihre Loyalität konnte er sich wenigstens verlassen.«

Wassouf nickt. »Als er mir den Vorschlag machte, die Gottheit für uns ›abzuzweigen‹, wusste er, dass ich der einzige Mensch auf der Welt war, der diesen Plan nicht verraten würde. Wir wollten es dem türkischen Zoll anhängen. Bei denen kommt häufiger mal was weg. Die Figur sollte irgendwo auf dem Weg von Bagdad über Istanbul nach Frankfurt ›verschwinden‹.«

»Was offenbar auch passiert ist. Nur anders, als Sie es vorhatten.«

»Ja! Und ohne Felix ist alles verloren! Jetzt, wo er tot ist, ist auch der Plan gestorben!« Wassoufs Verzweiflung scheint zurückzukehren. Er fängt wieder an, auf seinem Stuhl herumzurutschen, und seine Stimme zittert. »Ich sollte die Statue vor einer Woche in Empfang nehmen. Aber sie ist nicht bei mir angekommen. Wenn ich sie nicht finde und auftragsgemäß in der Schweiz abliefere, wird meine Familie in Damaskus das büßen müssen. Sie werden ihnen schreckliche Dinge antun, um mich unter Druck zu setzen. Ich frage Sie ein letztes Mal, ich flehe Sie an, wenn Sie die Statue haben, bitte, geben Sie sie mir!«

Carla schüttelt den Kopf. »Es tut mir leid, ich habe sie nicht.«

Abrupt steht Wassouf auf und tritt vom Tisch zurück. Carla kann seine Angst und Verzweiflung beinahe körperlich spüren. Schwer zu sagen, ob er ihr glaubt. Wieder holt er seine Zigarettenschachtel heraus, und dieses Mal zündet er sich tatsächlich mitten im Café eine an. Beim lauten Klacken seines Feuerzeuges drehen alle Gäste ihre Köpfe und starren ihn an wie einen Sittenstrolch, der gerade seinen Trenchcoat aufgeklappt hat. Einen kurzen Moment lang überlegt Carla, ihn zu bitten, ihr eine abzugeben. Doch dann sagt sie: »Zum Schluss hätte ich auch noch eine Frage. Was zum Teufel hat Sie auf die Idee gebracht, dass er ausgerechnet mir diese Statue geschickt haben könnte?«

»Er hat oft von Ihnen gesprochen«, sagt Wassouf. Dann dreht er sich um und geht.

ELF

Carla bleibt sitzen und bestellt einen Cognac.

Sie muss Rossmüller anrufen, aber das hat noch ein paar Gläser Zeit. Erst will sie versuchen, Wassoufs verstörende Geschichte zu verstehen und sich darüber klar zu werden, was das alles für sie bedeutet. Und ihre Nerven beruhigen. Sie schwenkt das Glas ein wenig und betrachtet die rötlich goldene Farbe des Cognacs. Paul Giraud Extra ist ihre Lieblingssorte. Sie nimmt einen kleinen Schluck, doch anders als sonst kann sie die Aromen von Pflaumen, Sherry und Honig nicht genießen, weil Angst und Wut ihr die Kehle zuschnüren. In was, um Himmels willen, ist sie da hineingeraten? Sie denkt an ihre ruinierte Wohnung und den toten Mann im Schrank. Wenn diese langsam aufsteigende Wut nicht wäre, würde sie jetzt anfangen zu heulen. Felix Winter! Nach sieben Jahren knallt er zurück in ihr Leben wie ein Torpedo und hinterlässt eine Spur der Verwüstung.

Von wegen Meerwasserentsalzung. Illegaler Antikenhandel, was für ein bizarrer Irrsinn! Wahrscheinlich hat er schon während ihrer Ehe damit angefangen, für Leute zu arbeiten, mit denen man sich besser nicht anlegt.

Und irgendwann vor nicht allzu langer Zeit muss er beschlossen haben, genau das zu tun, der verdammte Idiot! Weil er etwas so ungeheuer Wertvolles in die Finger bekommen hat, dass er der Versuchung nicht widerstehen konnte. Zusammen mit dem einzigen Menschen, dem er restlos vertrauen konnte, hat er den Leuten, für die er gearbeitet hat, 400 Millionen Dollar in Form eines antiken Kunstwerks gestohlen. Und das haben diese Leute gemerkt. Ob Felix' Tod damit zusammenhängt?

Der Gedanke ist ihr sofort durch den Kopf geschossen, als Wassouf erzählte, was sie getan haben. Was, wenn der Unfall in Anatolien bewusst herbeigeführt wurde? Oder Felix' Leiche in dem Auto platziert und dann auf der Landstraße in Brand gesetzt worden ist. Alles Spekulation, aber möglich.

Allerdings hat Wassouf trotz seiner Angst und Paranoia diesen Verdacht offenbar nicht gehabt. Zumindest hat er nichts dergleichen angedeutet. War er sicher, dass Felix eines natürlichen Todes gestorben ist? Sie hätte ihn verdammt noch mal danach fragen sollen. Wie konnten die Leute, für die Felix gearbeitet hat, sie mit ihm in Verbindung bringen? *Er hat viel von Ihnen gesprochen*, hat Wassouf gesagt.

Aber wohl kaum zu dem Mann, der in ihr Haus eingedrungen ist. Wie ist der auf sie gekommen? Vielleicht auch über die deutsche Botschaft in Ankara?

Sie schiebt den Gedanken beiseite. Drängender ist die Frage, was sie der Polizei erzählt. Sie kann das, was sie von Wassouf erfahren hat, nicht einfach unter den Tisch fallenlassen. Andererseits hat sie nicht die Absicht, ihn in Schwierigkeiten zu bringen oder womöglich seinen Aufenthaltsstatus zu gefährden, wenn Rossmüller ihm auf den Zahn fühlt. Wer weiß, was die Bullen ausgraben, wenn sie erst mal an ihm dran sind. Sie beschließt, seinen Namen und die Vorgeschichte mit Sednaja zu verschweigen und sich auf den Kern der Story zu beschränken: Nach der Beerdigung hat sie ein Mann arabischer Herkunft, der Felix in Syrien kennengelernt haben will, angesprochen und behauptet, ihr Exmann sei in kriminelle Machenschaften im Zusammenhang mit Antikenhandel verwickelt gewesen. Er habe ein äußerst wertvolles Kunstwerk gestohlen, und möglicherweise stünde der Einbruch in ihr Haus damit in Zusammenhang. Das wird Rossmüller eine Weile zufriedenstellen.

Ihre Gedanken wandern zurück zu Wassoufs abenteuerlicher Geschichte. Wenn die auch nur halbwegs stimmt, hat sie Felix praktisch überhaupt nicht gekannt. Unzuverlässig, egoistisch, stur, leichtsinnig, untreu, all diese Urteile hätte sie sofort unterschrieben. Auf die Idee, dass er etwas Kriminelles tun könnte, ist sie niemals gekommen.

Sie bricht die Grübelei ab und wählt die Nummer ihrer Kanzlei.

»Hallo«, sagt ihre Sekretärin, »schön, dass Sie es einrichten können.«

Carla lässt die Stichelei an sich abprallen. »War irgendwas Besonderes?« Auch in der nächsten Woche wird sie ihre Anwesenheit in der Kanzlei auf das absolut Nötigste beschränken. Was Mathilde davon hält, kann man ihrem Tonfall entnehmen.

»Herr Sahin hat angerufen und wollte wissen, ob alles gut gelaufen ist.«

»Wer zum Teufel ...?«

»Herr Ömer Sahin! Vom türkischen Generalkonsulat. Doktor Schiwago, Sie erinnern sich? Er wusste, dass heute die Beisetzung war, und wollte sich erkundigen, ob Sie mit allen Modalitäten des Transfers zufrieden waren.«

»Ja, alles bestens! War das alles?«

»Für heute, ja. Aber morgen um 11 Uhr haben Sie einen Gerichtstermin. Die Kantheim-Sache, letzter Verhandlungstag mit Urteilsverkündung. Da müssen Sie hin!«

»Natürlich.«

Richard Kantheim ist ein mehrfach rückfälliger Serieneinbrecher, der vermutlich acht bis zehn Jahre kassieren wird, egal, was Carla tut oder lässt. »Ich werde da sein«, sagt sie.

»Sind wir damit im Groben durch?«, will Mathilde wissen.

»Noch nicht ganz.« Bei Carla löst die Unverschämtheit ihrer Sekretärin eine Erinnerung aus. »Sie haben doch mal erzählt, Sie hätten einen verrückten Archäologen in der Verwandtschaft?«

»Allerdings! Der Mann meiner verstorbenen Tante!«

»Und, wie ist der so?«

»Fachlich brillant! Menschlich stur und schwierig!«

»So eine Art alt gewordener Indiana Jones?«

Mathilde gibt ein ungewohnt herzliches Lachen von sich. »Wohl eher das Gegenteil. Leute wie Indiana Jones würde er liebend gerne mit ihrer eigenen Peitsche erdrosseln und ihnen den Hut in den Hintern schieben!«

»Sie machen mich neugierig. Meinen Sie, er würde mit mir sprechen?«

»Durchaus möglich. Der alte Narr ist ziemlich eitel. Schmeicheln Sie ihm, und ziehen Sie einen kurzen Rock an! Wenn er in Fahrt kommt, lassen Sie ihn einfach reden. Ich schicke Ihnen Namen und Nummer aufs Handy!«

Carla wartet, bis beides auf dem Display erscheint, und tippt die Nummer ein. Sofort nimmt jemand ab.

»Bischoff!«

Carla hat ein Faible für interessante Stimmen, und die Stimme des Mannes am anderen Ende der Leitung ist zweifellos interessant. Ein alter Mann, vermutlich über siebzig. Trotzdem ein tiefer und sonorer Stimmklang mit nur winzigen Anzeichen von Brüchigkeit und einem deutlich grantigen Unterton.

»Professor Tillmann Bischoff? Mein Name ist Carla Winter. Ich bin Rechtsanwältin und hätte Sie sehr gerne in einer privaten Angelegenheit gesprochen. Mathilde Stein hat mir Ihre Nummer gegeben.«

Bischoff lässt sich Zeit mit der Antwort. »Die sollte mich lieber hin und wieder mal besuchen, anstatt meine Nummer auszuplaudern«, knurrt er nach einer Weile.

»Das werde ich garantiert ausrichten«, sagt Carla. »Ich glaube, sie mag Sie.«

»Ach ja? Hat sie mich nicht einen alten Narren genannt? Was frag ich ... woher kennen Sie Mathilde?«

»Sie ist meine Sekretärin.«

»Mein Beileid«, sagt Bischoff. »Und, was wollen Sie nun von mir?«

»Ich möchte Sie um Ihre wissenschaftliche Meinung bitten. Zu ein paar Fragen, die sich auf Ihr Fachgebiet beziehen.«

»Archäologie oder Orientalistik?« Bischoff klingt jetzt freundlicher und weniger zugeknöpft. Die Aussicht, vielleicht über ein paar Lieblingsthemen sprechen zu können, scheint seine Stimmung aufzuhellen.

»Möglicherweise beides. Ich kann das nicht beurteilen. Könnte ich Sie morgen Vormittag besuchen? Es geht um eine Angelegenheit, die ich nicht am Telefon erörtern möchte.«

»Gut. Ich habe um 11 Uhr einen Termin. Wenn Sie um 9 Uhr kommen, haben wir eine Stunde. Ich wohne in Neu-Isenburg, Akazienweg 3. Passt das?«

»Das passt sogar ausgezeichnet! Haben Sie vielen Dank.«

Carla legt auf und gibt Bischoffs Namen in die Suchmaschine ihres Handys ein. Der Professor hat eine eindrucksvolle berufliche Karriere hinter sich. Studium der Altorientalistik, Archäologie und Semitistik an renommierten in- und ausländischen Universitäten, Habilitation, Leitung zahlreicher Ausgrabungen im Irak und eine Unmenge von Veröffentlichungen zum sumerischen und babylonischen Mesopotamien. Nach beinahe zwei Jahrzehnten Tätigkeit für das Römisch-Germanische Zentralmuseum in Mainz ist er vor ein paar Jahren in den Ruhestand gegangen. Genau der richtige Mann.

Carla bestellt einen zweiten Cognac und überlegt, was sie anziehen soll. Dann wählt sie Rossmüllers Nummer und belügt die Polizei.

ZWÖLF

Carla geht davon aus, dass ein Mann wie Professor Bischoff Wert auf Pünktlichkeit legt, und so steht sie am nächsten Morgen um genau 9 Uhr vor seiner gepflegten Doppelhaushälfte in einer ruhigen Anliegerstraße. Die Nacht allein in ihrem Haus ist ihr einigermaßen gut bekommen. Sie hat sechs Stunden am Stück ohne Alpträume geschlafen und zum ersten Mal seit dem Anblick des Toten in ihrem Schrank das Gefühl, die Kontrolle über ihr Leben zurückgewinnen zu können.

Der Professor öffnet sofort. Tillmann Bischoff ist ein hagerer Mann Anfang siebzig. Schlohweißer Haarschopf, Strickjacke, ausgebeulte Cordhosen und hellwache Augen hinter dicken Brillengläsern. Carla findet, dass man professoraler kaum aussehen kann.

»Hallo«, sagt er höflich. Besonders erfreut über ihren Besuch scheint er allerdings nicht zu sein.

Carla ignoriert seine Distanziertheit und strahlt ihn an. »Guten Morgen, Herr Professor. Vielen Dank, dass Sie sich die Zeit für mich nehmen.«

Er nickt, bittet sie herein, und gemeinsam nehmen sie im Wohnzimmer an einem großen Esstisch Platz.

»Kann ich Ihnen etwas anbieten? Kaffee? Tee? Wasser?«

»Nein, vielen Dank.«

»Gut«, beginnt er ohne Umschweife. »Dann erzählen Sie mal, warum genau Sie gekommen sind.«

Carla intensiviert das sonnige Lächeln, das sie zum Auftauen frostiger alter Männer bereithält, und schlägt die Beine übereinander. »Ich möchte etwas erfahren über babylonische und sumerische Mythologie.«

Bischoff zieht erstaunt die Augenbrauen hoch. »Und deswegen kommen Sie extra hier raus? Das können Sie doch alles im Internet nachlesen.«

»Die Fakten schon und die Legenden auch. Aber ich rede gerne mit Leuten, die sich ein Urteil über Hintergründe und Zusammenhänge bilden können.«

Carla fragt sich, ob sie zu dick aufträgt, aber Bischoffs zufriedene Miene zeigt, dass die Charmeoffensive Wirkung entfaltet. Bei seinem nächsten Satz lächelt er bereits.

»Haben Sie irgendwelche Vorkenntnisse, was die Materie betrifft?«

»Nein. Ich kenne den Gott Marduk. Aus der Zeit, als ich noch Kreuzworträtsel gelöst habe. Konkret gekommen bin ich wegen einer Gottheit namens Ishtar.«

Bischoff ist erfreut. »Immerhin, Marduk! Der war die Nummer eins im Pantheon. Also, ich mache es so kurz wie möglich: Wie bei den Griechen und Römern waren auch die Götter der Babylonier menschengestaltig und häufig familiär miteinander verbunden. Sie hatten sehr unterschiedliche Eigenschaften und Aufgaben. Zusätzlich gab es noch untergeordnete Götter, die den Hauptgöttern zu Diensten waren. Insgesamt komplizierte Verhältnisse.

Im Fall der von Ihnen angesprochenen Gottheit Ishtar geht es um ein sehr bekanntes und komplexes Wesen. Ishtar war sowohl männlich als auch weiblich und hatte einen vielschichtigen Aufgabenbereich. Einerseits war sie für das sexuelle Begehren zuständig, andererseits für den Krieg. Dementsprechend wird sie auch sehr unterschiedlich dargestellt. Als Kriegsgott ist sie behaart und trägt oft ein Sichelschwert. Als Liebesgöttin wird sie zumeist in der sogenannten ›Breast-offering-Pose‹ abgebildet, die viele Archäologen auch einfach die ›Ishtar-Pose‹ nennen. Ihre Hände umfassen die Brüste und scheinen sie dem Betrachter darzubieten. Schenkel und Gesäß sind sehr ausladend modelliert, was zweifellos ihre Rolle als Mutter der Fruchtbarkeit unterstreichen soll.« Bischoff steht auf, geht zum Wandregal und zieht einen Bildband heraus. Zahlreiche Fotos darin zeigen die Gottheit in ihren verschiedenen Funktionen. »Ihr wurde auch als Königin des Himmels, Licht der Welt, Schöpferin der Menschheit oder als Fluss des Lebens gehuldigt. Wie Sie sehen, eine sehr bedeutsame Dame.«

»Von der es vermutlich zahlreiche Darstellungen gab.«

»Ja, die waren im gesamten mesopotamischen Raum verbreitet. Auf Vasen, Reliefen, Rollsiegeln oder als Statuen.«

»Also nicht gerade Raritäten?«

»Das kann man so nicht sagen. Es kommt auf den Zustand, die Verarbeitung und das Material an. Und die Expertise. Es sind unendlich viele Fälschungen im Umlauf.«

»Heißt das, die wirklich echten und gut erhaltenen sind sehr wertvoll?«

Bischoff runzelt die Stirn und starrt sie verständnislos an. »Ja, klar! Wenn die nicht wertvoll wären, gäbe es den globalen Handel mit antiker Kunst doch gar nicht!«

Carla ruft sich ins Gedächtnis, was sie gestern vor dem Schlafengehen zu dem Thema noch gegoogelt hat. »Natürlich weiß ich, dass es diesen Handel gibt und er große Profite abwirft. Aber man liest sehr unterschiedliche Einschätzungen über den Markt und den Wert der Objekte. Ich bin gekommen, um Ihre ganz persönliche Meinung zu erfahren. Welche Rolle spielt dieser Handel mittlerweile?«

Bischoff nickt besänftigt. Offenkundig gefällt ihm die Richtung, die das Gespräch nimmt. »Eine große Rolle. Er hat sich zu einem zentralen Bestandteil der organisierten Kriminalität entwickelt. Eng vernetzt mit Drogen-, Waffen- und Menschenhandel. Da werden jährliche Umsätze im mehrstelligen Milliarden-Dollar-Bereich gemacht. Die Sparte ist gerade dabei, den Waffenhandel als Nummer zwei der umsatzstärksten illegalen Erwerbsquellen abzulösen. Nur der Drogenhandel rangiert noch davor.«

Carla ist beeindruckt. »Lassen Sie mich eine konkrete Frage stellen: Ich habe von einer goldenen Ishtar-Statue gehört, deren Wert sich angeblich auf vierhundert Millionen Dollar belaufen soll. Kann man diese Preise tatsächlich erzielen?«

»Durchaus! Wenn Sie den richtigen Käufer finden. Entweder Sie kommen unter Ausschluss der Öffentlichkeit direkt mit einem reichen Sammler ins Geschäft oder Sie bieten Ihr Objekt bei einer internationalen Versteigerung in New York, London oder München an, wo der Auktionator den Preis für Sie in die Höhe treibt. Es gibt inzwischen deutliche Parallelen zum Kunstmarkt. Denken Sie an *Salvator Mundi*, das dubiose Leonardo-Bild, das 2017 bei Christie's in New York für 450 Millionen Dollar unter den Hammer kam.«

Carla nickt und beobachtet fasziniert, wie Bischoff von seiner eigenen Rede mitgerissen wird. »Wissen Sie, was der besondere Witz an dem schmutzigen Geschäft mit der Antike ist? Dass alle denken, es wäre ein Kavaliersdelikt! Diese Typen haben überhaupt kein Unrechtsbewusstsein. Raubgräber, Schmuggler, Antikensammler, Auktionshäuser, das ganze Pack!« Der Archäologe kommt jetzt richtig in Fahrt. »Die sagen: Was haben Sie für ein Problem damit, dass eine sumerische Skulptur in einer schicken Galerie steht, anstatt in einer Geröllhalde herumzuliegen? Verstehen Sie, das fragen die mich allen Ernstes!«

Carla nickt verständnisvoll. Auch sie hat dieses Argument bei ihrer Internetrecherche am Vorabend gelesen und kann nachvollziehen, warum es Bischoff derart verbittert: Es macht die gesamte Arbeit der Archäologen zunichte.

Als ihr Gastgeber weiterspricht, vibriert seine Stimme vor Empörung. »Was diese Arschlöcher nicht begreifen, ist im Grunde ganz einfach: Sobald die isolierten Kunstwerke bei Händlern, Auktionen oder in Museen landen, sind sie für die Wissenschaft praktisch wertlos. Weil verdammt noch mal der Fundzusammenhang unwiederbringlich verloren ist! Auf einmal weiß niemand mehr genau, wo und unter welchen Umständen eine Statue ausgegraben wurde. Gab es dort noch andere Gegenstände? Schmuck oder Waffen? Skelette von Männern oder Frauen? Eine gut erhaltene Uschebti-Figur in einer Vitrine mag wunderschön aussehen, aber sie erzählt keine Geschichte mehr!«

Bischoff redet sich immer mehr in Rage. Es ist das Thema seines Lebens, über das er sich schon Aberhunderte Male ereifert hat und das ihn vermutlich bis in seine Träume verfolgt. »Nach den Kriegen in Syrien und dem Irak ist alles noch viel schlimmer geworden!«

Nicht nur für die Kulturgüter, denkt Carla, vor allem für die Menschen. Bischoff gießt sich Mineralwasser nach und leert das Glas in einem Zug, bevor er weiterspricht.

»Raubgräber, Schmuggler, Händler, Auktionshäuser und Museen: Das sind die Stationen des Geschäfts. Die Raubgräber stehen am Anfang der Kette. Natürlich gibt es unter ihnen viele arme Schweine, denen man kaum vorwerfen kann, was sie tun. Es gibt aber auch schon viele, die sich bei ihren illegalen Ausgrabungen von bewaffneten Bodyguards schützen lassen.

Außerdem mehren sich die Hinweise, dass bei politischen Unruhen und Kriegen die Plünderungen von Museen systematisch von außen gesteuert wurden. Bei der Erstürmung des Nationalmuseums in Bagdad 2003 zum Beispiel wurden gezielt ganz bestimmte Objekte geraubt. Als ob die Plünderer eine Auftragsliste abarbeiteten.

So oder so, das Ganze ist ein Desaster. Die Raubgrabungen führen zu einer Zerstörung des Kulturerbes, die nicht mehr rückgängig gemacht werden kann. Ist Ihnen klar, von welcher Region ich rede?«

Carla nickt. »Das Land, wo alles begann.«

»Richtig!« Bischoffs Stimme klingt schwärmerisch und resigniert zugleich. Er wirkt jetzt völlig verausgabt und hat Tränen in den Augen. »Das antike Mesopotamien, die Wiege der wichtigsten Hochkulturen. Assyrer, Babylonier und Sumerer haben hier seit dem 4. Jahrtausend vor Christus Kunst und Bauwerke geschaffen, die zum großartigsten Kulturerbe der Menschheit gehören. Sie erfanden das Rad und die Keilschrift. Verstehen Sie, was ich meine? Von hier aus nahm unser aller kulturelle Entwicklung ihren Lauf.«

»Sie haben recht«, sagt Carla sanft. »In jeder Hinsicht!« Sie hat angefangen, diesen verrückten Professor zu mögen, und gleichzeitig tut er ihr leid. »Es gibt keine Lösung, oder?«

Bischoff wischt sich mit einer fahrigen Bewegung den Schweiß aus dem Gesicht. »Doch! Die Lösung wäre, allen Sammlern und Museumsdirektoren dieser Welt einen Denkzettel an die Stirn zu tackern, wo draufsteht: Don't buy that stuff!«

DREIZEHN

Von Neu-Isenburg aus fährt Carla direkt zum Amtsgericht und denkt dabei über Professor Bischoff nach. Ein Mann mit einer Obsession, die ihn offenbar seit Jahrzehnten auffrisst. Klug, fanatisch und eitel zugleich. Er hat es am Ende des Gesprächs bedauert, dass sie schon gehen musste, weil er gerne noch weiter über sein Lieblingsthema referiert hätte. Vor allem wahrscheinlich mit einer attraktiven Frau, die ihm so aufmerksam zuhörte.

Die Idee, ihn zu besuchen, war ihr durch das permanent spöttische Gerede Mathildes gekommen, die über alles und jeden herzog und bei der eigenen Verwandtschaft keine Ausnahme machte. Aber so verrückt scheint Carla dieser Professor gar nicht. Was er über Raubgrabungen und Antikenhandel erzählt hat, ist informativ und fundiert gewesen.

Und sie hat es geschafft, ihn zu beeindrucken, was sich noch als Vorteil herausstellen könnte. Er würde ihr mit Sicherheit zur Seite stehen, falls sie bei dieser verrückten Geschichte noch mal einen Verbündeten brauchte.

Pünktlich um 11 Uhr erreicht sie das Amtsgericht, wo Richard Kantheim um 11:20 Uhr zu achteinhalb Jahren Gefängnis verurteilt wird. Angesichts seiner Rückfälligkeit wäre auch eine deutlich höhere Haftstrafe möglich gewesen, was dem Angeklagten klar zu sein scheint, denn während der Urteilsbegründung feixt er zu ihr herüber und reckt den Daumen in die Höhe. Die Richterin ermahnt ihn, und Carla starrt genervt an die Decke.

Zum ersten Mal seit Jahren fühlt sie sich unwohl im Gerichtssaal, hat nicht das Gefühl, genau dort zu sein, wo sie hingehört. Sie hat den Staatsanwalt und die Richterin beobachtet und bildet sich ein, dass die beiden sie mit merkwürdigen Blicken gestreift haben, als Kantheim ihr zuwinkte. Hat nicht auch die Protokollführerin süffisant in ihre Richtung gelächelt?

Alle wissen es, denkt sie. Natürlich wissen es alle. Die Polizei war mit ihren Informationen für die Öffentlichkeit sehr zurückhaltend, aber der Mord ist natürlich trotzdem tagelang in den Medien verhandelt worden. Sie hat die Schlagzeilen gesehen: Student im Haus einer Frankfurter Anwältin brutal getötet. Ein gefundenes Fressen für die Boulevardpresse. Anonymisierung und Fotos mit Balken über den Augen nutzen da gar nichts.

Sie verlässt den Sitzungssaal und tritt hinaus auf den Flur. Für einen Freitagmittag ist sehr viel Betrieb. Besucher, Presse und jede Menge Leute, die auf die eine oder andere Weise mit der Frankfurter Justiz zu tun haben, hasten an ihr vorbei. Viele grüßen sie mit eiligem Kopfnicken oder Winken, und jedes Mal sucht sie in den Gesichtern nach Anzeichen von Wiedererkennen und Häme. Mehr und mehr kommen ihr die Schritte über diesen Korridor wie ein Spießrutenlauf vor. Verdammte Paranoia!

Aber sie lässt sich nicht fertigmachen. Weder von den Bullen, noch von irgendwelchen moralinsauren Kollegen. Sie wird jetzt mit ausgestrecktem Mittelfinger diesen Flur entlanggehen und sich lauthals ins Wochenende verabschieden. Und zwar von allen.

Dieser fantastische Plan, beruflichen Selbstmord zu begehen, gefällt ihr so gut, dass sie grinsen muss und dabei merkt, wie heftig sie die Zähne zusammengebissen hat. Okay, auch das muss aufhören.

Carla macht zwei Schritte vorwärts, schenkt sich den Teil mit dem Mittelfinger und bahnt sich lächelnd einen Weg durch die Menge in Richtung Ausgang. Die Anspannung lässt nach. Mit jedem Schritt geht es ihr besser.

Bis sie Rossmüller sieht. Er steht direkt vor dem Hauptportal, das nach draußen führt, und scheint auf sie gewartet zu haben. Zusammen mit einem weiteren Bullen in Zivil, den sie noch nie gesehen hat.

Rossmüller winkt sie zu sich heran, und ihr bleibt nichts anderes übrig, als der Aufforderung Folge zu leisten.

»Mein Kollege Riemann vom Landeskriminalamt«, sagt er und zeigt auf den Mann neben sich, der Carla höflich zunickt. »Wir müssen mit Ihnen sprechen.«

»Okay«, sagt sie und deutet mit dem Daumen den Gang hinunter. »Lassen Sie uns dorthin gehen. Da gibt's eine Sitzbank für Besucher.«

Die beiden Polizisten folgen ihr wortlos, und nebeneinander nehmen sie auf einer unbequemen Holzbank mit altmodisch hoher Rückenlehne Platz. Rossmüllers Gesichtsausdruck gefällt Carla ganz und gar nicht.

»Sie haben mich gestern angerufen und mir von einem Gespräch mit einem unbekannten Araber erzählt, der Sie auf dem Friedhof abgepasst hat«, beginnt er.

»Ich erinnere mich«, sagt Carla.

»Der hat Ihnen erzählt, Ihr toter Exmann habe eine sehr wertvolle Skulptur gestohlen. Sie selbst haben mir gegenüber dann angedeutet, dass dies möglicherweise der Gegenstand gewesen sein könnte, nach dem Debus' Mörder in Ihrem Haus gesucht hat.«

»So weit korrekt.«

»Sonst konnten Sie mir von dem geheimnisvollen Araber nichts erzählen. Name, Nationalität oder in welcher Beziehung er zu Ihrem Exmann stand – all das wussten Sie nicht. Auch Ihre Beschreibung des Mannes war recht vage.«

Carla nickt. »Er sah sehr durchschnittlich aus.«

»Aber Sie würden ihn wiedererkennen, oder?« Der Mann vom LKA, der bisher geschwiegen hat, lässt seine Worte einen kleinen Augenblick nachwirken. Dann zieht er aus seiner Aktentasche ein

Tablet, tippt darauf herum und streckt es Carla entgegen. Sie nimmt es in die Hand und zuckt zusammen. Das Display zeigt vier gestochen scharfe Bilder. Auf dem ersten ist zu sehen, wie sie mit Wassouf das Café betritt. Zwei Fotos zeigen sie in angeregter Unterhaltung mit ihm, und auf dem vierten sieht man Wassouf das Café allein verlassen.

Carla nimmt sich zusammen und gibt Riemann das Tablet mit mühsam unterdrückter Wut zurück. »Wie kommen Sie dazu, mich observieren zu lassen?«

»Nicht Sie, Frau Anwältin, sondern ihn. Den Mann, von dem Sie nicht einmal den Namen wissen. Haben Sie ein Faible für Männer, deren Namen Sie nicht interessieren?« Er wirft Rossmüller einen amüsierten Blick zu, der Carla nicht entgeht.

»Ihren werde ich mir jedenfalls merken«, sagt sie.

Riemann nickt gleichmütig. »Der Mann auf dem Foto heißt Halim Wassouf. Syrischer Staatsbürger. Geboren 1977 in Aleppo. Später zog die Familie nach Damaskus. Dort hat er studiert und als Lehrer gearbeitet. Im Verlauf der Unruhen und Aufstände gegen das Assad-Regime wurde er inhaftiert und brutal gefoltert. Es gelang ihm, aus dem Gefängnis zu entkommen und nach Deutschland zu fliehen. Der Asylantrag ging glatt durch. Sein Körper ist übersät mit Narben und Folterspuren, niemand zweifelte an der politischen Verfolgung. Ob er Familienangehörige in Deutschland hat, prüfen wir gerade.«

»Woher wissen Sie so viel über ihn?«, fragt Carla.

»Etliche Dinge hat er während des Asylverfahrens selbst zu Protokoll gegeben, anderes wurde in jüngerer Zeit von Ermittlern zusammengetragen.«

»Wie hat er es geschafft, ins Visier des LKA zu geraten?«

»Auf in Deutschland lebende Araber hat der Staatsschutz ein Auge. Irgendwem fiel auf, dass Wassouf sehr viel im ganzen Bundesgebiet herumreiste und eine Menge Geld ausgab. Viel mehr Geld, als er mit seinem Job als Taxifahrer verdienen konnte. Also gab es entsprechende Anfragen und Abgleiche bei LKA, BKA und Europol. Nach und nach entstand folgendes Bild: Halim Wassouf steht im Verdacht, ein Schmuggler zu sein. Spezialisiert auf antike Kunst. Er nimmt hauptsächlich Objekte, die über Istanbul nach Frankfurt oder Berlin kommen, in Empfang und transferiert sie in andere westeuropäische Länder, was zumindest innerhalb des Schengenraumes nicht übermäßig schwierig ist. Wir wissen aber, dass er auch schon Kunstgegenstände aus dem Irak und dem syrischen Grenzgebiet in die Türkei geschmuggelt hat. Die Kollegen von Interpol in Lyon sagen, er würde eng mit einem hellhäutigen Europäer zusammenarbeiten, bei dem es sich vermutlich um Ihren Exmann Felix Winter handelt. Wenn es stimmt, dass Winter eine kostbare Skulptur gestohlen hat, war Wassouf garantiert daran beteiligt. Das hat er Ihnen verschwiegen, oder?«

Hat er nicht, denkt Carla und nickt gleichzeitig.

»Wie auch immer«, fährt Riemann fort, »Sie werden mein Erstaunen verstehen, als meine Kollegen mir die Fotos zeigten: Wassouf beim Fünfuhrtee mit einer Anwältin, in deren Haus vor einer Woche jemand ermordet wurde. Als ich dann von Ihrer äußerst sparsamen Aussage hörte, habe ich mich gefragt, ob Sie dem Kollegen Rossmüller wirklich alles erzählt haben, was Sie wissen.«

Carla nickt erneut. »Was mich betrifft, ist alles gesagt. Haben Sie Wassouf zu Ihrem Verdacht vernommen?«

»Das war nicht möglich.«

»Warum nicht?«

»Aus Gründen, die wir mit Ihnen nicht erörtern werden«, sagt Riemann kühl. »Falls Sie sich doch zur Kooperation entschließen sollten, melden Sie sich.« Er gibt Rossmüller ein Zeichen, beide stehen auf und machen sich grußlos davon.

Carla schaut ihnen nach und versucht zu verstehen, was gerade passiert ist. Das LKA überwacht und verdächtigt also diesen Wassouf. Warum haben sie ihn sich nicht längst vorgenommen? Ihn verhört? Seine Wohnung durchsucht? Weil die Beweise nicht ausreichen? Quatsch, so was geht auch ohne Beweise, besonders bei Ausländern. Vielleicht wollen sie ihn weiter observieren, um an irgendwelche Hintermänner heranzukommen.

Wenn sie wirklich davon überzeugt sind, dass er an dem Diebstahl beteiligt war, müsste ihnen eigentlich klar sein, dass er in Gefahr ist. Was, wenn sie einfach in Ruhe abwarten, wer wohl auftaucht, um Wassouf umzubringen? Um ihn dann direkt auch für den Mord an Marc Debus dranzukriegen?

Was hat dieser Mann getan, nachdem er bei ihr zu Hause nicht gefunden hat, was er suchte? Sie weiter beobachtet? Dann hat sie ihn am Donnerstag geradewegs zu seinem zweiten Opfer geführt. Vielleicht hat der Mörder mit ihnen im Café gesessen und ist Wassouf gefolgt. Scheiße!

Sie versucht sich an den Wortlaut der Unterhaltung zu erinnern, die sie vor wenigen Minuten geführt hat.

Haben Sie Wassouf zu Ihrem Verdacht vernommen?

Das war nicht möglich, hat Riemann gesagt.

Warum soll das nicht möglich gewesen sein? Sie hatten ihn doch die ganze Zeit im Auge und wussten, wo er war.

Außer, Wassouf ist schon ... Nein, sie weigert sich, den Gedanken zuzulassen. Wenn ihm etwas passiert wäre, hätten die Bullen ihr das gesagt, oder? Sie denkt an die verschlossenen Gesichter und schüttelt langsam den Kopf. Die Polizei noch einmal anzurufen, hat keinen Sinn. Riemann und Rossmüller haben dichtgemacht. Die werden ihr nichts sagen, weil sie ihr nicht trauen.

Wen könnte sie fragen? Angestrengt denkt sie darüber nach, ob ihr jemand im Frankfurter Polizeiapparat einen Gefallen schuldet, und geht im Kopf eine Reihe von Namen und Gesichtern durch, von denen jedoch niemand in Frage kommt.

Es gibt einen Menschen, der für sie herausfinden könnte, was passiert ist. Aber den müsste sie bezahlen. Und, was schwerer wiegt: Sie kann den Mann nicht ausstehen. Sie holt ihr Handy he-

raus und starrt minutenlang auf das Display. Dann wählt sie leise fluchend Caspers Nummer und erklärt ihm, was sie braucht.
»Ich rufe Sie an«, sagt er. »Morgen früh um 8:30 Uhr. Seien Sie wach!«

VIERZEHN

Als ihr Handy am nächsten Morgen klingelt, ist Carla schon seit Stunden auf und fühlt sich, als hätte sie eine Nachtwanderung hinter sich. Jeder einzelne Muskel schmerzt, weil sie seit einer Woche nicht mehr entspannt geschlafen hat. Weder heiße Bäder noch die vielen Magnesiumtabletten haben daran etwas ändern können. Genauso wenig, wie die neuen Türschlösser etwas an der Angst geändert haben, die sie jedes Mal wie ein Tier anspringt, wenn sie das Schlafzimmer betritt. Wo der Schrank stand, stapelt sich jetzt ihre Kleidung auf dem Boden. Für die Sachen wird sie sich was einfallen lassen müssen. Etwas ohne Türen.

Genau acht Tage ist es her, dass ihr altes Leben den Bach runterging. Eine gefühlte Ewigkeit. Sie lässt es klingeln, will dieses Telefonat nicht führen, aber das kann sie sich nicht leisten. Johann Casper wird kein zweites Mal anrufen. Sie nimmt das Gespräch entgegen, und er kommt ohne Umschweife zur Sache.

»Ich habe Neuigkeiten. Aber nicht am Telefon. Kommen Sie ins Café Mola in der Diesterwegstraße. Das ist direkt am Südbahn...«

»Ja, ich weiß, wo das ist«, unterbricht ihn Carla. Das Mola ist ein gemütliches Café mit Wohnzimmeratmosphäre in Sachsenhausen. Bunte Wände, zusammengewürfelte Retro-Möbel, leckeres Essen. Ideal, um eine durchzechte Nacht mit einem üppigen türkischen Frühstück zu krönen. »Haben Sie, was ich brauche?«

»Ja, hab ich. Nicht ganz billig, aber sein Geld wert.«

»Okay! Ich kann in vierzig Minuten da sein.«

»Klar können Sie das«, sagt Casper. »Und bringen Sie fünfhundert Euro mit.« Dann legt er auf.

Verdammter Aasgeier. Sie hat im letzten Jahr gut verdient und einiges zurücklegen können, aber sie hasst den Gedanken, diesen Mann bezahlen zu müssen.

Soll sie für die Fahrt nach Sachsenhausen das Auto nehmen? Sie entscheidet sich für die S-Bahn. Es ist Samstagmorgen, die Stadt wird voll sein und die Parkplätze rar. Wieder einmal fragt sie sich, warum sie diesen schnuckeligen, wunderbar neu riechenden Audi eigentlich unbedingt haben wollte.

Als Carla das Café betritt, ist Casper schon da. Er sitzt an einem Tisch am Fenster und beschäftigt sich mit einer opulenten Frühstücksplatte. Knoblauchwurst, marinierte Oliven, allerlei Käse, Honig, Butter, Marmelade und jede Menge Obst. Casper nickt ihr zu und isst weiter.

Carla setzt sich zu ihm und bestellt Tee. Dann betrachtet sie ihren ungerührt vor sich hin kauenden Informanten. Johann Casper mag vielleicht Mitte vierzig sein, schlank, mit schütterem Haar und Hornbrille. Er trägt einen sandfarbenen Anzug und ein Hemd in fast demselben Farbton. Eine auf merkwürdige Weise faszinierende Erscheinung. Ihr Gegenüber wirkt wie jemand, der sein ganzes Leben lang ignoriert und übersehen worden ist und sich irgendwann entschlossen hat, daraus Profit zu schlagen. Vielleicht ist ihm aufgefallen, dass Menschen über vertrauliche und heikle Themen einfach weitersprechen, wenn er ins Zimmer kommt, und schlicht so tun, als sei er gar nicht da. Carla hat ihn erst zweimal persönlich getroffen und jedes Mal den Eindruck gehabt, dass er mit seiner Umgebung zu verschmelzen scheint. Je länger sie ihn anstarrt, desto undeutlicher nimmt sie ihn wahr.

Angeblich hat er einen untergeordneten Job bei der Stadtverwaltung. Ordnungsamt? Denkmalschutz? Sie hat vergessen, welche Dienststelle ihn offiziell bezahlt, weil es keine Rolle spielt. Casper verdient sein Geld damit, dass er weiß, was im Behördendschungel der Stadt vor sich geht. Egal, ob bei der Ausschreibung von Bauaufträgen getrickst wurde, der Leiter der Friedhofsverwaltung sich im Puff vergnügt oder jemand die Schlachtereibetriebe vor Razzien des Gesundheitsamtes warnt: Johann Casper bekommt Wind davon. Er muss Dutzende von Zuträgern haben, die er an seinen Einnahmen beteiligt, und pflegt Geschäftsbeziehungen zu mindestens zehn Frankfurter Journalisten und einigen Kiezgrößen, die ihn als Quelle schützen und anstandslos bezahlen. Seine Informationen aus dem Polizeiapparat gelten als besonders zuverlässig.

Carla wirft einen demonstrativen Blick auf ihre Armbanduhr. »Sind Sie noch nicht satt?«

Casper blickt von seinem Teller hoch. »Wollen Sie was abhaben?«

Sie beißt sich auf die Unterlippe und rollt vor Ungeduld mit den Augen. »Ich habe das Geld mitgebracht.«

»Sie müssen noch hundert drauflegen.«

»Wie bitte?«

»Da muss noch jemand in der Pathologie bezahlt werden. Ein Student, der nach den Obduktionen saubermacht. Er hat eine wichtige Information nachgeschoben. Was er gesehen hat, wird Ihnen zu denken geben.«

So eine miese Ratte. Carla schluckt ihre Wut hinunter und fischt die fünf Hunderter aus der Tasche, die sie von ihrem Konto abgehoben hat. Dann zückt sie ihr Portemonnaie und zählt noch einmal einhundert Euro in kleinen Scheinen auf den Tisch. Casper streicht das Geld ein und steckt sich eine letzte Olive in den Mund.

»Bevor Sie sich jetzt aufregen, hören Sie zu. Am frühen Donnerstagabend hat es eine männliche Leiche gegeben. Der Tote ist etwa fünfundvierzig Jahre alt. Laut seiner Ausweispapiere arabischer Herkunft.«

Wassouf, gütiger Himmel. Carla räuspert sich und versucht, ihre Aufregung zu verbergen. »Wie ist er gestorben?«

»Durch einen Stich in die Brust. Angeblich war er sofort tot.«

»Gab es irgendwelche Hinweise auf das Motiv für die Tat?«

»Möglicherweise. Zumindest gab es einen Hinweis auf ein Hassverbrechen.«

»Jetzt spannen Sie mich nicht auf die Folter, Mann! Vielleicht können Sie mal drei oder vier Sätze am Stück reden?!«

»Der Tote ist im Palmengarten gefunden worden. Vermutlich wurde er auch dort ermordet. Waren Sie schon mal da? Dann kennen Sie vielleicht das Tropicarium? Eingang Siesmayerstraße, gleich rechts. Es besteht aus mehreren, zum Teil sehr unterschiedlichen Häusern. Die Leiche lag im Halbwüstenhaus.«

»Und was wächst da so?«

»Sukkulenten. Pflanzen, die Wasser und Nährstoffe speichern können.«

»Sie meinen Kakteen?«

»Unter anderem. Sie haben ein paar schöne alte Goldkugelkakteen aus Mexiko. Riesige Biester. Einen Meter hoch und entsprechend dick.«

Carla ist mit ihrer Geduld am Ende, zwingt sich aber zu einem ruhigen Tonfall. »Warum zum Teufel erzählen Sie mir das? Spielt das irgendeine verdammte Rolle?«

Casper lächelt milde. »Für Sie nicht, für den Toten schon. Jemand hat sein Gesicht in so einen Monsterkaktus gedrückt.«

Ihre Hand mit der Teetasse macht eine derart fahrige Bewegung, dass die Hälfte von dem Chai auf der Tischdecke landet. Was der Whistleblower da in ruhigem Plauderton erzählt, ist so bösartig, dass ihr Magen revoltiert.

»War er schon tot, als das passiert ist?«

»Kann ich rausfinden. Kostet extra.«

Carla starrt ihn fassungslos an. Sie hat noch nie jemandem ins Gesicht geschlagen, aber Johann Casper bettelt geradezu darum. Dennoch sagt sie: »Rufen Sie mich an, wenn Sie es wissen.«

Er nickt, legt einen Zwanzig-Euro-Schein auf den Tisch und

geht. Als die Kellnerin die Reste seiner Frühstücksplatte abräumt, bestellt Carla einen Mokka, weil es für Cognac noch zu früh ist.

Vielleicht sollte sie auch nach Hause gehen. Am besten zu Fuß. Den Schrecken körperlich ausagieren, irgendetwas tun, aber das lähmende Entsetzen, das Wassoufs schreckliches Ende in ihr ausgelöst hat, nagelt sie auf dem Stuhl fest. Dauernd sieht sie ihn vor sich. Ein verzweifelter Mann, der Furchtbares durchgemacht hat. *Der Körper ist übersät mit Narben und Folterspuren*, hat Riemann gesagt. Was für ein elender Zynismus: Halim Wassouf hat Sednaja überlebt und stirbt in einem botanischen Garten in Frankfurt. Unter äußerst bizarren Umständen.

Warum der Palmengarten? Ein bekannter öffentlicher Ort in Frankfurt. Da haben sie sich bestimmt nicht zufällig getroffen. Wer hat wen dorthin bestellt? Und wie kaltblütig muss man sein, um jemanden an einem solchen Ort zu erstechen? Vielleicht waren sie für kurze Zeit die einzigen Besucher in dem Raum mit den Monsterkakteen, und der Täter hat die Chance genutzt, als er überzeugt war, dass Wassouf nichts über den Aufenthaltsort der Statue wusste.

Auf jeden Fall ist der Mord sehr schnell und vor allem ohne Aufsehen verübt worden, was dafür spricht, dass Wassouf schon tot war, als sein Gesicht in den Kaktus gedrückt wurde. Jeder lebende Mensch hätte das gesamte Tropicarium zusammengeschrien. Aber warum hat der Täter seinem toten Opfer das noch angetan? Trotz der Eile, in der er gewesen sein muss. Vielleicht zur Abschreckung? Eine Warnung nach Mafia-Art an alle, die es angeht?

Oder aber, um die Tat als Hassverbrechen zu inszenieren?

Noch etwas anderes ist merkwürdig an der ganzen Geschichte. Sie holt ihr Handy heraus und geht die großen Nachrichtenportale im Internet durch. Ein Mord im Palmengarten wird nirgendwo erwähnt. Genau wie in ihrer Tageszeitung, die sie heute früh schon durchstöbert hat, und den gängigen Social Media. Rossmüller und

Riemann haben nicht nur ihr gegenüber geschwiegen, sondern es irgendwie geschafft, die Berichterstattung über den Mord bislang gänzlich zu unterdrücken. Und das garantiert auf Weisung von ganz oben. BKA oder Staatsschutz. Vielleicht beide. Diese Nachrichtensperre wird nicht lange halten, aber wie viel politische Macht muss man aufbieten, um so eine Maßnahme auch nur für ein paar Stunden durchsetzen zu können? Und was bezweckt die Polizei damit?

Soll sie sich an die noch einmal wenden? Jetzt, wo Wassouf tot ist, braucht sie auf ihn keine Rücksicht mehr zu nehmen und könnte wahrheitsgemäß und umfassend aussagen. Aber will sie das?

Sie traut den Bullen nicht.

Rossmüller spielt nicht mit offenen Karten, und sie mag die Art nicht, wie er sie anschaut. Was aber am meisten zählt: Sie traut der Polizei nicht zu, sie zu beschützen. Vor dem, was auf sie zukommt und ihr eine Höllenangst macht. Der Mörder von Marc Debus und Halim Wassouf wird vermuten, dass sie etwas über den Verbleib der Statue weiß. Er wird kommen und seine Fragen stellen. Und dann bringt er sie um, weil ihm ihre Antworten nicht gefallen.

Was könnte Rossmüller dagegen tun? Einen Streifenwagen vor ihrem Haus postieren?

Sie schiebt das Bild des Polizisten beiseite und ruft ein anderes ab. Ein älterer Mann mit gebräunter Haut, weißem Haar und unrasierten Wangen. In einem hässlichen, schlechtsitzenden Anzug und ohne Krawatte. Vor einer Woche hat sie zum ersten Mal seit vier Jahren wieder an ihn gedacht. Ein Mann von Ehre. Auf seine Weise. Ruhig, klug und gefährlich.

Mit diesen Worten hat Daniel Wegener ihn damals beschrieben, als er den Kontakt herstellte. Sie kannte Wegener seit Jahren. Er war angestellter Anwalt in der Firma, in der sie bis zu ihrer Scheidung ebenfalls gearbeitet hatte, und ist es noch. Ein netter, etwas geschwätziger und unambitionierter Mann, der es in der Kanzlei definitiv niemals zum Partner bringen wird. Nach ihrer Kündigung war der Kontakt eingeschlafen, und entsprechend überrascht war Carla gewesen, als er an einem Morgen vor viereinhalb Jahren plötzlich anrief. Sie hatten Erinnerungen ausgetauscht, über ein paar Exkollegen hergezogen und die Weltlage kurz gestreift, als Daniel schließlich mit dem Grund seines Anrufes herausrückte.

»Ich habe einen Mandanten für dich, der dir jede Menge Kohle einbringen wird.« Daniel hatte nie viel Wert auf hochgestochenes Juristendeutsch gelegt.

»Ich bin ganz Ohr.«

»Das wäre gut für dich! Also, pass auf! Kurz nach deinem Abgang starb der dienstälteste Partner, Konrad Bär. Erinnerst du dich noch an den? Alle nannten ihn ›Erklär-Bär‹, weil er mit dem Dozieren nicht mehr aufhörte, wenn er einmal angefangen hatte. Ihn was zu fragen, konnte einen den halben Tag kosten.«

»Komm auf den Punkt, Daniel. Das weiß ich doch alles!«

»Okay! Für Bär kam Ibrahim Salman, ein deutsch-libanesischer Jurist mit allerbesten Beziehungen zur internationalen Geschäftswelt. Ein echter Gewinn für die Kanzlei.«

»Ich hörte davon.«

»Gut! Und jetzt kommt's. Besagter Anwalt Salman hat, wie sich erst vor kurzem herausstellte, einen entfernten Onkel, der seit zwei Jahrzehnten als Clan-Chef im Ruhrgebiet von sich reden macht und offenbar ein ganz schlimmer Finger ist. Er hat unseren guten Ibrahim all die Jahre in Ruhe gelassen, aber jetzt platzt er in sein Leben und pocht auf die Familienbande. Die Duisburger Justiz hat ihn nämlich an den Eiern. Nachdem er zwanzig Jahre lang ziemlich entspannt seinen diversen Aktivitäten nachgehen konnte, weil es nie Zeugen gab, die vor Gericht aussagen mochten, hat die Staatsanwaltschaft jetzt etwas gegen ihn in der Hand. Der Onkel steckt in der Klemme und braucht dringend einen guten

Anwalt. Also hat er den ehrenwerten Herrn Salman an seine familiären Verpflichtungen erinnert.«

Carla hat gelacht. »Lass mich raten: Weder die noble Kanzlei Sterneis, Hooge & Partner noch Neffe Ibrahim sind an einem Fall interessiert, der was mit Clankriminalität zu tun hat. Logisch! Schließlich hat man einen Ruf zu verlieren. Einen hochkarätigen Wirtschaftsanwalt ins Ruhrgebiet zu schicken, um seinen kriminellen Onkel zu verteidigen, kommt gar nicht in die Tüte.«

»Zumal er von Strafrecht auch keine Ahnung hat«, hat Daniel ergänzt.

»Also haben sich meine ehemaligen Chefs überlegt, dass sie aus der Nummer am besten wieder rauskommen, wenn sie dem Onkel eine andere Lösung präsentieren.«

»Richtig: eine toughe, berufserfahrene Strafverteidigerin, die mit allen Wassern gewaschen ist. Und ausgezeichnete Referenzen von Sterneis, Hooge & Partner vorweisen kann. Spezialistin für *how to get away with everything!* Mit persönlicher Empfehlung von Neffe Ibrahim.«

»Mannomann«, hat Carla gemurmelt. »Hast du nicht noch was mit Russenmafia im Angebot?«

»Überleg es dir! Die normale Gage ist schon gut, aber das Erfolgshonorar ist sensationell.« Daniel hat eine Summe genannt, die diese Bezeichnung tatsächlich verdiente. »Wenn du es schaffst, dass der Alte nicht in den Knast muss.«

»Okay! Erzähl mir was über den Mandanten.«

»Sein Name ist Ekincis. Asan Ekincis. Das meiste, was über arabische Clans erzählt wird, trifft auch auf ihn zu, nur dass er nicht so auf dicke Hose macht wie andere Familienoberhäupter. Äußerlich wirkt er immer noch wie ein bescheidener anatolischer Bauer. Aber das täuscht. Er verachtet die Gesetze dieses Landes und denkt, dass sie für ihn nicht gelten. Wenn ihm jemand bei seinen Geschäften in die Quere kommt, kann er extrem rücksichtslos sein, und selbst die Albaner gehen ihm aus dem Weg. Aber er ist kein

Psycho. Er versteht etwas von Schuld und Ehre, weil alle sozialen Beziehungen, die er pflegt, unmittelbar auf diesen Prinzipien beruhen. Es ist ein fein austariertes System von Gefälligkeiten, Erpressungen und Drohungen. Oft ist er großzügig, manchmal überraschend freundlich. Man kann ihn ohne weiteres um etwas bitten, aber man sollte sich vorher gut überlegen, ob man ihm wirklich etwas *schulden* möchte.«

»Klingt ganz reizend.«

»Ist es auch! Und es gibt noch einen anderen Aspekt, den ich erwähnen muss.«

»Raus damit!«

»Ich habe den Eindruck, bei dem Fall stimmt was nicht.«

»Geht's genauer?«

»Ist nur so ein Gefühl und klingt vielleicht komisch bei einem Typen wie Ekincis, aber ich glaube, die Bullen haben ihn gelinkt.«

FÜNFZEHN

Als sie zwanzig Minuten später das Café Mola verlässt, entschließt sie sich, zu Fuß nach Hause zu gehen. Unter einer Stunde ist das nicht zu schaffen, aber die kühle, feuchte Luft und die Bewegung werden ihr guttun. Für die Entscheidungen, die anstehen, braucht sie einen klaren Kopf.

Die Märzsonne taucht die City in ein milchiges Licht, und auf den Gehwegen drängeln sich Passanten. Leute mit prallen Einkaufstüten, junge Familien mit Kinderwagen und Spaziergänger, die sich an einem Frühjahrstag die Osterdekorationen in den Schaufenstern ansehen. Es herrscht eine heitere Stimmung, die Carla nicht erreicht.

Wieder denkt sie an Asan Ekincis, dessen Bild in ihrem Kopf wie ein Hochglanzfoto abgespeichert ist. Auch seine Stimme hat sie im Ohr, und was er damals zum Abschied gesagt hat. »Sie haben mir sehr geholfen. Und weit mehr getan, als Sie hätten tun müssen. Dafür schulde ich Ihnen Dank. Wenn der Tag kommt, diese Schuld zu begleichen, rufen Sie mich an.«

Er hat ihr eine verknitterte Visitenkarte gereicht und ist dann mit seinen Bodyguards verschwunden. Kräftige junge Männer mit schwarzen Bärten, die ihren Chef um mehr als zwei Köpfe überragten und ihr gut gefielen. Ob er sie verleihen würde?

Sie hat damals tatsächlich mehr gemacht als ihren Anwaltsjob. Nicht nur, dass sie für zehn Wochen in ein Duisburger Hotel gezogen ist, um sich in den Fall einzuarbeiten und an den Prozesstagen vor Ort zu sein. Sie hat Daniel Wegeners Hinweis ernst genommen und herausgefunden, dass die beiden Ermittler, die Ekincis um jeden Preis in den Knast bringen wollten, Beweise manipuliert, Zeugen genötigt und Falschaussagen erpresst hatten. Sie hat sich mit der gesamten Duisburger Kripo angelegt und gewonnen. Ein Freispruch erster Klasse, den der Alte zu schätzen wusste.

Würde er ihr helfen, wenn sie ihn darum bittet? Eindeutig, ja! Hätte er auch die Mittel dazu? Ganz sicher. Ekincis hat Geld und kann fünfzig bis achtzig engere Familienmitglieder aufbieten, die tun, was er sagt.

Aber es bleibt eine Frage, auf die sie keine Antwort weiß. Will sie wirklich Schutz suchen bei einem Mann, der seit mehr als zwei Jahrzehnten außerhalb der Legalität lebt?

Vor ihr lichtet sich der Strom der Passanten ein wenig, die Leute weichen auseinander und bilden eine Gasse für zwei halbwüchsige Jungs auf Skateboards, die direkt auf sie zukommen. Auch Carla tritt zur Seite, aber einer der Jungen fährt so dicht an ihr vorbei, dass er sie mit dem Ellenbogen anrempelt. Wütend dreht sie sich um, will ihm eine lautstarke Verwünschung hinterherschicken und entdeckt den Mann. Er ist etwa zehn Meter hinter ihr auf dem Gehweg stehen geblieben und den Skatern, die jetzt links und rechts an ihm vorbeizischen, nicht ausgewichen. Ohne ihn jemals gesehen zu haben, weiß Carla, wer er ist.

Der Mann ist mindestens ein Meter neunzig groß und breitschultrig. Er trägt eine offene schwarze Lederjacke und darunter einen dicken Pullover. Dunkle Haare, dunkler Teint, die Augen kann sie wegen der Sonnenbrille nicht sehen, aber Carla ist sicher, dass er sie anstarrt. Sie starrt zurück, und für einen kurzen Moment erinnert die Situation sie an eine Duellszene aus einem Italowestern, den sie mit ihren Schwestern ein halbes Dutzend Mal gesehen hat.

Dann fährt sie herum und hastet weiter. Einfach geradeaus. Sie wechselt in einen leichten Laufschritt. Links und rechts von ihr sind nur Boutiquen, Cafés und Handyläden. Nichts, was sich als Versteck eignet. Ob er sie hier mitten in der Fußgängerzone angreift? Sehr unwahrscheinlich! Doch was ist, wenn er nichts mehr zu verlieren hat und jedes Risiko eingeht? Sie denkt an das Tropicarium.

Aber das ist Quatsch. Schließlich will er was von ihr. Will ihr Fragen stellen, die sie nicht beantworten kann.

Also plant er Maßnahmen, um ihrem Gedächtnis auf die Sprünge zu helfen. Das kann er aber nicht in einer Fußgängerzone, oder?

Und Wassouf? Was ist passiert, bevor er *den* umgebracht hat? An einem verdammt öffentlichen Ort?

Sie riskiert einen blitzschnellen Blick über die Schulter. Der Abstand ist etwa gleich geblieben. Offenbar hat er nicht vor, sie in dieser Menschenmenge zu stellen, aber er will wissen, wohin sie verschwindet.

Das wüsste sie auch gern.

Links von ihr taucht eine weitere Boutique auf. Teuer und exklusiv. Sie muss runter von der Flaniermeile, irgendwo rein und dann abhauen. Vielleicht hat das Geschäft einen Hinterausgang. Sie duckt sich, läuft nach links auf den Laden zu, will durch einen Pulk Teenies brechen und stellt fest, dass das nicht geht.

Weil man sie nicht durchlässt.

Vier Mädchen und drei Jungs, die, statt Platz zu machen, näher zusammenrücken, als sie heranstürmt. Carla weicht nach rechts aus, versucht seitlich an ihnen vorbeizukommen, aber die Gruppe bewegt sich mit ihr mit wie ein guttrainiertes Defensivteam in der NBA. Diese Halbstarken haben ihr gerade noch gefehlt. Sie lässt ihren Blick von links nach rechts durch die Reihe huschen. Die Mädchen haben sich untergehakt. Sie sind stämmig und gothic-mäßig geschminkt. Blau- und pinkgesträhnte schwarze Haare, jede Menge Tattoos und Piercings. Die Jungs tragen Hoodies mit Emblemen von Motorradclubs, Jeans und Springerstiefel. Junge, verschlossene Gesichter mit noch spärlichem

Bartwuchs, aber offensichtlich scharf auf eine schöne kleine Samstagsrandale.

Carla schaut sich um. Ihr Verfolger ist ebenfalls stehen geblieben. Sie kann seinen Mund nicht deutlich sehen, aber sie bildet sich ein, dass er lächelt. Ihre rechte Hand gleitet in die Jackentasche und schließt sich um ihr Schlüsselbund. Ein Mandant hat ihr vor Jahren erzählt, dass ein Schlag erheblich mehr Wirkung entfaltet, wenn die Faust dabei einen harten Gegenstand umklammert.

Vermutlich stimmt das, aber wenn dieser Mann der Mörder von Marc Debus und Halim Wassouf ist, wird es Carla kaum gelingen, ihn durch einen Schlag außer Gefecht zu setzen. Ihr Blick schweift umher. Niemand sonst in der Fußgängerzone scheint von der kleinen Szene auch nur die geringste Notiz zu nehmen.

»Hastes eilig?«, fragt eines der Mädchen.

Carla starrt in ein Gesicht, das so aufwendig und kunstvoll geschminkt ist, dass sie es ohne Make-up vermutlich gar nicht wiedererkennen würde, und spürt eine unkontrollierbare Wut in sich hochkochen.

»Geh mir aus dem Weg!«

»Sonst – was?« Das Mädchen deutet mit dem Finger vage in die Richtung hinter Carla. »Die schwarze Lederjacke dahinten. Will der was von dir?«

Carla nickt. »Lasst mich durch!«

»Wir haben noch nicht gefrühstückt.«

Carla wirft erneut einen schnellen Blick über die Schulter. Der große Mann macht jetzt zwei Schritte vorwärts.

Was für eine Scheiße! Sie löst die Hand vom Schlüsselbund, schiebt sie in die Hosentasche und fördert zwei Zehn-Euro-Scheine und eine Handvoll Kleingeld zutage. Noch einmal scannt ihr Blick die Gruppe und versucht einzuschätzen, welches der Mädchen körperlich am schwächsten ist. Dann wirft sie mit einer rotzigen Geste den Kids das Geld vor die Füße und achtet darauf, dass es bei den Mädels landet. Um es aufheben zu können, müssen sie einander loslassen. Als sich alle bücken, setzt Carla sich in Bewegung. Sie bricht bei der Kleinsten durch die Reihe, rammt sie und hört in ihrem Rücken zornige Schreie und wüste Beschimpfungen. Was für dämliche Gören!

Noch zehn Meter bis zu der Edelboutique, vielleicht weniger. Sie sprintet durch die Einkaufszeile, versucht, niemanden umzurennen, erreicht den Laden, nimmt die drei Stufen bis zur Eingangstür in einem Satz und reißt sie schwungvoll auf.

Schlagartig verändert sich die Luft. Ein wunderbarer Geruch nach Sommerwiese empfängt sie. Parfum d'Interieur, von einer perfekt eingestellten Klimaanlage angenehm verwirbelt. Von irgendwoher ertönt spanische Gitarrenmusik. Links von ihr ein Stehtisch mit Sektkühler und Champagnergläsern, und direkt vor ihr steht eine blonde Verkäuferin, neben der eine Barbiepuppe wie ein zutiefst menschliches Wesen aussehen würde. Dünn, aber vollbusig, Minirock, High Heels und wie Spachtelmasse aufgetragenes Make-up.

Carla lässt ihren Blick umherhuschen. Nirgendwo eine zweite Tür. Sie zwingt sich zu einem Lächeln und versucht ihren keuchenden Atem unter Kontrolle zu bringen.

»Haben Sie noch einen weiteren Ausgang? Auf den Hof oder sonst wohin?«

Blondie lächelt ratlos zurück. »Hallöööchen«, sagt sie.

Vergiss es! Carla dreht sich um und zeigt auf ein schickes rotes Kleid im Schaufenster. »Meinen Sie, das passt mir?«

Die Blondine lässt einen skeptischen Blick an ihr hinuntergleiten. »Gehen Sie schon mal in die Kabine. Ich bringe Ihnen, was wir dahaben!«

Die Verkäuferin schenkt ihr ein weiteres Plastiklächeln und stöckelt zu den Kleiderständern. Mit drei Schritten ist Carla bei den Umkleidekabinen und hinter einem Vorhang aus dickem Baumwollstoff verschwunden.

Schwitzend verflucht sie ihre eigene Dummheit. Das war ein verdammter Fehler! Wie eine dunkle Woge rollt die Panik auf sie zu. Absolut klar sieht sie alles vor sich. Aus diesem Laden gibt es kein Entkommen. In ein paar Sekunden wird der Mörder zur Tür reinkommen und die Situation sofort richtig einschätzen. Er zwingt die Verkäuferin, die Ladentür abzuschließen und ein entsprechendes Schild aufzuhängen. Anschließend bringt er das Dummchen um und wendet sich dann ihr zu. In der gemütlich intimen Atmosphäre einer Umkleidekabine.

»Momentchen! Ich hab's gleich«, flötet die Blonde. Dann verkündet ein fröhliches Ding-Dong das Öffnen der Eingangstür.

SECHZEHN

»Guten Morgen.« Eine warme Baritonstimme. Hochdeutsch, kein Akzent, kein Dialekt. Die Tür bimmelt noch mal, als sie sich schließt. Carla lauscht, ob ein Schlüssel herumgedreht wird, kann aber nichts hören.

»Hat meine Frau schon was gefunden?«

Die Verkäuferin scheint die Frage sacken zu lassen und antwortet erst mal nicht.

»Meine Frau«, sagt der Bariton mit einem Hauch Ungeduld. »Kurze dunkle Haare, etwa 1,70 Meter. Sie ist doch hier.«

»Umkleide«, sagt das Dummchen.

»Sind die Sachen für sie? Geben Sie her, ich bring sie ihr.«

Dann hört sie seine Schritte näher kommen.

»Hallo Schatz!«

Carla schweigt und beißt sich auf die Unterlippe.

»Ich fange mit der kleinsten Größe an, okay?«

Eine riesige Hand in einem dünnen Glattlederhandschuh schiebt sich am Vorhang vorbei in die Kabine. Carla weicht zurück, so weit es geht, nimmt das Kleid in Empfang und hängt es mit zitternden Fingern auf einen Haken. Der Vorhang der Kabine endet ein paar Zentimeter über dem Boden, und er steht so nahe davor, dass sie seine Schuhe sehen kann. Große braune Trekking-Schuhe mit dickem Profil.

»Tun Sie jetzt nichts Unüberlegtes«, sagt er leise und höflich. »Wenn Sie schreien oder irgendwelche Faxen machen, schneide ich der kleinen Blondine hinten im Laden die Kehle durch. Ich kann ihr auch wahlweise den Kopf verdrehen. Sie wissen ja, wie das aussieht. Was ich mit Ihnen mache, entscheide ich dann spontan. Alles verstanden?«

»Ja, Schatz!«, würgt Carla heraus und ist überrascht, wie laut sie klingt.

Er gibt ein kleines glucksendes Lachen von sich und senkt die Stimme noch einmal. »Sie lernen schnell, das gefällt mir. Wenn Sie vernünftig sind, wird das noch ein wundervoller Tag für Sie. Habe ich Ihre Aufmerksamkeit?«

»Ja!« Carlas Stimme ist kaum mehr als ein Flüstern.

»Ich bin beauftragt worden, etwas wiederzubeschaffen. Etwas Wertvolles, das ein Mann namens Felix Winter gestohlen hat. Meine Auftraggeber halten es für möglich, dass er *Ihnen* seine Beute irgendwie zugespielt hat, bevor er starb. Ist das so?«

»Nein!«

»Sie sollten das überdenken. Bis heute Abend vielleicht. Rufen Sie mich um 20 Uhr an und teilen Sie mir mit, was ich wissen will. Dafür schenke ich Ihnen sogar ein Telefon. Und mit etwas Glück bleiben Sie am Leben. Drücken Sie die Eins.«

Er reicht ihr mit dem nächsten Kleid ein billiges Prepaidhandy in die Kabine. »Lassen Sie die Polizei aus dem Spiel. Die kann Sie nicht schützen. Nirgendwo. Und schon gar nicht vor mir!« Dann hebt er die Stimme wieder an. »Okay, Schatz! Ich muss los! Wir sprechen heute Abend weiter!«

Die Schuhe verschwinden, seine Schritte entfernen sich, ein letztes Ding-Dong, und er ist weg.

Von hinten ruft die Verkäuferin: »Passt Ihnen irgendwas davon?«

Carla holt zwei Papiertaschentücher heraus und breitet sie über dem Handy aus. Sie schwitzt jetzt wie verrückt, und ihre Hand zittert, als sie das Telefon vorsichtig darin einschlägt.

»Nein«, sagt sie. »Hier passt rein gar nichts!«

SIEBZEHN

Als sie den Laden verlässt, ruft ihr die Verkäuferin »Tschauiiiii« hinterher, und für eine Nanosekunde stellt Carla sie sich mit verdrehtem Hals vor.

Dann wendet sie sich nach rechts und taucht erneut in das Gewühl der Fußgängerzone ein. Sie erinnert sich, dass es in vielleicht hundert Metern Entfernung eine Tapas-Bar gibt, die an Samstagen schon vormittags öffnet. Essen wird sie nicht hinunterbekommen, aber sie muss etwas trinken und vor allem in Ruhe telefonieren.

Im Lokal sind um diese frühe Zeit nur zwei weitere Gäste. Ein alter Spanier ist dabei, die Tische einzudecken, und begrüßt sie mit einem fröhlichen: »Buenos días, señora!« Carla sucht sich eine Nische im hinteren Teil des Restaurants und bestellt nach einem kurzen Blick auf ihre Armbanduhr einen Carlos I Gran Reserva.

Never before sunset! Scheiß drauf! Felix hat sich immer strikt an Hemingways alte Säuferregel gehalten, aber Felix ist tot und irgendwo auf der Welt geht garantiert gerade die Sonne unter.

Der Kellner schnalzt anerkennend mit der Zunge, als er den duftenden Brandy vor ihr absetzt.

Carla holt ihr Handy raus, wählt die Nummer des Reviers in der Mercatorstraße und lässt sich mit Rossmüller verbinden. Sie beschließt, es kurz zu machen. »Ich habe den Mörder gesehen. Er war in der Fußgängerzone hinter mir und hat mich dann in einer Boutique bedroht. Offensichtlich ist er überzeugt, dass ich weiß, wo die Scheißstatue ist, die mein Exmann gestohlen haben soll.«

»Aber das ist nicht der Fall?«

»Verdammt, nein! Mir geht's übrigens gut, danke der Nachfrage.«

Rossmüller geht nicht darauf ein. »Beschreiben Sie ihn!«

»Groß und kräftig. Wie wir gedacht haben. Dunkelbraune Haare, sonnengebräunte Haut. Gerade Nase, großer Mund. Und sehr große Hände. Er trug eine Ray-Ban-Sonnenbrille und eine schwarze Lederjacke. Soweit ich das beurteilen kann, ist er deutscher Muttersprachler. Mittleres Alter. Er hat den Auftrag, die Figur wiederzubeschaffen. Und keinen Zweifel daran gelassen, dass er das durchzieht. Er hat mir ein Prepaidhandy mit einer vorprogrammierten Nummer gegeben. Heute Abend um 20 Uhr soll ich anrufen und ihm mitteilen, was er wissen will. Andernfalls ...

Ich habe das Telefon mit zwei Taschentüchern angefasst. Er selbst trug Handschuhe, aber vielleicht hat ein anderer es vor ihm berührt. Womöglich finden Ihre Techniker noch irgendwelche Spuren oder können mit der Nummer was anfangen. Wahrscheinlich führt sie aber nur zu einem anderen Wegwerfhandy, das Sekunden nach dem Anruf im Main ...«

»Ich will dieses Handy«, unterbricht Rossmüller sie. »Und ich will Sie hier haben. In Sicherheit! Sagen Sie mir, wo Sie stecken, und meine Leute holen Sie ab.«

»Negativ! Auf mich müssen Sie verzichten, aber Sie können sich das Handy abholen. In einer Tapas-Bar mit dem Namen ›Sancho Panza‹ in der Innenstadt. Ich hinterlege es beim Wirt, bevor ich abhaue.«

»Wie meinen Sie das? Sind Sie verrückt geworden? Sie brauchen Schutz, verdammt!«

»Sie haben ja so recht!«

Carla legt auf und winkt den Wirt heran. Sie bezahlt den Brandy mit einem Fünfzig-Euro-Schein, verzichtet auf das Wechselgeld und bittet stattdessen um einen Briefumschlag. Sie steckt das Handy hinein, schreibt »Policía« drauf und nimmt dem Spanier das Versprechen ab, Rossmüller den Umschlag auszuhändigen. Für das üppige Trinkgeld ruft er außerdem eine Taxizentrale an, lässt sich mit sonst wem verbinden und findet nach kurzem Palaver einen Fahrer, der bereit ist, hundert Meter verkehrswidrig in die Fußgängerzone hineinzufahren. Nicht umsonst natürlich. Sobald das Taxi vorfährt, schlüpft Carla hinein, und der Wagen setzt zurück.

Wenn Wassoufs Mörder sie beobachtet und ihr von der Boutique zum »Sancho Panza« gefolgt ist, wird er zu Fuß unterwegs sein und nicht schnell genug ein Fahrzeug zur Verfügung haben, um an ihr dranzubleiben. Zumindest ist das ihre Hoffnung. Und sie hat einen Plan. In spätestens drei Stunden ist sie raus aus Frankfurt und hat den Dreckskerl endgültig abgeschüttelt. *With a little help from my friends.* Eine sanftmütige Schwester, ein verrückter Archäologe, eine rotzfreche Sekretärin und ein kurdischer Krimineller. *Dream Team!* Vier Anrufe in der richtigen Reihenfolge.

Sie dirigiert den Taxifahrer zum Hauptbahnhof. Auf dem Weg dorthin sucht sie in ihrem Portemonnaie die zerknitterte Visitenkarte von Ekincis. Nach kurzem Zögern wählt sie die kaum noch lesbare Nummer.

ACHTZEHN

»Hallo?« Eine Frau. Nicht übermäßig freundlich.

»Hier ist Rechtsanwältin Carla Winter aus Frankfurt.«

»Und?«

»Ich hätte gerne Asan Ekincis gesprochen.«

»In welcher Angelegenheit?«

»In einer gefährlichen. Jemand will mich umbringen. Sagen Sie ihm das!«

»Sie sind die Anwältin, die vor vier Jahren hier war?« Die Frau am anderen Ende der Leitung klingt verblüfft und misstrauisch.

»Exakt!«

»Können Sie mir sagen, wer Enrico Meissner ist?«

»Einer der beiden Duisburger Ermittler, die Herrn Ekincis um jeden Preis ins Gefängnis bringen wollten.«

»Stimmt«, sagt die Frau und zieht scharf den Atem ein. Sie wirkt jetzt regelrecht elektrisiert. »Ich brauche eine Viertelstunde, um meinen Vater ans Telefon zu bekommen. Sind Sie erreichbar unter der Nummer, die ich auf meinem Display habe?«

»Ja«, sagt Carla und legt auf.

Als der Taxifahrer sie am Hauptbahnhof rauslässt, geht sie zur Bahnhofsbuchhandlung und kauft einen Tausendseitenwälzer von Ken Follett. Damit setzt sie sich auf einen Stuhl im hinteren Teil des Ladens und wartet auf den Rückruf, während sie scheinbar interessiert in dem Buch herumschmökert. Nach zwanzig Minuten meldet sich ihr Handy.

Wieder ist die Tochter dran. »Frau Winter? Mein Vater telefoniert nicht gerne. Aber er lässt fragen, ob Sie gefahrlos nach Duisburg kommen können.«

»Ich glaube, ja.«

»Gut. Er bittet Sie hierherzukommen und verspricht Ihnen jede Hilfe, die Sie brauchen. Was immer nötig ist! Das waren seine Worte. Sie verstehen, was das bedeutet? Sie können ihm vertrauen.«

»Ich weiß«, sagt Carla.

»Wie reisen Sie an?«

»Mit dem ICE aus Köln.«

»Ich hole Sie ab. Rufen Sie diese Nummer noch einmal an, kurz bevor Sie in Duisburg eintreffen.«

Ekincis' Tochter legt auf, und Carla wählt die Nummer von Tillmann Bischoff. Der Archäologe ist genauso schnell am Telefon wie bei ihrem ersten Anruf. Und diesmal scheint er außerordentlich erfreut zu sein, ihre Stimme zu hören. Carla beschließt, die Chance zu nutzen, und kommt gleich zur Sache.

»Ich brauche Ihre Hilfe.«

»Wobei?«

»Es geht um die Sorte Leute, von denen Sie mir erzählt haben. Ich bin da in was reingeraten ... es ist kompliziert.«

»Geben Sie mir die Kurzversion.«

Carla holt tief Luft. »Mein Exmann hat offenbar eine irrsinnig kostbare antike Statue gestohlen, bevor er in Anatolien tödlich verunglückte. Irgendwelche kriminellen Arschlöcher vermuten jetzt, dass ich weiß, wo die Figur ist, und sind hinter mir her.«

»Wie kann ich helfen?«

»Wenn eine Frau einen Koffer bei Ihnen abliefert, könnten Sie mir den so schnell wie möglich zum Frankfurter Hauptbahnhof bringen?«

»Klar! Muss ich wissen, was drin ist?«

»Klamotten für eine Reise und ein kleiner Laptop. Ich haue ab! Sie treffen mich in der Bahnhofsbuchhandlung.«

»Okay«, sagt Bischoff. »Passen Sie auf sich auf!«

Auch der Anruf bei ihrer Schwester wird rasch erledigt sein. Auf die hat sie sich immer verlassen können. Ellen versteht alles. So war es während ihrer gesamten Kindheit und Jugendzeit. Und so wird es auch dieses Mal sein. Aber hat sie das Recht, sie in die Sache noch weiter hineinzuziehen? Ihre Schwester würde sie auslachen wegen dieser Frage. *Wen sonst, Herzchen, willst du hineinziehen, wenn nicht mich?* Trotzdem, Ellen hat zwei Söhne und einen Ehemann. Sie darf sie nicht in Gefahr bringen. Nicht für einen Koffer mit Kleidung. Aber es geht nicht allein um die Klamotten. Sie kann und will ihren Laptop nicht im Haus zurücklassen. Alle Daten, Nummern, Bankverbindungen und Fotos, die in ihrem beruflichen und privaten Leben jemals eine Rolle gespielt haben, sind dort gespeichert. Genauso wie sämtliche schmutzigen Geheimnisse aus der Frankfurter Unterwelt und Bankenszene, die ihr in zehn Jahren als Verteidigerin von wirklich üblen Typen zugetragen wurden. Alles hübsch archiviert für den Fall, dass sie das Material irgendwann einmal gebrauchen kann. Die Dateien sind gut gesichert, aber was heißt das heutzutage schon.

Okay, soll sie also Ellen raushalten und Bischoff den Koffer für die Flucht packen lassen? Nein! Es gibt eine bessere Lösung. Wenn der Dreckskerl wirklich ihr Haus beobachtet, muss er etwas anderes sehen als tatsächlich passiert. Und das lässt sich machen. Sie wählt Ellens Nummer.

»Ich brauche deine Hilfe. Kannst du schnell von Mainz nach Frankfurt kommen?«

»Jetzt sofort?«

»Jepp. Ist sehr wichtig! Die Sache, wegen der ich bei dir war. Ich muss abtauchen.«

Ellen ist nicht wirklich überrascht. »Kann ich um acht wieder hier sein?«

»Gar kein Problem, wenn du gleich losfährst. Ich möchte, dass du in meinem Haus etwas erledigst. Dazu musst du dich ein bisschen kostümieren. Binde ein Kopftuch um und zieh eine Kittelschürze an. Dann schnappst du dir Staubsauger, Eimer und Schrubber und fährst zu mir ins Nordend. Schlüssel hast du ja. Wenn du mit deinen Utensilien drin bist, packst du einen mittelgroßen Koffer für mich. Kleidung, Schuhe, Unterwäsche für einen dreiwöchigen Urlaub. Danach gehst du in mein Arbeitszimmer und nimmst vom Schreibtisch den kleinen Laptop samt Ladekabel. Beides packst du ebenfalls in den Koffer. Während du das tust, lässt du den Staubsauger laufen. Den Koffer steckst du dann in einen großen schwarzen Müllsack und trägst ihn nach fünfzehn Minuten samt Putzkram aus dem Haus zu deinem Auto. Du lässt die Verkleidung an und bringst den Koffer nach Neu-Isenburg, Akazienweg 3. Da wohnt Professor Tillmann Bischoff, ein netter älterer Herr. Mit Staubsauger und Müllsack samt Koffer darin klingelst du an der Haustür, und wenn er öffnet, sagst du, Carla schickt dich. Drinnen übergibst du den Koffer, machst noch fünfzehn Minuten Lärm mit dem Sauger und kannst gleich wieder zurück nach Mainz düsen.«

»Ich soll eine Putzfrau spielen?«

»Zu deiner Sicherheit! Falls jemand mein Haus beobachtet, sieht er eine Frau, die zum Saubermachen kommt, und wenn er dir folgen sollte, sieht er, dass diese Frau einen weiteren Kunden in Neu-Isenburg aufsucht.«

»Was hast du vor? Du willst doch nicht etwa zusammen mit dem Alten abhauen?«, fragt Ellen besorgt.

»Wenn er fünfzig Jahre jünger wäre, sofort!« Carla lacht laut und herzlich, um Ellens Sorge zu dämpfen. »Nein, im Ernst, mach dir keinen Kopf. Ich will nur einfach aus der Schusslinie raus, und dafür habe ich einen guten Plan. Also, bitte spring ins Auto und beeil dich!«

»Versprich mir, vorsichtig zu sein!«

»War ich das nicht mein Leben lang?«

Ihre Schwester seufzt demonstrativ, und Carla beendet das Gespräch. Als sie aufschaut, sieht sie eine der Verkäuferinnen auf sich zusteuern.

»Entschuldigung, aber auf Dauer dürfen Sie hier nicht sitzen. Die Buchhandlung gehört nicht zum Wartebereich des Bahnhofs.«

Carla zieht den Kassenbon aus der Tasche und wedelt damit herum. »Wenn ich ein Buch für fünfzehn Euro kaufe, kann ich ja wohl ein paar Minuten nachsehen, ob sich der Kauf gelohnt hat.«

Sie hat absichtlich laut gesprochen und registriert, dass ein paar Kunden sich neugierig umdrehen, was auch der Verkäuferin nicht entgeht.

»Na gut«, sagt die und rauscht davon.

Carla geht ihren Plan noch einmal durch. Was mag der Drecksack gedacht haben, als er aus der Boutique verschwand? Dass seine Drohung sie so eingeschüchtert hat, dass er in Ruhe auf ihren Anruf warten kann? Oder dass er sie besser im Auge behält, wenn sie den Laden verlässt? In diesem Fall hat sie ihn mit der Taxinummer abgehängt. Vielleicht fährt er dann zu ihr nach Hause, um sie dort wieder einzufangen. Falls er das tut, greift hoffentlich die kleine Scharade, die sie gerade mit Ellen abgesprochen hat. Und falls er Ellen tatsächlich nach Neu-Isenburg folgt? Dann wird er einen weißhaarigen älteren Mann sehen, der seiner Putzfrau die Tür öffnet.

Was wird er denken?

Das ist der entscheidende Punkt. Wie misstrauisch ist er? Wird er dem alten Mann folgen, der ihn geradewegs zu ihr führt? Nein, das wird er nicht! Schluss, aus, basta! Sie schiebt den Gedanken beiseite.

Ein Anruf noch.

Mathilde reagiert wie erwartet. »Ist das Ihr Ernst? Sie wollen jetzt drei Wochen verreisen? Wie viele Mandanten sollen wir denn noch verlieren? Hagemann & Rogge haben mitgeteilt, dass sie auf Ihre anwaltlichen Dienste in Zukunft verzichten wollen. Sie erinnern sich? Das sind die beiden Herrschaften, auf die ein Prozess wegen Insolvenzverschleppung wartet. Das hätte uns ordentlich Geld eingebracht. Außerdem müssen Sie noch zwei Hauptverhandlungen vorbereiten, die in den nächsten Wochen beginnen. Ömer Sahin vom türkischen Konsulat hat sich noch mal gemeldet. Keine Ahnung, was er wollte. Die Polizei ruft auch dauernd an. Dieser Rossmüller behauptet, Sie würden sich äußerst leichtsinnig in Gefahr begeben.«

»Ich rufe von unterwegs an und halte Sie auf dem Laufenden. Machen Sie einfach normal weiter. Nur eben eine kleine Weile ohne mich. Schieben Sie Termine nach hinten, vertrösten Sie die Leute. Sagen Sie, ich wäre erkrankt, Burnout oder so was. Ist mir egal.«

»Mir aber nicht! Mir ist das nicht egal, dass Sie ...«

Carla tippt auf den roten Punkt und beendet das Gespräch.

NEUNZEHN

Nachdenklich schaut sie auf das Handydisplay und fängt an zu rechnen. Es ist jetzt halb eins. Für die Strecke von Mainz ins Frankfurter Nordend braucht Ellen bei ungünstigem Verkehr vielleicht sechzig Minuten. Fünfzehn Minuten Kofferpacken und zwanzig für die Fahrt nach Neu-Isenburg. Wenn Bischoff gleich losfährt, kann er in weiteren zwanzig Minuten am Bahnhof sein. Knapp zwei Stunden, die sie überbrücken muss.

Einen Augenblick überlegt sie, sich in einem der zahlreichen Friseursalons in Bahnhofsnähe die Haare färben zu lassen, aber selbst wenn sie ohne Termin gleich drankäme, wäre die Zeit dafür zu kurz.

Sie checkt die Intercity-Verbindungen nach Duisburg. Abfahrt 15:16 Uhr, umsteigen in Köln. Auch wenn Bischoff sich verspätet, schafft sie das. Sie bucht online ein Erste-Klasse-Ticket und beschließt, das Bahnhofsgelände noch einmal zu verlassen, um ein paar Dinge zu besorgen.

In einem Drogeriemarkt kauft sie drei große, extravagante Sonnenbrillen und eine Dose Tierabwehrspray. Als sie an einem kleinen thailändischen Restaurant vorbeikommt, geht sie kurzentschlossen hinein und bestellt eine Vorspeisenplatte. Erst jetzt bemerkt sie, wie hungrig sie ist. Sie spült frittierte Krabben, diverse Teigröllchen und würzigen Rindfleischsalat mit einer Kanne grünem Tee hinunter und genießt die angenehme Schärfe des Essens.

Es ist ein gutes Gefühl, die Kontrolle zurückzugewinnen. Und ein wenig Zeit zu haben.

Den Ken-Follett-Wälzer hat sie vor Jahren schon einmal gelesen, doch das spielt keine Rolle. Sie schlägt das Buch an einer beliebigen Stelle auf, bestellt noch einmal Tee und taucht ab ins Mittelalter. Um Viertel nach zwei macht sie sich auf den Weg zum Bahnhof. Sie legt einen Schritt zu. Wenn möglich, möchte sie vor Bischoff in der Buchhandlung sein.

Aber das wird nicht geschehen.

Der Anblick trifft sie wie ein elektrischer Schlag. Sie wird Bischoff überhaupt nicht mehr wiedersehen. Weil der Koffer ohne ihn den Buchladen erreicht. Etwa zehn Meter vor ihr rumpelt er über den Asphalt, als sie die lange Reihe der Taxis passiert. Ein Rollkoffer mittlerer Größe. Sie würde ihn unter Hunderten erkennen, weil er über und über mit Känguru-Aufklebern bedeckt ist, seit Chris damit in Australien war. Gezogen wird der Koffer von einem großen Mann in einer schwarzen Lederjacke, dessen breiten Rücken Carla ebenfalls gleich erkennt.

Sofort weiß sie, was geschehen ist. Mit rasender Geschwindigkeit schießt eine grausame Abfolge von Bildern durch ihr Gehirn. Sie sieht, wie der alte Mann die Tür öffnet und zurückgedrängt wird. Der Mörder ist außer sich vor Wut, weil Carla nicht gehorcht hat und der Alte ihr helfen wollte. Er schlägt auf ihn ein, würgt ihn, tritt ihn, als er am Boden liegt. Natürlich hat Bischoff gesagt, wohin er den Koffer bringen sollte, aber das hat sein Leben nicht gerettet. Auch daran ist sie schuld. Durch sie ist er in den Irrsinn hineingeraten, genauso wie Marc Debus. Alles ihre verdammte Schuld. Was ist mit Ellen? Was, wenn sie noch im Haus war, als der Killer eingedrungen ist?

Carla stoppt abrupt, das Entsetzen lässt sie um ein Haar das Gleichgewicht verlieren. Sie strauchelt und lehnt sich für einen Moment an ein Taxi.

Der Fahrer öffnet die Tür. »Alles in Ordnung mit Ihnen?«

»Sind Sie frei?«

»Ja. Haben Sie Gepäck?«

Carla schüttelt den Kopf und steigt hinten ein. »Ich muss kurz telefonieren.«

»Wenn Sie danach auch irgendwo hinwollen – kein Problem.« Der Mann mit ihrem Rollkoffer betritt jetzt die Bahnhofshalle.

Carla wählt Ellens Nummer und versucht, gegen das Gefühl des Erstickens anzukämpfen, während sich die Verbindung aufbaut.

»Schön, dass du dich meldest«, sagt Ellen. »Ich wollte dich gerade anrufen.«

Carlas schweißnasse Hand umklammert das Telefon. »Geht es dir gut?«

»Klar, alles bestens. Der kleine Botengang für dich hat mich zwar reichlich Zeit gekostet, aber dafür habe ich deinen netten alten Professor kennengelernt. Er wollte unbedingt mit mir Kaffee trinken, aber ich musste mich ja beeilen.« Carla versucht gleichmäßig ein- und auszuatmen, aber ihr Herzschlag will einfach nicht langsamer werden, und ihre Stimme ist kaum mehr als ein Krächzen. »Danke! Vielen Dank! Ich rufe später noch mal an und erzähle dir, wo ich bin und was passiert ist.«

»Ist gut, Schatz.«

Carla unterbricht die Verbindung, sucht Bischoffs Nummer im Verzeichnis und drückt auf den grünen Hörer. Nach dem zehnten Klingeln meldet sich die Mailbox. Sie legt auf und ruft Rossmüller an. Als er abnimmt, rattert sie los, bevor er auch nur ein Wort sagen kann. »Unser Mann ist im Hauptbahnhof. Hier in Frankfurt. Schicken Sie Ihre Kollegen von der Bundespolizei in den Buch- und Zeitungsladen. Die Beschreibung haben Sie ja. Er ist sehr gefährlich. Sagen Sie Ihren Leuten das. Vielleicht hat er noch einen Koffer mit Känguru-Aufklebern dabei. Vielleicht auch nicht. Ich fürchte, dass er in Neu-Isenburg jemanden angegriffen hat. Bitte fahren Sie in den Akazienweg 3. Zu Professor Bischoff! Und nehmen Sie einen Notarztwagen mit!«

Carla legt auf und blickt in das verblüffte und misstrauische Gesicht des Taxifahrers.

»Sind Sie bei der Polizei oder so was?«

»Mein Name ist Winter! Staatsanwaltschaft Frankfurt.«

Trotz ihrer Angst kommt die Lüge glatt und spontan heraus. Vielleicht verleiht sie der ungewöhnlichen Frage, die ihr durch den Kopf schießt, etwas Nachdruck.

»Was würde es kosten, wenn Sie mich nach Köln fahren?«

Der Mann holt sein Handy raus und fängt an zu wischen und zu tippen. »Wohin in Köln?«

»Hauptbahnhof.«

»Die App sagt: 318,30 Euro. Knapp 178 Kilometer, die Fahrzeit beträgt 161 Minuten. Alle Angaben können verkehrsbedingt ein bisschen schwanken.«

»Fahren Sie los«, sagt Carla. Sie lehnt sich zurück und schließt die Augen, die sich langsam mit Tränen füllen.

ZWANZIG

Der Taxifahrer fährt schon in der Innenstadt schnell und gibt noch einmal kräftig Gas, als er auf die Autobahn Richtung Ruhrgebiet abbiegt. Offenbar ist er entschlossen, die in seiner App angegebene Fahrzeit zu unterschreiten. Gut so.

Carla ist jetzt einigermaßen sicher, nicht mehr verfolgt zu werden. Der Dreckskerl hat nicht mitbekommen, dass sie hinter ihm war, als er den Bahnhof betrat, und er weiß nichts von ihrem Kontakt zu Ekincis. Sie hat niemandem erzählt, wo sie hinwill, und nach menschlichem Ermessen hat er nicht den geringsten Anhaltspunkt, um ihr zu folgen. Sie hat ihn abgehängt. Aber um welchen Preis. Der Gedanke an Bischoff lässt sie frieren. Nie wieder wird sie Mathilde in die Augen sehen können.

Hat die Bundespolizei das Schwein erwischt? Gut möglich, wenn Rossmüller sie sofort in die Spur geschickt hat. Aber irgendwie glaubt sie nicht daran, dass sie ihn gefasst haben. Vermutlich hat er den Koffer stehen lassen und ist abgetaucht, sobald er die erste Uniform gesehen hat. Hoffentlich bekommt sie wenigstens den verdammten Laptop zurück.

Überhaupt, der Koffer. Komisch, dass sie darüber nicht eher gestolpert ist. Warum hatte er den Koffer dabei? Er hat ihn bei Bischoff im Haus gesehen und muss vermutet haben, dass er Carla gehört und für ihre Flucht bestimmt war. Also hat er ihn aufgebrochen und festgestellt, dass nur Kleidung, Reiseutensilien und das Notebook darin sind. Der Koffer war für ihn völlig wertlos, warum also hat er ihn mit zum Bahnhof genommen?

Aus dem gleichen Grund, warum er Marc Debus in den Schrank gestopft hat, flüstert eine leise und gehässige Stimme in ihrem Kopf. Um sich einen Spaß zu machen! Es hat ihm Freude gemacht, sich dein dämliches Gesicht und das Entsetzen vorzustellen, wenn du die Kleiderschranktür öffnest. Und genauso hat er sich ausgemalt, was du empfindest, wenn statt Professor Bischoff auf einmal *er* mit deinem Fluchtgepäck auftaucht und du kapierst, dass Bischoff tot ist. Eine abgefeimte Art, dir Angst zu machen. Damit du ihm erzählst, was er wissen will.

Es gibt kein Entkommen. Was immer du tust, er ist dir einen Schritt voraus. Das ist die Botschaft! Gesendet von einem kranken Gehirn, das sehr stolz auf die eigene Cleverness ist.

Fick dich! Bald wird sie nicht mehr allein sein. Sie denkt an die drei Bodyguards, die sie bei Ekincis gesehen hat. Schwarzbärtige Türsteher-Typen der ungemütlichsten Sorte. Sollte es ihr Verfolger wirklich schaffen, ihre Spur aufzunehmen, werden ihn ein paar durchtrainierte Araber in Empfang nehmen. Vielleicht ist sogar jemand unter ihnen, der den Trick mit dem Halsumdrehen beherrscht. Sie nimmt sich vor, ausdrücklich danach zu fragen.

Ekincis wird sie beschützen und ihr helfen.

Helfen – bei was genau?

Herauszufinden ... der Gedankengang bricht für einen Augenblick ab, und dann hat Carla auf einmal glasklar vor Augen, was die ganze Zeit nur als vage, schwammige Idee in ihrem Kopf herumgeschwirrt ist. Asan Ekincis wird eine große Hilfe sein, weil er ist, was er ist.

Sie holt noch einmal ihr Handy heraus, tippt »Mardin« in die Suchmaschine und beginnt zu lesen.

Was für ein interessanter Ort.

Zweimal ruft Mathilde an. Sie drückt sie weg und googelt weiter.

EINUNDZWANZIG

Als sie in Duisburg aus dem Zug steigt, ist Ekincis' Tochter sofort bei ihr. Eine Frau in den Dreißigern, dunkelhaarig, hübsch und unauffällig. Carla erinnert sich daran, sie damals im Gerichtssaal gesehen zu haben.

»Aleyna Ekincis«, sagt sie und streckt Carla die Hand entgegen. »Wollen Sie erst in ein Hotel oder gleich zu meinem Vater?«

»Ich würde gerne zuerst mit Ihrem Vater sprechen.«

Die Frau nickt. »Mein Auto steht direkt vorm Bahnhof.«

Carla folgt ihr zum Parkplatz und steigt in einen blitzblanken roten 3er-BMW, den Aleyna Ekincis zügig durch den Samstagabendverkehr steuert.

»Wohin fahren wir?«, will Carla wissen.

»Marxloh.«

Carla hat schon einiges von Duisburg-Marxloh gehört. Viel Gutes war nicht dabei. Als sie in den Stadtteil hineinfahren, sieht sie auch, warum. Viele der Geschäfte und Läden mit deutschen oder türkischen Namen und Werbeslogans stehen offenbar leer. Bröckelnde Hausfassaden, riesige Schlaglöcher im Asphalt und Müll auf den Straßen vermitteln den Eindruck von allgemeinem Niedergang und Verwahrlosung. Aleyna Ekincis registriert Carlas kritischen Blick.

»Früher war das hier mal 'ne ganz gute Gegend«, sagt sie. »Zum Einkaufen und auch zum Wohnen. Viele türkische Gastarbeiter zogen hierher. Fast alle hatten Arbeit, die Geschäfte liefen, und man glaubte an die Zukunft. Es gab zum Beispiel über vierzig Läden für Brautmoden und Hochzeitsbedarf in der Weseler Straße. Vor allem für Muslime, die sich das Heiraten was kosten ließen. Dann ging die Stahlindustrie den Bach runter, und Tausende verloren ihre Jobs. Mittlerweile ist hier nicht mehr viel zu verdienen. Und muslimische Bräute mit ein bisschen Geld kaufen ihre Kleider in Köln, Mannheim oder Berlin.«

Carla nickt. »Marxloh ist ja öfter mal im Fernsehen. Von wegen No-go-Area. Angeblich rückt die Polizei bei jeder Kneipenschlägerei mit 'ner Hundertschaft an. Ist das so?«

»No-go-Area ist Quatsch. Maßlos übertrieben. Mit der Hundertschaft ... da ist was dran. Die Bullen können hier tatsächlich in wenigen Minuten mit hundert Mann aufkreuzen. Machen sie auch ganz gerne.«

»Nicht gerade normal, oder?«

Aleyna Ekincis zuckt mit den Schultern. »Viele Leute hier regeln ihre Angelegenheiten lieber ohne die Polizei. Vor allem, wenn es um Geld oder Ehre geht. Manchmal eskalieren die Dinge. Zwei geraten aneinander, und sofort mischen fünfzig andere mit. Wenn dann die Polizei kommt, halten sich alle an die Regeln: Man spricht nicht mit den Bullen. Man zeigt niemanden an, und man gibt nichts zu. Natürlich ist das frustrierend für die Beamten und bringt sie auf komische Ideen. Wie bei meinem Vater. Wenn man auf Dauer nichts beweisen kann, denkt man sich halt irgendwann einfach mal was aus.«

Eine ziemlich zutreffende Beschreibung der Ereignisse von vor vier Jahren, der nichts hinzuzufügen ist.

Aleyna gibt ein galliges Lachen von sich. »So wie ich das sehe, sind tätliche Angriffe auf Polizisten auch in Marxloh eher selten. Manche Bullen fühlen sich allerdings schon bedroht, wenn man sich beim Anblick ihrer Uniform nicht gleich in die Hose scheißt.«

Carla hat nicht die Absicht, das zu kommentieren. »Wohnen Sie hier?«, fragt sie stattdessen.

»Sehe ich so aus?« Aleyna Ekincis schüttelt indigniert den Kopf.

»Wir haben hier ein paar Reihenhäuser gekauft. Eins davon hat mein Vater als Treffpunkt ausgesucht.«

Sie biegt in eine Seitenstraße ab und hält vor einem hässlichen Gebäude aus den Siebzigern, vor dem eine Corvette und ein Audi A8 geparkt sind.

Aleyna Ekincis scheint Carlas Gedanken erraten zu können. »Keine Angst, die werden nicht geklaut. Jeder weiß, wem sie gehören. Es ist die Wohnung im zweiten Stock. Auf dem Klingelschild steht ›Müllenhoff‹.«

Sie deutet auf die Haustür und geht voran. Das Treppenhaus ist muffig und vernutzt, aber einigermaßen sauber.

»Nichts Tolles, aber bewohnbar«, sagt Ekincis' Tochter im Tonfall einer Maklerin. »Alle Türen lassen sich abschließen, die Klos funktionieren und der Strom auch. Was kaputtgeht, wird repariert. Es gibt keine Ratten, und wir vermieten nur an anständige Leute.«

»Davon bin ich überzeugt.«

»Falls da irgendwo Ironie mitschwingt: Ihnen fehlen die Vergleiche. Schauen Sie sich mal um im Stadtteil. Viele Häuser in Marxloh sind völlig runtergekommen. Schrottimmobilien. Billig gekauft, nichts investiert und an Rumänen und Bulgaren vermietet. Vier Mann pro Zimmer. Das sind die Leute, die Probleme machen. Nicht die Araber.«

»Natürlich«, sagt Carla höflich.

Aleyna Ekincis wirft ihr einen misstrauischen Seitenblick zu. Dann klopft sie an die Tür. Eine ältere, dunkel gekleidete Frau mit Kopftuch öffnet und bittet sie mit einer Handbewegung herein. Sie folgen ihr durch einen halbdunklen Korridor in ein großes Wohnzimmer.

Carla weiß nicht recht, was sie erwartet hat, aber das jedenfalls nicht. Der Raum ist in einem biederaltdeutschen Stil eingerichtet, den man in den Achtzigern des letzten Jahrhunderts »Gelsenkirchener Barock« nannte. Braune, wuchtige Eichenmöbel, Schrankwand, Bilder mit röhrenden Hirschen an den Wänden und ein unfassbar hässlicher Kronleuchter.

Asan Ekincis sitzt auf dem Sofa und erhebt sich, als Carla eintritt. Sie registriert das dünn gewordene weiße Haar, die zahllosen Falten und die grauen Bartstoppeln. Er wirkt deutlich älter, als sie ihn in Erinnerung hat, und trägt scheinbar den gleichen Anzug wie vor vier Jahren. Unter dem Sakko ein kariertes Hemd, den obersten Knopf geschlossen, keine Krawatte.

»Merhaba! Herzlich willkommen«, sagt er feierlich. »Wie schön, Sie wiederzusehen. Wie geht es Ihnen? Lassen Sie uns Tee trinken.«

ZWEIUNDZWANZIG

Das Vorgeplänkel dauert eine Viertelstunde. Ekincis erkundigt sich nach ihrer Gesundheit und der ihrer Eltern und Geschwister und gibt der Hoffnung Ausdruck, dass sie und alle, die ihr nahestehen – inscha'allah –, lange und glücklich leben mögen. Carla antwortet ausführlich, fragt interessiert zurück, versucht sich an möglichst viele Mitglieder seiner Familie, speziell die Enkel, zu erinnern und ihre Ungeduld zu verbergen. Man tauscht sich dahingehend aus, dass die Zeiten schwer sind, es aber auch immer schon waren und alle Menschen letztlich in Gottes Hand sind.

Währenddessen wird brühend heißer Tee serviert und ein Tablett mit Süßigkeiten vor Carla platziert. Als die beiden Frauen den Raum verlassen, bietet der Alte ihr etwas von den Leckereien an. Sie lehnt höflich ab, er wiederholt das Angebot mehrfach, drängt ein wenig, und schließlich nimmt Carla lächelnd eine der Pralinen, kostet sie genießerisch und schiebt gleich eine zweite hinterher, was Ekincis mit einem zufriedenen Nicken quittiert.

Carla kennt dieses Spiel, das die Iraner »Ta'arof« nennen und das sich im gesamten Nahen Osten großer Beliebtheit erfreut. Felix hat ihr oft davon erzählt. »Ein Stück Kuchen gänzlich abzulehnen, geht gar nicht. Falls du es aber gleich annimmst, wird dein Gastgeber denken, dass du gierig oder sehr hungrig bist und keine gute Erziehung genossen hast. Wenn du selbst etwas anbietest, darfst du keinesfalls das erste oder zweite Nein einfach akzeptieren und den Kuchen beiseiteräumen, weil dein Gast daraus schließt, dass du ihm im Grunde gar keinen Kuchen geben wolltest. Dieses Höflichkeitsspiel ist manchmal durchaus heikel. Es kann passieren, dass du am Teheraner Flughafen in ein Taxi steigst und der Fahrer dir sofort versichert, dass die Fahrt zum Hotel dich keinen Cent kostet, weil du als Ausländerin sein persönlicher Gast bist. Natürlich erwartet er, dass du das Angebot höflich ausschlägst, damit er es mindestens dreimal wiederholen kann, bevor er deine Zahlung am Ende der Fahrt widerstrebend akzeptiert. Wenn du die Einladung einfach annehmen und vor dem Hotel mit einem herzlichen Dankeschön, ohne zu zahlen, aussteigen würdest, wäre er stocksauer. Ähnlich verhält es sich mit dem Austausch höflicher Floskeln, die jeder Unterhaltung vorausgehen und auf keinen Fall übersprungen werden dürfen.«

Carla hat vor vier Jahren selbst die Erfahrung gemacht, dass ohne diese Präliminarien kein vernünftiges Gespräch möglich ist. Es gibt nichts Aussichtsloseres, als gleich zur Sache kommen zu wollen.

Asan Ekincis bestimmt schließlich, dass Höflichkeit und Tradition Genüge getan wurde, indem er sich zurücklehnt, eine filterlose Zigarette anzündet und Carla durch den Rauch aufmerksam anschaut.

»Meine Tochter hat mir gesagt, jemand bedroht Ihr Leben?«
»Das ist richtig. Darf ich Ihnen die ganze Geschichte erzählen?«
»Dafür sind wir hier.«

Carla nickt. Sie beginnt mit ihrer Scheidung vor sieben Jahren, beschreibt, was für ein Mensch Felix war, erklärt, unter welchen Umständen er gestorben ist und wie er es schafft, ihr noch als Toter das Leben zu versauen. Die Leiche in ihrem Haus, die Ermordung von Halim Wassouf und der Angriff auf Tillmann Bischoff, die unfassbar wertvolle Statue, sie lässt nichts aus und schließt damit, wie sie den Killer abgehängt hat.

Ekincis lacht anerkennend und deutet mit einer einladenden Geste noch einmal auf das Tablett mit den Süßigkeiten, die ausschließlich aus Zucker, Farbstoff und Nüssen zu bestehen scheinen. Falls sie ihren Zahnarzt in Frankfurt noch einmal wiedersieht, wird er ihr die Hölle heißmachen. Sie nimmt noch eine Praline, und Ekincis lächelt.

»Hier kann ich Sie beschützen, falls dieser Mann auftauchen sollte. Ist es das, was Sie von mir erwarten?«

»Das ist das, was ich mir erhofft habe. Aber eigentlich möchte ich Sie um einen anderen, größeren Gefallen bitten.«

»Ja?«

»Ich habe mich gefragt, ob Sie noch gute Beziehungen nach Mardin haben.«

Asan Ekincis lässt sich Zeit mit der Antwort, drückt seine Zigarette aus und zündet sich eine neue an. »Warum wollen Sie das wissen?«

»Weil ich dahin will.«

»Also haben Sie sich erkundigt, woher meine Familie kommt?«

»Das kann man mit fünf Mausklicks in Erfahrung bringen.«

Ekincis verzieht angewidert das Gesicht und schweigt eine Weile. »Na, dann wissen Sie ja schon alles«, sagt er schließlich. »Wollen Sie von mir trotzdem noch etwas hören?«

»Ja, bitte!«

Der alte Mann nickt. »Eine lange Geschichte, die vor vielen Jahren begann.

Sie haben recht, man könnte sie mit fünf Mausklicks in Erfahrung bringen, aber natürlich tut das keiner. Wozu auch? Ich kenne niemanden in Deutschland, der sich dafür interessiert.«

Er nimmt einen Schluck von dem Tee, der für Carla immer noch zu heiß ist. »Meine Vorfahren waren tatsächlich Mhallamiye aus der Provinz Mardin in Anatolien. Aus einem kleinen Dorf namens Rashdiye. Ob sie sich dort zu Hause gefühlt haben, weiß ich nicht. Dreißig Jahre vor dem Bürgerkrieg wanderten sie in den Libanon aus. Sie dachten, dort wäre es besser als in der Türkei, aber das stimmte nicht. Für uns war es nirgendwo gut.«

Er macht eine bedeutsame Pause und lässt sich Zeit, bevor er weiterspricht. »Wissen Sie noch, wie man den Libanon früher nannte? Die *Schweiz des Nahen Ostens.* Zedernwälder, Banken, Luxusgeschäfte und Goldhändler. Meine Leute passten dort nicht hin. Sie schufteten auf den Märkten als Tagelöhner oder Gemüseträger und lebten im Burj al-Barajneh, dem Kurden-Viertel in Beirut, nach ihren eigenen Gesetzen. Niemand von uns wollte sein wie die Libanesen. Als 1975 der Bürgerkrieg ausbrach, ging es zeitweise besser. Wir hatten Waffen und nahmen uns, was wir brauchten. Aber dann kam die PLO, und gegen die hatten wir keine Chance.«

Asan Ekincis schenkt Tee nach und trinkt in kleinen Schlucken, bevor er weiterspricht. »Gegen Ende der 1970er Jahre wurde es so schlimm, dass wir nicht bleiben konnten. Nicht nur Mhallamiye-Kurden, sondern auch viele Palästinenser und Libanesen verließen das Land. Meine Familie floh 1980 nach Deutschland. Damals war ich zwanzig.«

Ekincis greift erneut nach seiner Zigarettenschachtel, legt sie aber wieder weg, und Carla rechnet kurz. Wenn ihr Gastgeber 1980 zwanzig war, ist er jetzt knapp sechzig. Dafür sieht er alt aus und nicht gesund. Das Wiederauflebenlassen der Vergangenheit scheint ihm nicht gutzutun. Auch seine Stimme klingt brüchig und irgendwie greisenhaft, als er wieder zu sprechen beginnt.

»Das Land war eine gute Wahl. Wegen der deutschen Teilung brauchte man nicht einmal ein Visum. Wir konnten über die DDR nach Westberlin einreisen. Dazu musste man nur bei der DDR-Fluglinie *Interflug* ein Ticket von Beirut nach Berlin-Schönefeld kaufen. Dort ließ man sich für fünf Deutsche Mark ein Transitvisum ausstellen und fuhr dann mit dem Bus zum Grenzübergang Friedrichstraße. Die DDR-Grenzer hatten kein Interesse daran, uns aufzuhalten. Wenn man an ihnen vorbei war, schlug man sich einfach zur S-Bahn-Linie 1 durch, die in den Westteil der Stadt fuhr. Das war's! Kaum zu glauben, oder?« Ekincis grinst verächtlich, aber er ist noch nicht fertig. »Was nicht hieß, dass man es damit geschafft hatte. Natürlich wollte man uns in Deutschland nicht haben. Obwohl alle wussten, dass wir vor dem Krieg davongelaufen waren, nannten sie uns ›Wirtschaftsflüchtlinge‹ und waren wütend, dass sie uns nicht einfach in den Bombenhagel zurückschicken konnten. Also wurden wir ›geduldet‹. Erst ein Jahr, dann noch eines und immer so weiter. Nur arbeiten durften wir nicht, und unsere Kinder waren in der Schule unerwünscht.«

Asan Ekincis schüttelt betrübt den Kopf und zündet sich eine neue Zigarette an. »Im Grunde war es ähnlich wie im Libanon, nur dass hier niemand auf uns schoss.«

»Was doch einen ganz netten Unterschied ausmacht.«

»Ich habe Ihre spitze Zunge vor Gericht sehr gemocht«, sagt Ekincis.

Aber jetzt findest du, dass ich sie besser hüten sollte, denkt Carla und verzieht keine Miene.

Der Alte lächelt vage. »Was genau soll ich nun für Sie tun?«

»Ich möchte nach Mardin reisen und brauche dort Unterstützung. Von jemandem, der die Sprache spricht, sich in der Stadt auskennt, Respekt genießt und mich gegebenenfalls beschützt, weil er weiß, dass ich unter Ihrem Schutz stehe. Wäre das möglich?«

Asan Ekincis denkt nach. »Ja«, sagt er schließlich. »Das wäre möglich. Aber klug wäre es nicht.«

»Wie meinen Sie das?«

»So, wie ich es sage. Es ist eine besondere Stadt, in der sehr unterschiedliche Menschen sehr unterschiedlichen Interessen nachgehen.«

»Könnten Sie das etwas weniger geheimnisvoll erklären?«

Ekincis schüttelt unwillig den Kopf. »Was genau haben Sie vor?«

»Ich möchte Nachforschungen anstellen. Zum Tod meines Exmannes und zu seinen Verwicklungen in kriminelle Machenschaften. Ich würde gerne mit der Polizei und den Behörden sprechen. Herausfinden, ob er in der Stadt bekannt war und ob jemand seinen Tod absichtlich herbeigeführt haben könnte. Das alles kann ich nicht ohne Unterstützung vor Ort tun. Könnten Sie mir jemanden zur Seite stellen, der mir hilft?«

Asan Ekincis denkt nach und nickt schließlich. »Wenn ich das tue, sind wir quitt?«

»Mehr als das. Ich stünde in Ihrer Schuld.«

»Das kann man unterschiedlich betrachten. Ich helfe Ihnen dabei, sich in Gefahr zu begeben. Keine gute Art, sich bei jemandem zu bedanken.«

»Ich habe Sie ausdrücklich darum gebeten.«

»Gibt es eine Möglichkeit, Sie von diesem Plan abzubringen?«

»Nein.«

»Tamam.« Der Alte schüttelt den Kopf, stimmt aber trotzdem zu. »Ich werde meine Tochter bitten, Sie nach Mardin zu begleiten. Sie haben sie ja schon kennengelernt. Aleyna bringt Sie zu einem Neffen von mir, der dort lebt. Er ist hier aufgewachsen und spricht gut Deutsch. Außerdem natürlich Arabisch, Türkisch und Kurdisch.«

»Vielen Dank!«

»Aleyna muss erst noch ein paar Angelegenheiten regeln, aber übermorgen könnten Sie aufbrechen. Wir haben für Sie ein Hotelzimmer in der Innenstadt gebucht. Meine Tochter bringt Sie dorthin und sorgt dafür, dass Sie alles haben, was Sie brauchen. Bleiben Sie bis zur Abreise im Hotel, und wenn Sie etwas Bedrohliches wahrnehmen, rufen Sie mich an.«

»Ich muss einkaufen gehen und Sachen für die Reise besorgen.«

»Nehmen Sie meine Tochter mit.« Ekincis steht auf und streckt ihr die Hand entgegen. Die Audienz ist beendet.

Carla verabschiedet sich respektvoll und folgt Aleyna Ekincis durch das Treppenhaus hinunter zu dem roten BMW.

»War das Gespräch zu Ihrer Zufriedenheit?«

Carla nickt. »Ihr Vater wird mir helfen. Er hat entschieden, dass Sie mich in die Türkei begleiten und bei Ihrem Cousin in Mardin abliefern sollen.«

»Ah ja.« Ekincis' Tochter wirkt nicht im Geringsten überrascht, als sie den Wagen startet und sich in den Verkehr einfädelt. »Dann werden wir uns ja näher kennenlernen. Nennen Sie mich Aleyna.«

»Gerne.« Carla beobachtet sie von der Seite und bewundert ihren Gleichmut. »Darf ich fragen, was Sie beruflich machen?«

»Ich bin Steuerberaterin. In einer Kanzlei in Essen.«

»Hatten Sie keine Lust auf das Familiengeschäft?«

»Doch, natürlich. Deswegen ja!« Sie streift sich die Haare aus dem Gesicht und lacht übermütig. »Sie wohnen übrigens im Hotel Conti. Zentral gelegen, unauffällige Mittelklasse. Die Rechnung übernehme ich, und ich kümmere mich auch um die Flüge.«

Carla nickt. »Das ist sehr nett. Ich bin Ihrer Familie wirklich dankbar für die Hilfe. Kann ich Sie noch etwas fragen?«

»Nur zu.«

»Ich habe Ihren Vater nicht nur um Schutz gebeten, sondern ihm auch erzählt, dass ich nach Mardin will, um Nachforschungen zum Tod meines Exmannes anzustellen. Das kann ich nur, wenn er mich mit seinen Beziehungen vor Ort unterstützt. Er wird mir helfen, aber er hält den Plan offenbar für gefährlich. Können Sie mir sagen, warum? An was hat er gedacht?«

»Er mag Sie. Und ist Ihnen dankbar. An welche Gefahren er konkret gedacht hat, weiß ich nicht. Aber ich kann Ihnen etwas über die Region und die Stadt erzählen, wenn Sie wollen.«

»Natürlich will ich das.«

Aleyna überholt einen Pulk von Mountainbikern, die zu dritt nebeneinanderfahren, und spricht dann weiter. »Mardin liegt bekanntermaßen in der Türkei, ist aber stark arabisch geprägt. Syrien ist nur ein paar Kilometer entfernt, und wenn Sie Arabisch sprechen, kommen Sie überall problemlos zurecht. Mit Türkisch und Kurdisch natürlich sowieso. Die Stadt ist vielleicht der einzige Ort, wo Araber, Türken, Kurden und Aramäer miteinander klarkommen – zumindest oberflächlich.«

»Das klingt doch sehr gut.«

»Zweifellos. Es ist außerdem wunderschön dort. Zumindest die Altstadt. Die Neustadt Yenişehir und die Gegend drum herum nicht so. Das historische Mardin ist uralt, liegt auf einem Berg und ist so etwas wie ein romantischer Sehnsuchtsort für viele ausländische Touristen, die die Region bereisen. Mittlerweile kommen sogar Leute aus der Westtürkei, die bis vor ein paar Jahren nicht im Traum daran gedacht hätten, im wilden Osten Urlaub zu machen. Zahlreiche türkische Filmproduktionen nutzen die Stadt als lebendige abenteuerliche Kulisse.«

»Also ideal für einen Urlaub.«

»Für einen Urlaub schon. Für eine deutsche Anwältin, die Nachforschungen zum Tode ihres Exmannes anstellen will, weniger. Die Nähe zu Syrien und Irak macht die Stadt zum Knotenpunkt für Schmuggler, Geheimdienstler und Abenteurer jeder Sorte und Nationalität.« Aleyna flucht über einen alten VW-Bus, der mit vierzig Stundenkilometern vor ihnen herrumpelt, überholt gewagt und schert knapp wieder ein. Carla atmet hörbar aus, und Aleyna wirft ihr einen amüsierten Seitenblick zu. »Wenn Sie finden, dass ich riskant fahre, bleiben Sie besser weg aus Anatolien.«

»Erzählen Sie mir noch was über die Stadt.«

»Wie gesagt, der Schmuggel aller möglichen Güter ist für viele ein einträgliches Geschäft. Nicht wenige Europäer, die sich dem IS anschlossen, wurden mit Kenntnis der türkischen Behörden von Mardin nach Syrien geschleust. Genauso wie Waffen, Devisen und weiß der Himmel was noch. Umgekehrt finden alle möglichen Dinge aus arabischen Ländern hier ihren Weg nach Europa. Mardin-Istanbul-Amsterdam ist eine sehr beliebte Route. Das Assad-Regime hat seine Agenten vor Ort und die Iraker auch. Der türkische Nachrichtendienst MIT belauert die Kurden, der IS hat seine Zuträger, und es gibt etliche Ausländer in der Stadt, von denen allgemein angenommen wird, dass sie für die CIA arbeiten.«

»Woher wissen Sie das alles?«

»Ich bin zweimal im Jahr dort. Zu Besuch bei meinem Cousin.«

»Und wegen der Verwandtschaft ist es für Sie nicht gefährlich?«
»Nein, ungefährlich ist es für mich, weil ich niemandem irgendwelche Fragen stelle.«

Carla nickt. Ihr Handy empfängt eine SMS von Mathilde, die sie nach kurzem Zögern öffnet: *Till Bischoff liegt im Koma auf der Intensivstation. Was zur Hölle haben Sie ihm da eingebrockt?*

Nicht tot, aber auch nicht lebendig. Ist das ein Grund, erleichtert zu sein? Sie atmet tief ein und lässt die Luft langsam wieder entweichen. So, wie sie es vor Jahren in einem Yoga-Kurs gelernt hat.

Aleyna wirft ihr einen Seitenblick zu. »Schlechte Nachrichten?«
»Nein.«

Ekincis' Tochter schüttelt den Kopf. »Für *keine* schlechten Nachrichten sehen Sie aber echt scheiße aus!«

DREIUNDZWANZIG

Irgendwann spätabends landet sie an der Bar des Hotels. Nach dem Einchecken hat sie in einem italienischen Restaurant in der Nähe eine große Lasagne verdrückt, sich durch die Dessert-Karte gefuttert und damit eine anständige Grundlage für den Cognac geschaffen. Nun bestellt sie einen Rémy Martin und macht es sich auf dem Barhocker bequem.

Wenn Sie vernünftig sind, wird das noch ein wundervoller Tag für Sie, hat der Dreckskerl vor der Umkleidekabine gesagt. Und, hat er nicht recht gehabt? Seit sie sich heute Morgen mit einem Informanten in einem Frankfurter Café getroffen hat, haben sich die Ereignisse überschlagen und sie am Ende des Tages in diese Duisburger Hotelbar katapultiert. Man hat sie verfolgt und bedroht, einen Mann, der ihr helfen wollte, halb totgeschlagen, und sie hat beschlossen, mit der Hilfe eines Clanchefs in die Türkei abzuhauen.

Was anzuziehen hat sie auch nicht. Nicht schlecht für einen wundervollen Tag.

Ihr umherschweifender Blick bleibt an dem Barmann hängen, der unablässig Gläser poliert. Er ist dunkelhaarig, höchstens Mitte zwanzig, südländischer Typ. Sehr ansehnlich. Als er zu ihr hinüberschaut, lächelt er und Carla lächelt zurück. Vielleicht sollte sie den Tag auf versöhnliche Weise ausklingen lassen.

Die Bar füllt sich langsam. Einen Hocker weiter nimmt sie eine Bewegung wahr und dreht den Kopf ein wenig nach rechts. Ein Mann in den Fünfzigern, leicht ungepflegte Erscheinung, ziemlich füllig. Sie erkennt ihn erst, als er spricht.

»Hatten Sie Sehnsucht nach dem alten Sausack?«

Die nölige Stimme mit dem dauerhaft hämischen Unterton hat sie auch nach vier vergangenen Jahren noch gut im Ohr. Äußerlich hat sich der Mann allerdings sehr verändert. Enrico Meissner ist damals mindestens dreißig Kilo leichter gewesen. Vermutlich hat er nach seinem Rausschmiss mit dem Saufen angefangen.

»Sieh an«, sagt Carla. »Der korrupte Bulle.«

Er nickt gleichmütig. »Und die Anwältin, die sich für rein gar nichts zu schade ist.«

»Ich hatte gehofft, dass die Sie einbuchten.«

»Oh, das hätten sie um ein Haar. Aber Sie können auch so zufrieden sein. Zwei Jahre auf Bewährung und Entlassung aus dem Polizeidienst. Die Pension ist auch weg, genauso wie meine Frau. Habe ich alles Ihnen zu verdanken. Sind Sie wenigstens stolz auf Ihre Leistung?«

»Selbstverständlich. Ich habe gewonnen, und mein Mandant war unschuldig. So was erlebe ich auch nicht alle Tage.«

Meissner funkelt sie wütend an und hat zusehends Mühe, sich zu beherrschen. »Sie wissen genau, dass Ekincis in den Knast gehört.«

»Mag sein, aber nicht für das, worum es im Prozess ging. Kann es sein, dass Ihre ehemaligen Kollegen sich damit auch nicht abfinden möchten? Die observieren meinen Mandanten immer noch, oder? Und obwohl Sie nicht mehr bei der Truppe sind, haben sie Ihnen wegen der alten Zeiten sofort von meinem Besuch bei Ekincis erzählt. Und auch gleich, in welchem Hotel ich abgestiegen bin.«

»Bingo!«, sagt Meissner und senkt die Stimme. »Was für eine schlaue kleine Fotze Sie doch sind.«

Carla betrachtet nachdenklich ihr Glas und überlegt, wann sie ihm den Drink ins Gesicht schütten soll. Bei so was ist gutes Timing wichtig.

Der Exbulle kommt jetzt in Fahrt. »Die Kollegen waren auch

neugierig, was Sie hier wollen, und haben deshalb einfach mal bei der Frankfurter Polizei angerufen. Dort haben Sie nicht viele Freunde, wissen Sie das? Bei der Kripo gibt es einen Mann namens Rossmüller, der behauptet, Sie wären ein arrogantes Miststück. Er war sehr erstaunt zu hören, dass Sie in Duisburg sind. Weil er Sie nämlich sucht, um Sie zu beschützen. Vor jemandem, der hinter Ihnen her ist, nachdem er in Ihrem Haus bereits einen Lover von Ihnen abgemurkst hat.«

Carla winkt nach dem jungen Barmann, lässt sich den großen Cognacschwenker bis zur Hälfte nachfüllen und schenkt ihm einen langen, intensiven Blick.

Meissner lächelt triumphierend. »Dann wollen wir mal hoffen, dass es bei den Frankfurtern keine undichte Stelle gibt, die Ihren Aufenthaltsort durchsickern lässt.«

Durchsickern ist ein gutes Stichwort. Schade um den Cognac, aber kein Spaß ist umsonst. Mit einer schnellen Bewegung greift Carla nach dem Glas, und tatsächlich landet der gesamte Inhalt in Meissners Gesicht. Seine Züge verzerren sich zu einer wütenden, triefenden Fratze, als ihm die hochprozentige Flüssigkeit in die Augen läuft und ihren Weg über die feisten Wangen in den Hemdkragen findet. Einen Augenblick lang fürchtet Carla, dass er vollständig die Kontrolle verliert, und fragt sich, ob er bewaffnet ist. Dann ist der Barmann bei ihnen.

Anklagend tippt Carlas Zeigefinger auf Meissners Brust. »Er hat mich belästigt!«

Der Mann hinter dem Tresen lächelt breit und zeigt ein fabelhaftes Gebiss. »Ja, das habe ich mitbekommen«, sagt er zu Meissner gewandt. »Wenn Sie die Bar nicht verlassen, rufe ich die Polizei.«

Meissners fassungsloser Blick wandert zwischen Carla und dem Barkeeper hin und her. Alle Gespräche um sie herum sind verstummt, und die Gäste warten gespannt, wie sich die Dinge entwickeln. Sekunden vergehen.

»Ihre Entscheidung«, sagt der Barkeeper und greift demonstrativ nach seinem Telefon. Als er die erste Zahl eintippt, gibt Meissner auf, klettert vom Hocker und stapft durch die Lobby davon.

Carla strahlt den Barmann an. »Besten Dank. Wie heißen Sie?«

»David.«

»David. Wann machen Sie hier Feierabend?«

»Ich fühle mich geehrt, Madame, aber ich habe einen festen Freund.«

Carla versucht, ihre Enttäuschung zu verbergen, und zwingt sich zu einem Lächeln. »Wie schade. Aber schön für Sie. Ein Freund ist eine feine Sache.«

David nickt höflich und wendet sich einem anderen Gast zu. Carla wartet, bis er ihr den Rücken zudreht, damit er das Beben ihrer Hand nicht sieht, wenn sie das Handy herausholt. Aleyna Ekincis ist sofort am Apparat. »Es kann sein, dass der Mann, der mich verfolgt, erfährt, dass ich in Duisburg bin. Buchen Sie den Flug für den nächstmöglichen Termin. Neue Klamotten kaufe ich in der Türkei.«

Falls Ekincis' Tochter erschreckt oder irritiert ist, lässt sie es sich jedenfalls nicht anmerken. »Bleiben Sie im Hotel. Ich schicke zwei Männer dorthin und hole Sie morgen früh um 6 Uhr ab.«

VIERUNDZWANZIG

Pünktlich um 6 Uhr checkt sie aus. Die Nacht war lausig. Sie schläft nicht gerne in Hotelbetten, und die Angst und die permanente Grübelei haben sie kaum Ruhe finden lassen. Immer wieder hat sie an den Mann in der Boutique gedacht. An seine irritierend angenehme Stimme und die mörderische Beiläufigkeit seiner Drohung. *Wenn Sie irgendwelche Faxen machen, schneide ich der kleinen Blondine hinten im Laden die Kehle durch. Ich kann ihr auch wahlweise den Kopf verdrehen.* Wie realistisch ist es, dass er an Informationen aus dem Polizeiapparat gelangt? Womöglich die gleiche Quelle anzapft, derer sie sich auch bedient hat? Wenn er die richtigen Leute in Frankfurt kennt, ist es keineswegs unmöglich, dass er auf Johann Casper stößt.

Aleyna Ekincis wartet vor dem Hotel auf sie und interpretiert Carlas Gesichtsausdruck richtig. »Wie mies drauf sind Sie?«

»Auf einer Skala von eins bis zehn? Sieben. Tendenz steigend. Schnell steigend!«

Aleyna lächelt sparsam. »Sie wollten so schnell wie möglich weg. Wir fliegen um 10:20 Uhr von Düsseldorf. Frühstück gibt's im Flughafen. Der Aufenthalt in Istanbul beträgt nur zwei Stunden, und die Läden im neuen Airport sind nicht billig. Das heißt, Sie sollten Ihre Kleidung in Mardin kaufen.«

Carla nickt resigniert. Die Aussicht, entweder noch etliche Stunden länger in den Sachen vom Vortag herumzulaufen oder einem unanständig teuren Laden im Flughafen das Geld in den Rachen zu werfen, gibt ihrer Stimmung den Rest.

»Aber«, sagt Aleyna, und in ihrer Stimme ist ein fröhliches kleines Feixen, »jetzt kommt die gute Nachricht: Ich habe Ihnen was von mir mitgebracht! In der Reisetasche auf dem Rücksitz. Unterwäsche, eine Jeans, Pullover, T-Shirts, Socken. Was man so braucht. Die Größe wird schon irgendwie stimmen.«

»Wow!« Carla strahlt sie an. »Danke! Das ist wirklich nett! Und eine gute Gelegenheit, mit der blöden Siezerei aufzuhören. Einverstanden?«

Aleyna nickt.

»Gut, dann erzähle ich dir jetzt, wer gestern Abend was von meinem Cognac abbekommen hat.«

Carla sieht aus den Augenwinkeln, dass die Frau neben ihr zu grinsen beginnt. »Das weiß ich schon. David hat mich angerufen, gleich nach dir. Er arbeitet hin und wieder für meinen Vater. Ich habe ihn gebeten, auf dich achtzugeben.«

»Denkst du, ich habe euren Stress mit der Polizei unnötig verschärft?«

Aleyna schüttelt den Kopf. »Meissner ist ja kein Bulle mehr. Scheiß drauf! Ich habe mich irre gefreut. Du musst mir alles haarklein erzählen!« Sie beschleunigt und fährt bei Gelb-Rot über eine Ampel. »Kaṯratu'l-'a'dā'i dalīlu'n-naǧāḥ.«

»Heißt was?«

»Viel Feind', viel Ehr'! So in etwa.«

FÜNFUNDZWANZIG

Der Flug verläuft ereignislos und komfortabel. Die Turkish-Airlines-Maschine landet pünktlich auf dem Istanbul Airport, und der Anschluss nach Mardin zwei Stunden später ist kein Problem. Die Landung dort ist ein wenig holprig und der Flughafen überschaubar.

»Haydar holt uns mit dem Auto ab«, sagt Aleyna, als sie sich in die letzte Schlange stellen. Die Abfertigung ist für türkische Verhältnisse lässig. Als sie das Flughafengebäude verlassen, schlägt ihnen milde und frühlingshafte Luft entgegen.

Haydar erwartet sie im Freien und bringt sie zu einem geräumigen alten Volvo. Ekincis' Neffe ist ein gutaussehender Mann Anfang dreißig. Er trägt Jeans, Polohemd und Sneakers und freut sich sichtlich, die beiden Frauen begrüßen zu können.

»Schön, dass ihr gekommen seid. Ich bin immer total happy, wenn ich mal Deutsch reden kann.«

Aleyna hat auf dem Flug erzählt, dass Haydar Duisburg verlassen hat, um in Mardin als Sattelmacher zu arbeiten. Carla weiß nicht so genau, wie sie sich einen Sattelmacher vorgestellt hat, aber irgendwie sieht Haydar mehr wie ein Büromensch aus.

Der Flughafen Mardin liegt etwa zwanzig Kilometer südlich der Stadt. Haydar legt die Strecke in sportlichen fünfzehn Minuten zurück. Sie passieren zunächst einen Teil des Neustadtviertels Yenişehir am Fuße des Stadthügels, und Haydar betätigt sich als Fremdenführer.

»Die Touristen kommen natürlich wegen der Altstadt. Sie sind fasziniert von den engen Gassen und den steilen Treppen, die man nur zu Fuß bewältigen kann. Wenn man hier wohnt, ist das alles nicht so toll. Das Alltagsleben der Einheimischen hat sich Jahr für Jahr mehr in die Neustadt verlagert. Da gibt es Supermärkte, Restaurants, die Busgesellschaften und eine moderne Infrastruktur. Und zuverlässig heißes Wasser.« Er lacht. »Das sollte man nicht unterschätzen. Aber egal – der Grund, warum ich zurückgekommen bin, ist da oben!«

Er deutet mit großer Geste den Hügel hinauf, und der Anblick ist wirklich fantastisch. Häuser aus honigfarbenem Kalkstein, die sich verschachtelt an einen steil abfallenden Felsen schmiegen und von einer stolzen Festung überragt werden. Eine erhabene, uralte Stadt aus 1001 Nacht, wie sie orientalischer nicht aussehen könnte.

Carla ist angemessen beeindruckt, und Haydar wendet sich direkt an sie. »Die Häuser dort oben haben fast alle Flachdächer. Von vielen aus hast du einen endlos weiten Blick auf die Ebenen Mesopotamiens. Absolut großartig. In heißen Sommernächten stellen die Leute da Hochbetten auf und schlafen im Freien.« Er folgt der stetig ansteigenden Straße, biegt in einen Kreisverkehr ein und nimmt die Abzweigung den Hügel hinauf. »Die praktisch einzige von Autos befahrene Straße in der Oberstadt ist die Birinci Cadde. An ihr kann man sich ganz gut orientieren. Sehr viele interessante Gebäude liegen in den Gassen oberhalb oder unterhalb dieser Straße.«

Sie passieren eine lange Reihe von Geschäften, Cafés, Silberschmieden und Konditoreien, bis Haydar vor einem kleinen Kunstgewerbeladen hält. »Ich lasse euch hier raus und suche einen Parkplatz. Aleyna kennt den Weg zu unserem Haus. Wir treffen uns dort.«

Der Weg führt hinauf durch einige enge Gassen, in denen ihnen immer wieder Männer mit Eseln begegnen, die mit allen möglichen Gegenständen des täglichen Bedarfs und manchmal auch mit Müllsäcken beladen sind. Die steilen Treppen scheinen für sie kein Problem zu sein. »Wenn du in Mardin etwas Schweres einkaufst, das du selbst nicht tragen kannst, bleiben dir nur die Esel«, sagt Aleyna. »Für die fertigt Haydars Werkstatt Lastsättel an, die mit Schilfrohr gefüllte Luftpolster haben. So liegt der Sattel nicht ganz auf, wenn die Tiere schwer tragen. Ich glaube, das Handwerk gibt es nur noch hier. Warum er dafür seinen Job in Deutschland aufgegeben hat, weiß ich allerdings auch nicht.«

Nach fünf Minuten weiterem Treppauf und Treppab bleibt Aleyna vor einem Haus mit hoher Mauer und unscheinbarer Eingangstür stehen.

»Haydar wohnt mit seiner Familie in einem Konak«, sagt sie. »Auf Deutsch würde man es vielleicht Herrenhaus nennen. Es gibt eine Menge davon in Mardin. Viele stehen mittlerweile leer oder sind in Hotels oder weiß der Himmel was umgewandelt. Manche Vorbesitzer, wohlhabende Armenier oder Assyrer, wurden vertrieben, andere sind in die Unterstadt gezogen. Hiesigen Privatleuten fehlt oft das Geld für die teure Instandhaltung. Die Häuser sind auch schwer zu beheizen. Aber es wird dir gefallen.«

Sie hat recht. Als Haydars Frau mit drei kleinen Kindern im Schlepptau die Tür öffnet, werden sie nach einer landestypisch herzlichen Begrüßung in einen prächtigen Innenhof geleitet, in dem sich, wie Aleyna erklärt, das gesamte häusliche Leben abspielt, wann immer das Wetter es zulässt. »Wenn du dich frisch gemacht hast, werden wir hier auch essen.«

Das Gästezimmer befindet sich auf der unteren Ebene des zweistöckigen Gebäudes. Es hat hohe Fenster und ist mit Teppichen, Kissen und einem riesigen Fernseher wohnlich ausgestattet. Vergeblich suchen Carlas Augen nach einem Bett, bis ihr die in die Wände eingearbeiteten Nischen auffallen, in denen Matratzen verstaut sind, die man bei Bedarf offenbar einfach hervorholt.

Eine Stunde später wird sie zum Essen in den Hof gebeten. Neben seiner Ehefrau und den drei Kindern besteht Haydars Familie noch aus zwei alten Tanten, einem Onkel, einer älteren Schwester und seiner verwitweten Mutter, die sich alle im Hof versammelt haben. Das respektvolle Begrüßen und Vorstellen nimmt eine Weile in Anspruch, und Carla ist froh, dass Aleyna an Gastgeschenke gedacht hat, die sie vor dem Essen gemeinsam überreichen.

Danach gibt es gegrilltes Lamm, mit Reis gefülltes Gemüse, Hackfleischbällchen, Bulgursalat, kühlen Joghurt mit Gurke und jede Menge frisches Brot. Carla ertappt sich bei der Überlegung, welcher Wein zu den Köstlichkeiten passen würde, schiebt den Gedanken mit Bedauern beiseite und hält sich an Ayran und Wasser.

Zum Dessert werden Chai, unfassbar süßes Baklava und eine reiche Auswahl von Sonnenblumenkernen, Pistazien, Haselnüssen und Mandeln gereicht. Dann knabbern und reden alle durcheinander, ohne dass auch nur ein Hauch von Disharmonie auftaucht. Carla lässt sich vom Klang der fremden Sprache einlullen und spürt, wie die seit Tagen alles beherrschende Anspannung einer angenehmen Schläfrigkeit weicht.

Kurz vor Mitternacht, als die Kinder ins Bett sollen und die anderen Familienmitglieder sich nach und nach zurückziehen, gibt Haydar Carla einen Wink. Nebeneinander nehmen sie auf einer Bank Platz. Haydar zündet sich eine Zigarette an, und im aufflammenden Licht des Feuerzeuges sieht Carla, wie besorgt er ist. »Mein Onkel hat mir nur in groben Zügen gesagt, worum es geht. Bitte erzählen Sie mir noch einmal genau, was passiert ist. Hier in Anatolien und in Deutschland.«

Carla ist jetzt todmüde und hat wenig Lust, die ganze Geschichte noch einmal wiederzukäuen, aber Haydar hat ein Recht zu erfahren, in was er da womöglich hineingezogen wird. Also erzählt sie ihm von ihrer Scheidung, springt sieben Jahre weiter zum Besuch von Ömer Sahin in der Kanzlei, berichtet vom Tod ihres Exmannes, von den Morden an Marc Debus und Halim Wassouf und lässt auch den Mann vor der Umkleidekabine nicht aus. Wie sie schließlich nach Duisburg floh und was sie mit seinem Onkel verbindet, weiß er bereits von Aleyna – und alles zusammen trägt nicht gerade zu seiner Beruhigung bei.

»Was genau wollen Sie hier machen? Was erwarten Sie von mir?«

»Dass Sie mich zur Polizei begleiten und meinen Worten Nachdruck verleihen!«

»Inscha'allah«, sagt Haydar.

Das kann, wie Felix Carla einmal erklärt hat, alles Mögliche bedeuten: von *so Gott will* über *schauen wir mal* bis *wird nix*.

SECHSUNDZWANZIG

Am nächsten Morgen ist Carla früh auf den Beinen. Sie hat ihren Wecker auf 7 Uhr gestellt, um Aleyna zu verabschieden, was kurz und herzlich ausfällt.

»Grüß deinen Vater von mir und richte noch mal meinen Dank aus. Der Empfang in diesem Haus war mehr, als ich jemals erwartet habe.«

Aleyna grinst. »Keine Ursache. Mein Vater ist zwar gerade dabei, sich aus dem Geschäftsleben zurückzuziehen, aber so wie ich ihn kenne, bekommst du vielleicht noch einmal Gelegenheit, dich zu revanchieren.«

Anders als das türkische Konsulat damals behauptete, hat Carla nicht die Absicht, zur Hausanwältin eines kurdischen Clans aufzusteigen, aber natürlich lächelt sie zurück und nickt.

Als Aleyna mit einem Taxi zum Flughafen aufbricht, bleibt noch genug Zeit für ein opulentes Frühstück, das für sie im Innenhof bereitsteht, bevor Haydar sie um 9 Uhr dort abholt.

»Wir müssen runter nach Yenişehir. Am besten fahren wir gleich zur Zentrale der Provinzpolizei. Ich könnte mir vorstellen, dass alles, was mit Ausländern zu tun hat, dort landet. Wenn die nichts wissen, schicken sie uns weiter.«

Das Gebäude der Strafverfolgungsbehörde der Provinz Mardin ist ein langgestreckter, vierstöckiger Bürokomplex mit einem Parkplatz davor. Über dem Haupteingang ist in großen Lettern der Schriftzug MARDIN EMNIYET MÜDÜRLÜĞÜ angebracht. Immerhin vier »ü« in einem Wort. Das könnte ich glatt toppen, denkt

Carla, als sie durch das große Glasportal gehen, wie wäre es mit »Seeelefanten«.

»Was ist so lustig?«, will Haydar wissen.

Sie lässt das Lächeln verschwinden und schüttelt stumm den Kopf.

Ein uniformierter Beamter eilt auf sie zu und erkundigt sich, warum sie gekommen sind. Haydar erklärt es ihm, der Beamte zückt ein Handy, telefoniert kurz und geleitet sie dann zum Fahrstuhl. Zu dritt fahren sie in den zweiten Stock, laufen an etlichen Bürotüren vorbei und bleiben schließlich vor einer mit der Nummer 207 stehen. Neben der Tür ist ein Schild angebracht, auf dem »Başkomiser« und darunter in kleinen Lettern der Name Orhan Celik steht. Ihr Begleiter klopft, wartet das »Evet« ab und drückt dann die Klinke herunter. Sie betreten einen hellen Büroraum, in dem hinter einem großen Schreibtisch ein hemdsärmeliger Beamter mit dickem Schnurrbart sitzt. Er wird rechts von der türkischen Nationalflagge und links von einer Fahne eingerahmt, die, wie Carla vermutet, das Emblem der Provinz Mardin zeigt. Hinter ihm an der Wand hängt ein großes Porträtfoto des Staatsgründers Atatürk, und an den anderen Wänden finden sich Bilder von Recep Tayyip Erdoğan beim Händedruck mit einigen Lokalpolitikern sowie zahlreiche Landschaftsansichten aus der Provinz.

Der Mann hinter dem Schreibtisch begrüßt sie mit einem freundlichen »Merhaba« und zeigt auf zwei Besuchersessel. Nachdem sie Platz genommen haben, beginnt Haydar mit den Präliminarien. Natürlich versteht Carla nicht, was er sagt, aber sie ahnt, dass er die richtigen Worte findet, denn das prüfende Gesicht ihres Gegenübers wird zunehmend wohlwollender. Nach vielleicht fünf Minuten scheint Haydar zur Sache zu kommen. Er zeigt auf sie, stellt sie namentlich vor und erklärt offenbar auch seine eigene Rolle bei diesem Besuch. Carla hört den Namen Felix Winter heraus und dass es um den Unfall geht. Der Beamte nickt und macht sich an seinem Computer zu schaffen.

»Wie Sie dem Türschild entnehmen konnten, sind wir hier bei Başkomiser Orhan Celik. Den Rang würde man im Deutschen etwa mit ›Polizeihauptkommissar‹ übersetzen, ich bin mir nicht sicher. Er kennt den Fall und schaut jetzt nach der Akte«, erklärt Haydar betont höflich. Dann beginnt er fast simultan zu übersetzen, was der Polizist zusammenfasst.

»Eine tragische Sache. Und letztlich auch schwer zu erklären. Einige unserer Experten denken, dass Herr Winter vielleicht von der Straße abkam, weil er einem überholenden, ihm auf seiner Fahrbahn entgegenkommenden Wagen ausgewichen ist. Er ist auf einer niedrigen Felsformation gelandet, die den Unterboden des Autos praktisch aufgeschlitzt hat.«

Carla unterbricht ihn, indem sie wie in der Schule die Hand hebt. »Das hieße aber, dass noch mindestens zwei weitere Fahrzeuge verwickelt gewesen wären. Hat einer der Beteiligten den Unfall bei der Polizei angezeigt?«

Haydar übersetzt ihre Frage, und der Mann mit dem Schnauzbart schüttelt den Kopf. »Nein. Das ist auch der Schwachpunkt der Theorie. Die Leute hier fahren gerne schnell und teilweise auch rücksichtslos, aber Hilfsbereitschaft wird großgeschrieben. Dass gleich mehrere Menschen nach so einem schweren Unfall einfach weitergefahren sein sollen, ist kaum vorstellbar.«

Der türkische Beamte vollführt mit den Handflächen eine Bewegung, die seine Zweifel unterstreichen soll.

»Hält er es für denkbar, dass der Unfall mit Absicht herbeigeführt wurde?«

Die Antwort kommt prompt. »Er sagt nein! Jemanden mit so einem Überholmanöver absichtlich von der Fahrbahn zu drängen, wäre wohl eine extrem gefährliche Methode.«

»Ich habe erfahren, dass mein Exmann ein abenteuerliches Leben geführt hat. In Syrien, im Irak und auch in der Türkei. Er hat wahrscheinlich in allen möglichen Ländern gegen Gesetze verstoßen und Kontakt zu sehr gefährlichen Leuten gehabt.«

Der türkische Beamte schaut noch einmal auf seinen Monitor und schüttelt energisch den Kopf.

»Es gab keine Hinweise auf Fremdverschulden, und Herr Winter war in der Türkei ein unbescholtener Mann. Keine Straftaten, nicht einmal eine Anzeige.«

»Bitte fragen Sie ihn nach seiner persönlichen Meinung. Was denkt er, was passiert ist?«

Der Polizist muss nicht lange überlegen. »Anlık uyku kurbanı«, sagt er.

Haydar braucht einen Moment, bis er das deutsche Wort parat hat. »Sekundenschlaf.«

Carla nickt nachdenklich, aber irgendwie passt das nicht zu Felix. »Wie ist der Wagen in Brand geraten?«

Der Mann hinter dem Schreibtisch zuckt die Achseln.

»Auslaufender Kraftstoff«, übersetzt Haydar. »Das ausgetretene Benzin hat sich wahrscheinlich an heißen Teilen im Motorraum oder am Auspuff entzündet. Fahrzeugbrände nach Unfällen sind nicht gerade selten. Er fragt, ob das in Deutschland anders ist.«

»Nein, ist es nicht. Wo genau ist der Unfall passiert?«

»Auf einer Seitenstraße knapp vierzig Kilometer nordöstlich von Mardin. In der Nähe eines Dorfes namens Alıçlı. Sehr früh am Morgen. Eigentlich ist auf dem Land die Jandarma zuständig, aber weil ein Ausländer beteiligt war, ist der Fall hier gelandet.« Der Beamte bearbeitet seine Tastatur, ruft eine Karte auf und dreht seinen Monitor so, dass sie das Bild sehen können. »Hier … wenn Sie die D380 nehmen. Sie können da gerne rausfahren, aber außer einigen dunkel verfärbten Steinen gibt es nichts zu sehen.«

Carla versucht, ihre Enttäuschung zu verbergen. »Woher stammte der Leihwagen?«

»Er gehörte einer Mietwagenfirma in Diyarbakır. Herr Winter hat ihn sechs Tage vor dem Unfall vormittags dort abgeholt und für zwei Wochen im Voraus bar bezahlt.«

»Gab es jemals Zweifel hinsichtlich der Identität des Toten?«

»Nein. Natürlich hatten wir keine zahnärztlichen Unterlagen oder so etwas, aber wozu auch? Alles war sehr eindeutig.«

In der Stimme des Polizeibeamten schwingt jetzt ein Hauch von Ungeduld mit. Er schiebt noch ein paar Sätze in schnellem Türkisch hinterher und wirft dann einen Blick auf seine Armbanduhr.

»Der Başkomiser legt großen Wert auf die Feststellung, dass die Untersuchung zum Tode von Herrn Winter mit Sorgfalt und Kompetenz durchgeführt wurde«, sagt Haydar. »Es gibt nicht den geringsten Grund, an der Arbeit der türkischen Polizei zu zweifeln.«

»Das habe ich selbstverständlich niemals getan. Bitte versichern Sie ihm das, und danken Sie in meinem Namen für seine Mühe und die Zeit, die er uns gewidmet hat.«

Haydar übersetzt, und als der Polizist aufsteht, um sie mit einem freundlichen Händedruck zu verabschieden, hat sich dessen Miene wieder aufgehellt.

Haydar wirkt erleichtert, als er im Fahrstuhl seine feuchten Hände an der Jeans abwischt.

»War das jetzt irgendwie stressig für Sie?«, fragt Carla.

»Wir haben es hier nicht so mit der Polizei.«

»Wie meinen Sie das?«

»Ausländische Touristen kriegen das meistens nicht mit, aber wenn Sie von hier sind und auch noch kurdischer Abstammung, dann merken Sie es. Die Bullen, vor allem wenn sie in der Westtürkei rekrutiert wurden, führen sich auf wie eine Besatzungsmacht im Feindesland. Wie die israelische Armee im Westjordanland. Als Kurde werden Sie dauernd kontrolliert, dauernd hält Ihnen ein Uniformierter eine MP ins Gesicht und starrt Sie mit diesem verächtlich misstrauischen Blick an, den sie für uns reserviert haben. Als wenn wir gefährliche Kakerlaken wären. Also, um Ihre konkrete Frage zu beantworten: Ja, das war jetzt irgendwie stressig für mich!«

Carla nickt nachdenklich. »Verstehe. Aber es klingt ja, als hätte die Polizei in diesem Fall korrekt gearbeitet.«

»Wollen Sie sich die Unfallstelle noch ansehen?«

»Ich glaube, das bringt nichts«, sagt Carla. »Es war ein Unfall, ich muss mich damit abfinden. Und in gewisser Weise bin ich auch froh, dass Felix nicht durch eine Gewalttat gestorben ist.«

Wieso ist sie dann trotzdem so unzufrieden und frustriert? Was hat sie sich gedacht, was bei dem Besuch herauskommen würde? Dass die Polizei ihr etwas über Felix erzählen könnte, was sie noch nicht wusste? Immerhin hat sie erfahren, dass strafrechtlich in der Türkei gegen ihn nichts vorlag. Haydar hat die Worte des Polizisten wunderbar altmodisch übersetzt. »Herr Winter war in der Türkei ein unbescholtener Mann.« Tusch und Feuerwerk!

Und warum kann sie sich nicht darüber freuen? Weil sie es nicht glaubt. Genau genommen weiß sie überhaupt nicht mehr, was sie glauben oder denken soll.

Diese ganze verdammte Reise war von Anfang an sinnlos.

Falsch! Sie ist einem Mörder entkommen und erfolgreich abgetaucht. Und sie hat mit Asan Ekincis' Familie schlagkräftige Verbündete gewonnen.

Aber das war nur ein Aspekt ihres Plans. Sie ist nach Mardin gekommen, weil sie etwas herausfinden wollte. Über Felix' Vergangenheit, seine kriminellen Machenschaften und die Umstände seines Todes. Weil sie von Halim Wassouf Dinge über ihn erfahren hat, die den türkischen Behörden offenbar nicht bekannt sind. Und die alles, was geschehen ist, in einem anderen Licht erscheinen lassen. Aber da ist noch mehr.

Sie ist nach Mardin gekommen, weil sie nach all den Jahren immer noch zornig ist. Darüber, dass sie so lange jemanden geliebt hat, den sie gar nicht kannte. Jemanden, der sich ihr nicht nur entzogen, sondern sie nach allen Regeln der Kunst getäuscht hat. Und dabei intelligent, humorvoll, gutaussehend und zärtlich war.

»Licht meines Lebens«, hat er sie genannt und von der Poesie arabischer Kosenamen geschwärmt.

Fick dich, Felix Winter! Wütend kickt sie auf dem Parkplatz einen kleinen Stein beiseite, der scheppernd die Radkappe eines Dienstwagens mit der Aufschrift »Polis« trifft.

Haydar zieht missbilligend die Augenbrauen hoch. »Das machen Sie besser nicht. Die Leute hier lieben ihre Autos. Besonders Polizisten.«

»Entschuldigung.«

»Was möchten Sie jetzt tun?«

Schreien, denkt Carla. Ich würde gerne dreißig Minuten lang schreien.

Stattdessen lächelt sie und sagt: »Ich brauche was anzuziehen! Zeigen Sie mir ein paar gute Läden und Boutiquen in Yenişehir.«

»Gehen wir zur Mall«, sagt Haydar.

SIEBENUNDZWANZIG

Gemeinsam machen sie sich auf den Weg zur Mardian Mall, einem hypermodernen Einkaufszentrum, das auf 50 000 Quadratmetern alles bietet, was das Herz begehrt. Carla hasst diese Art von Shopping Malls, aber die Auswahl ist riesig und die Preise sind unschlagbar günstig.

Sie kauft Jeans, T-Shirts, Pullover, Sneakers und Unterwäsche, und als sie nach zwei Stunden mit dem sichtlich genervten Haydar die Mall wieder verlässt, hat sich ihre Stimmung gebessert.

»Lassen Sie uns Tee trinken«, sagt Haydar und deutet auf ein Straßencafé, das in der Vormittagssonne einen einladenden Eindruck macht. »Und dann besprechen wir, was Sie heute noch unternehmen wollen.«

Er steuert auf einen Tisch zu und bittet sie mit einer Handbewegung, Platz zu nehmen.

»Müssen Sie nicht arbeiten?«

»Ich habe einen Geschäftspartner, der alles im Griff hat.«

»Können Sie von Ihrer Werkstatt leben?«

»Das muss ich nicht.«

»Onkel Asan hilft?«

Haydar nickt und zündet sich eine Zigarette an. »Es ging mir nicht schlecht in Deutschland, aber ich wollte in Mardin leben, seit ich mit meinen Eltern meine ersten Sommerferien hier verbracht habe. Mein Onkel hat das verstanden. Ich bin sein Lieblingsneffe.«

»Und dann haben Sie beruflich umgesattelt?«

Haydar grinst. »Im wahrsten Sinne des Wortes. Mein Vetter Ibrahim suchte dringend einen zweiten Mann und hat mir alles beigebracht, was man für das Handwerk braucht.«

Der Kellner bringt den Tee. Carla probiert einen Schluck und fragt sich zum wiederholten Mal, ob man Wasser über hundert Grad hinaus erhitzen kann. Vorsichtig setzt sie das Teeglas wieder ab. »Darf ich die Werkstatt mal sehen?«

»Klar!«

»Was haben Sie in Deutschland gemacht, bevor Sie hierherkamen?«

»Ich war Versicherungskaufmann. Schwerpunkt Brandschutz. Todlangweiliger Scheiß! Genauso wie Aleyna gehöre ich zum bürgerlichen Zweig der Familie, der auch nicht kleiner ist als der, von dem die deutschen Zeitungen immer berichten. Wir sind die Leute, die es in der dritten Generation geschafft haben, nicht mit dem Gesetz in Konflikt zu kommen. Führerschein, Job, Bausparvertrag. Ich hatte alles, was der Mensch angeblich so braucht. Nur dass ich nicht wirklich glücklich war. Es hat lange gedauert, bis ich den Grund verstand. Ich wollte einfach nicht da sein, wo ich war, sondern hier. Verrückt, oder?«

Carla schüttelt den Kopf. »Eigentlich nicht. Immer wenn einem andere Leute sagen, man hätte doch allen Grund, sturzzufrieden zu sein, sollte man aufhorchen. Aber ich habe eine andere, neugierige Frage. Kollidieren Sie manchmal mit dem ... sagen wir mal, *nicht* so gesetzestreuen Teil der Familie?«

»Nein. Wir lassen uns gegenseitig in Ruhe. Warum auch nicht. Was mein Onkel tut, geht mich nichts an, und es raubt mir auch nicht den Schlaf.«

Carla runzelt erstaunt die Stirn, und Haydar sieht sich zu einer Erläuterung genötigt. »Verstehen Sie mich richtig, ich will nichts beschönigen, aber in den deutschen Medien wird eine Riesenbedrohung heraufbeschworen, die von arabischen Clans ausgehen soll. Das hat mit der Realität wenig zu tun. Es gibt jede Menge Kriminalität in Deutschland, die nicht annähernd so viel Aufmerksamkeit bekommt, aber erheblich mehr Schaden anrichtet. Es ist wahr, *Teile* der arabischen Großfamilien geben einen Dreck auf deutsche Gesetze und denken gar nicht daran, sich irgendwo einzugliedern, aber das ist bei der Russenmafia, den Albanern und der 'Ndrangheta genauso. Die lassen es nur nicht so raushängen, sondern verhalten sich ruhiger und geschmeidiger. Sie tauchen nicht mit hundert Leuten im Gerichtssaal auf und beschimpfen die Richter, wenn ein Familienmitglied verurteilt wird. Es ist dieses großkotzige Ich-fick-deine-Mutter-Gedöns, das die Öffentlichkeit auf die Palme bringt. Kombiniert damit, dass es sich um Muslime handelt und man die Familien behördlicherseits nicht infiltrieren kann. Das beliebte System der V-Leute funktioniert nicht, wenn nur Blutsverwandte mitmachen dürfen. Extrem ärgerlich aus Sicht der Polizei!«

»Klingt für mich doch etwas nach Beschönigung.«

Haydar verzieht das Gesicht. »Ich hatte gehofft, dass Sie eine Erklärung von einer Rechtfertigung unterscheiden können.«

»Gehen Sie davon aus, dass ich das kann.« Carla ist sich bewusst, dass sie ein wenig kühl klingt, und bemerkt auch Haydars Irritation darüber.

»Ich möchte das jetzt nicht vertiefen, aber lassen Sie mich zwei Dinge noch sagen: In den letzten dreißig Jahren sind in Deutschland rund 180 Menschen von Rechtsradikalen umgebracht worden. An solche Zahlen kommt der schwerkriminelle Araber nicht annähernd ran. Und was den materiellen Schaden für die Gesellschaft angeht: Haben Sie schon mal etwas von ›Cum-Ex‹-Geschäften gehört? Oder von ›Wirecard‹?«

Carla muss widerwillig grinsen. »Touché! Was ist der Diebstahl einer Riesengoldmünze gegen die Gründung eines Finanzdienstleisters?«

»Sie sagen es!«

Haydars Handy meldet sich mit einem an- und abschwellenden

Schlagzeugsolo. Er nimmt den Anruf mit einem türkischen »Evet« entgegen, hört einen Augenblick zu und spricht dann Arabisch weiter. Zumindest versucht er es, aber die Person am anderen Ende der Leitung scheint ihn nicht recht zu Wort kommen zu lassen. Nach dem dritten Anlauf sagt er »Tamam« und deckt das Telefon mit der Hand ab. »Da ist eine Frau dran. Keine Ahnung, woher sie meine Nummer hat. Sie sagt, sie muss Sie sprechen. Unbedingt. Sie will sich mit Ihnen treffen.«

»Hat sie einen Namen gesagt?«

»Safiye. Sie hat den Namen zweimal wiederholt, so als ob mir das etwas sagen müsste. Eine sehr energische Dame.«

Carla verschluckt sich an dem heißen Tee. »Scheiße! Ja, ich will die Frau sprechen. Heute noch, wenn's geht. Aber nicht allein. Schlagen Sie ihr einen Treffpunkt vor, wo Sie uns von weitem im Auge behalten können.«

Haydar nimmt das Gespräch wieder auf, und dieses Mal darf er seine Sätze beenden. Als er schließlich auflegt, holt er tief Luft und zündet sich eine neue Zigarette an.

»Sie haben eine Verabredung zum Essen heute Abend um sechs. In einem Restaurant, wo ich auf jeden Fall einen Tisch bekomme. Der Chefkellner ist ein Freund von mir. Ich werde von einem Nebentisch aus auf Sie achtgeben.«

»Vielen Dank.«

Haydar zückt noch einmal sein Handy und macht die Reservierung. Dann grinst er breit. »Das Essen dort ist Spitzenklasse. Mardin Cuisine, wie man sie besser nicht finden kann. Innerhalb der regionalen Küchen in Anatolien etwas Besonderes. Ingwer, Chili, Zimt, Koriander und Mahaleb machen den Unterschied. Genießen Sie es! Die Rechnung geht an meinen Onkel.«

Carla nickt und lauscht der Stimme von Wassouf in ihrem Kopf, der voller Stolz über seine Tochter spricht. Und über Felix. *Wahrscheinlich hätte sie auch mit ihm geschlafen, wenn er das gewollt hätte. Aber er hat einfach so geholfen. Safiye hat ihn beeindruckt.*

Haydar registriert, dass sie mit den Gedanken woanders ist.
»Kennen Sie die Frau?«

Carla schüttelt den Kopf. »Noch nicht, aber ich kann es kaum erwarten.«

ACHTUNDZWANZIG

Das Cercis Murat Konağı in der Birinci Cadde ist ungewöhnlich prächtig. Es handelt sich um ein Herrenhaus aus dem 19. Jahrhundert mit einer palastähnlichen Ausstrahlung. Als Carla und Haydar das Restaurant um Viertel vor sechs betreten, werden sie freundlich begrüßt und an einen Tisch in einem wunderschönen gewölbeartigen Speiseraum geleitet.

Haydar grinst. »Das Personal hier ist bei Touristen oft ziemlich arrogant, aber wenn Sie in türkischer oder kurdischer Begleitung sind, lassen sie den Quatsch.«

Carla schaut sich bewundernd um und registriert, dass sie die einzigen Gäste sind. »Schön hier! Aber nicht viel Betrieb.«

Haydar nickt. »Das wird noch. Wir sind sehr früh dran, für ein ungestörtes Gespräch vielleicht ganz gut so. Ich weiß ja nicht, was die Frau von Ihnen will und ob Ihnen das den Appetit verdirbt. Aber wenn Sie schon einmal hier sind, empfehle ich die gefüllten Weinblätter mit Knoblauch, assyrische Kibbeh und die Lammkeule mit allem Drum und Dran. Es kann sein, dass nicht alle Gerichte, die auf der Karte stehen, verfügbar sind, aber das, was da ist, schmeckt garantiert superlecker. Ich lasse Sie jetzt allein und schaue von dahinten aus zu.«

Haydar setzt sich in einigem Abstand an einen kleinen Tisch, bestellt Tee und beschäftigt sich mit seinem Handy.

Safiye betritt mit zehnminütiger Verspätung das Restaurant, wechselt ein paar Worte mit dem Kellner und steuert dann auf Carlas Tisch zu. Wassoufs Tochter wirkt tatsächlich beeindruckend. Sie ist groß, schlank und distanziert, was Carla unmittelbar auffällt. Eine Aura von Stolz und Traurigkeit umgibt sie wie eine Schutzzone, die andere Menschen bestimmt zuverlässig auf Abstand hält. Daran ändert auch das angedeutete Lächeln nichts, das sie jetzt hervorzaubert.

»Guten Abend. Wie geht es Ihnen?«

Eine weitere Überraschung. Carla, die damit gerechnet hat, dieses Gespräch auf Englisch oder notfalls Französisch führen zu müssen, lächelt strahlend zurück. »Guten Abend. Bitte setzen Sie sich. Ich bin überglücklich, Sie kennenzulernen.«

Die junge Frau nimmt am Tisch Platz, und Carla schaut sie bewundernd an. Sie schätzt sie auf Anfang zwanzig. Das bedeutet, dass sie höchstens sechzehn oder siebzehn gewesen sein kann, als sie allein ins Al Shahbandar Palace ging, um einen deutschen Geschäftsmann anzubetteln, ihrem Vater das Leben zu retten. *Sie hat ihm den Schmuck ihrer Mutter angeboten, und wahrscheinlich ...*

Wollte er aber nicht, denkt Carla und ist froh darüber. Gefallen hat sie ihm bestimmt. Dunkle, mandelförmige Augen, wundervolles schwarzes Haar und eine Nase, die an eine antike Statue denken lässt. Safiye ist von beinahe klassischer Schönheit und wirkt mit ihrer schlanken Gestalt und der Feingliedrigkeit überaus empfindlich und fragil. Carla ist allerdings sicher, dass der Eindruck von Zerbrechlichkeit täuscht. Die Rettung ihres Vaters hat enormen Mut, Entschlossenheit und Nervenstärke erfordert. Auch Felix hat diese Kraft wahrgenommen. Carla nimmt sich vor, die Frau auf keinen Fall zu unterschätzen.

»Darf ich fragen, wo Sie Deutsch gelernt haben?«

»In Deutschland. Ich lebe dort. Die meiste Zeit jedenfalls. Nachdem sein Asylantrag genehmigt war, durfte mein Vater mich nachholen. Sie haben ihn gekannt, oder?«

Carla schüttelt den Kopf. »Gekannt ist das falsche Wort. Ich habe ihn ein mal getroffen, und wir hatten ein langes Gespräch. Er war sehr stolz auf Sie.«

Safiye nickt und hat Tränen in den Augen. »Ich habe innerhalb von vier Wochen die beiden Menschen verloren, die mir am meisten bedeutet haben.«

Einer der Kellner tritt an ihren Tisch und fragt, ob sie schon etwas trinken möchten.

»Probieren Sie die Ingwer-Zitronen-Limonade«, empfiehlt Safiye.

Carla nickt und nimmt das Gespräch wieder auf, als der Kellner sich abwendet. »Wären Sie bereit, mir zu erzählen, was Sie wissen, wenn ich das ebenfalls tue?«

»Ja, deshalb wollte ich Sie unbedingt sprechen.«

»Gut, lassen Sie mich beginnen. Ich weiß, dass es nicht höflich ist, so mit der Tür ins Haus zu fallen, aber es geht nicht anders.«

Safiye lächelt. »Kein Problem. Ich habe mich an deutsche Umgangsformen gewöhnt.«

»Okay, dann hier also die Fakten: Als ich von Felix' Unfall erfuhr, habe ich den Leichnam nach Deutschland überführen lassen. Bei der Beerdigung hat Ihr Vater mich angesprochen. Extrem aufgeregt und ängstlich. Er erzählte mir, dass er Felix sein Leben verdankte, und wollte vor allem wissen, ob der mir vor seinem Tod ein Paket geschickt hatte, in dem sich eine äußerst kostbare Statue der Gottheit Ishtar befinden sollte. Als ich das verneinte, ist er praktisch zusammengebrochen, und nach einigem Hin und Her hat er mir alles erzählt. Von dem Handel mit antiken Kunstwerken und Felix' Plan, ihren Auftraggebern die Statue zu stehlen und irgendwohin zu verschwinden. Der Plan ist gründlich schiefgegangen.«

Safiye nickt. »Von dem Schmuggel, der seit Jahren ging, habe ich gewusst, aber ich war nicht daran beteiligt und auch nicht in ihren Plan eingeweiht. Mein Vater rief mich an und erzählte von Felix' Tod und was sie vorgehabt hatten. Er war völlig außer sich. Ohne Felix hatte er nicht den Mut, den Diebstahl durchzuziehen. Also musste er die Statue auftragsgemäß abliefern, doch sie war nicht bei ihm angekommen. Jemand hatte die Betrüger betrogen. Mein Vater wusste, dass das Konsequenzen haben würde.«

»Hatte er einen Verdacht, wer ihnen da zuvorgekommen war?«

»Er hätte die Statue von einem armenischen Kurier namens Petrosyan erhalten sollen, aber der ist nicht in Frankfurt aufgetaucht. Und auch sonst nirgendwo. Vielleicht war er selbst der Dieb, oder jemand hat ihm die Gottheit gewaltsam abgenommen. Vielleicht aber hatte man sie ihm auch gar nicht ausgehändigt. Mein Vater wusste nicht, an welcher Stelle die Kette abgerissen war. Aber ihm war absolut klar, dass man Felix und ihn beschuldigen würde.«

Der Kellner bringt die Getränke, und Carla nippt an der Limonade, die großartig schmeckt. »Warum sind Sie nach Mardin gekommen?«

Safiye zögert einen Augenblick. »Weil Felix hier gestorben ist. Und weil ich in der Nähe der syrischen Grenze sein will. Ich kann nicht nach Syrien hinein, aber wenn jemand aus meiner Familie es schafft, das Land zu verlassen, will ich in der Türkei auf ihn warten. Mein Türkisch ist schlecht, und Mardin ist der einzige Ort, wo ich garantiert in allen Situationen mit Arabisch zurechtkomme.«

Carla nickt. Das klingt plausibel. Auch Wassouf hatte sich in Frankfurt Sorgen um seine Familie in Damaskus gemacht.

»Warum sind *Sie* hier?«, fragt Safiye.

»Zunächst einmal aus dem gleichen Grund wie Sie. Weil Felix hier gestorben ist. Ich war misstrauisch, hatte irgendwie das Gefühl, dass mit seinem Tod etwas nicht stimmt. Vor allem aber bin ich selbst in die Schusslinie geraten. Der Mörder Ihres Vaters hat in meinem Haus nach der Statue gesucht und einen Freund von mir getötet. Später hat er mich verfolgt und bedroht. Ich hatte eine Chance, aus Deutschland zu verschwinden, und habe sie genutzt.«

»Es tut mir leid, dass Sie da hineingezogen wurden«, sagt Safiye sichtlich schockiert. »Haben Sie Ihren Verfolger abschütteln können?«

Carla zuckt mit den Achseln. »Ich hoffe es. Das Schwein ist sehr schlau und brutal. Nach den beiden Morden hat er einen alten Mann ins Koma geprügelt.«

»Um Gottes willen«, sagt Safiye.

Carla nickt und nimmt sich vor, nach diesem Gespräch endlich Mathilde zurückzurufen.

»Haben Sie herausgefunden, ob etwas nicht stimmt mit Felix' Tod?«, will Safiye wissen.

»Nein, die Polizei geht von einem tragischen Unfall ohne Fremdeinwirkung aus. Sie halten Sekundenschlaf für wahrscheinlich.«

»Glauben Sie, man findet sich mit dem Tod eines geliebten Menschen besser ab, wenn man jemandem die Schuld geben kann?«

»Definitiv! Ich bin Anwältin! Die Schuldfrage ist *immer* elementar!«

Safiye schweigt einen Augenblick und wischt sich noch eine Träne aus dem Gesicht, bevor sie antwortet. »Ja, verdammt! Was soll schließlich aus der Rache werden, wenn niemand schuld ist?« Ein bitteres Grinsen huscht über ihr Gesicht. »Wie auch immer. Mein Magen knurrt seit Stunden wie ein Kangal. Wollen wir uns nicht duzen und die Lammkeule teilen?«

»Gerne. Such du das Essen aus. Ich schaue mir die Weinkarte an.«

Safiye deutet mit dem Finger in Haydars Richtung. »Und bitte deinen Aufpasser dazu.«

NEUNUNDZWANZIG

Am nächsten Tag ist Carla von dem fantastischen Essen am Vorabend noch so satt, dass sie das Frühstück ausfallen lässt. Haydar wird dringend in seiner Werkstatt gebraucht und hat sie in einem schattigen Teegarten gegenüber der *Eski Postane*, der Alten Post von Mardin, abgesetzt. Ein Prunkbau mit einem hochherrschaftlichen Treppenaufgang, in dem, wie sie von Haydar weiß, heute ein Ausbildungshotel untergebracht ist.

Der anatolische Frühling zeigt sich von seiner schönsten Seite, und der Teegarten bietet eine phänomenale Aussicht. Carlas Blick gleitet über eine endlose Ebene, die sich irgendwo mit dem Horizont vereint und von einem dünnen Dunstschleier bedeckt ist.

Der Nordrand des historischen Zweistromlandes. Mesopotamien. Tillmann Bischoffs Stimme hallt in ihrem Kopf wider. Leise und nachdrücklich. *Verstehen Sie, was ich meine? Assyrer, Babylonier und Sumerer erfanden hier das Rad und die Keilschrift. Von hier aus nahm unser aller kulturelle Entwicklung ihren Lauf.*

Sein Zustand ist stabil, aber leider unverändert, hat Mathilde am Telefon gesagt. *Und bitte kommen Sie nach Hause.* Gestern Abend nach dem Essen hat Carla sie angerufen und in ihrer Stimme einen irritierend mütterlichen Unterton wahrgenommen.

»Der Anblick hat etwas Magisches, oder?«

Erschrocken fährt sie herum. Etwa zwei Meter hinter ihr steht ein Mann, der sich unbemerkt genähert hat. Er ist mittelgroß, ziemlich dick und steckt in einem schlechtsitzenden hellbraunen

Anzug. Sein rundliches Gesicht ist unrasiert und trotz der milden Frühlingstemperaturen schweißüberströmt. Auf dem Kopf trägt er einen schmuddeligen Panamahut, der in dieser Umgebung merkwürdig deplatziert wirkt. Er spricht Deutsch mit einem starken französischen Akzent und hat eine tiefe, sonore Stimme.

Carla nickt. »Ja, etwas Magisches, das man am liebsten ungestört genießt.«

Der Fremde lächelt milde. »Excusez-moi, Madame, ich störe immer irgendwen, das ist mein Schicksal. Aber vielleicht ist es manchmal auch schön, einen magischen Augenblick mit jemandem zu teilen.«

»Den man sich dann allerdings gern selbst aussucht.«

Was für ein blöder Typ! Sie hasst es, auf diese Weise angesprochen zu werden. Carla dreht dem Mann wieder den Rücken zu, was ihn nicht davon abhält, an ihren Tisch heranzutreten. Ihre offensive Unhöflichkeit scheint ihn nicht im mindesten abzuschrecken.

»Ich liebe diese Stadt«, fährt er fort. »Sie können sich nicht vorstellen, wie sehr. Jedenfalls den alten Teil. Mardin ist ein einzigartiges Juwel in diesem Land. Eine Welt für sich. Das Bunte, Laute, Kitschige, das man sonst oft mit der Türkei verbindet, sucht man hier vergebens. Istanbul ist mehr als tausend Kilometer Luftlinie entfernt. Nach Bagdad ist es halb so weit.«

»Ja, das habe ich auch schon gegoogelt. Wenn Sie mich jetzt bitte in Ruhe lassen könnten.«

»Den Atem der Geschichte können Sie nicht googeln, ma chère. Sie müssen ihn inhalieren. Öffnen Sie Ihren Geist! Alles hier ist uralt und war irgendwie immer schon berühmt. Bereits der legendäre Reisende Ibn Battūta, der 1327 durch das Tigris-Tal kam, soll Mardin als eine der schönsten islamischen Städte bezeichnet haben. Damals entwickelte sich der Baustil, den Sie heute noch überall bewundern können.«

»Was um Himmels willen wollen Sie von mir?«

»Warum sind Sie so abweisend? Die Welt wäre ein besserer Ort, wenn die Menschen sich mehr mit Geschichte befassen würden. Um den Wandel und seine Ursachen zu begreifen. Ökonomisch, zum Beispiel. Schauen Sie, lange Zeit war Mardin ein Knotenpunkt für den Handel. Hier kreuzten sich die Straßen vom Mittelmeer nach Mesopotamien und vom Schwarzen Meer nach Syrien. Die Stadt war für ihre Pflaumen und Galläpfel bekannt, außerdem für Manna und Edelsteine. Im 19. Jahrhundert begann der Niedergang, weil die Karawanenrouten anfingen, wegen der beschwerlichen Bergpfade einen Bogen um Mardin zu machen. Alles fließt, wie Heraklit treffend formulierte. Der Wandel ist die einzige Konstante.«

»Sie gehen mir maßlos auf die Nerven!«

»Das ändert sich, wenn Sie versuchen, meinen Gedanken zu folgen. Woher wissen wir überhaupt etwas über antike Geschichte? Aus alten Quellen und Dokumenten, durch Münzen, Siegel, Waffen und so weiter. Dinge, die gefunden wurden und Rückschlüsse darauf zulassen, wie unsere Vorfahren gelebt haben. Das kann man aber nur erforschen, wenn nicht Horden von Aasgeiern diese Gegenstände ausbuddeln, sie heimlich außer Landes schaffen und für teures Geld an irgendwelche Museen und Auktionshäuser verscherbeln!«

Carla erstarrt. Der Monolog des Dicken hat eine unerwartete Wendung genommen, und auch der gesellige Plauderton und die sonore Bassstimme haben sich während der letzten drei Sätze verändert. Was zum Teufel ...? Sie holt tief Luft und dreht sich im Zeitlupentempo um. Das Gesicht des Mannes sieht jetzt ebenfalls anders aus. Der joviale Geschichtslehrer im Ruhestand ist verschwunden und hat einem harten, misstrauischen Typen Platz gemacht, der bei aller Leibesfülle nicht den kleinsten Hauch von Gemütlichkeit ausstrahlt.

»Wer sind Sie?«

Der Mann deutet mit dem Zeigefinger auf einen Stuhl an ihrem

Tisch, und Carla nickt widerstrebend. Als er sich setzt, rückt sie einen Stuhl weiter und achtet darauf, dass der Abstand zwischen ihnen mindestens einen Meter beträgt.

Der Dicke schnauft und starrt sie missmutig an. »Haben Sie Angst vor mir?«

»Sehe ich ängstlich aus?«

Der Mann neben ihr schüttelt den Kopf. »Ich muss mit Ihnen reden.«

»Nennen Sie mir einen Grund, warum ich mit *Ihnen* reden sollte.«

»Felix Winter. Das war Ihr Mann, oder?«

Carla schafft es, ihr Erschrecken zu verbergen. »Kein Kommentar.«

»Warum nicht? Schließlich sind Sie seinetwegen hierhergekommen.«

Sie kann dieser Unterhaltung nicht ausweichen. Carla spürt, dass sie jetzt sehr wachsam sein muss. »Wir waren seit vielen Jahren geschieden. Wie wäre es, wenn Sie mir jetzt sagen, wer *Sie* sind und was Sie von mir wollen.«

Der Dicke nickt. »Mein Name ist Jean-Luc Delors. Ich arbeite für Interpol in Lyon. Meine türkischen Kollegen haben mir erzählt, dass Sie hier sind.«

»Aha!«

Der Mann greift in die Innentasche seines Sakkos und fördert einen Dienstausweis zutage, den er ihr entgegenstreckt.

»Bullshit!«, sagt Carla. »Sie wissen genau, dass ich nicht die geringste Chance habe, die Echtheit dieses Ausweises zu beurteilen.«

»Ja, das ist wahr.« Er lässt das Dokument wieder verschwinden und lächelt gewinnend. »Schade, dass Tillmann Bischoff derzeit nicht ansprechbar ist. Der würde Ihnen bestätigen, wer ich bin.«

Carla zuckt zusammen, kann sich aber beherrschen. Diese Unterhaltung wird immer verrückter. »Woher kennen Sie Professor Bischoff?«

»Wir haben uns im Sommer 2015 in Lyon kennengelernt. Bei einer legendären Tagung in der Zentrale von Interpol.«

»Bei der es um *was* ging?«

»Worum es immer geht, wenn Bischoff mitmischt. Vertreter von Ermittlungs- und Zollbehörden aus aller Welt, internationale Forschungsgruppen und Fachinstitutionen haben zwei Tage in einem fensterlosen, videoüberwachten und abhörsicheren Raum zusammengehockt und versucht, eine Strategie gegen den illegalen Kulturguthandel zu entwickeln. Till Bischoff und ich durften dabei sein.«

»Sie wissen, dass er schwer verletzt wurde?«

»Ja, ich wollte ihn besuchen, aber man hat mich nicht zu ihm gelassen.«

»In welchem Krankenhaus liegt er?«

»In der Neurologischen Uniklinik Frankfurt, ich glaube, die Straße heißt Schleusenweg oder so ähnlich.«

Carla nickt. »Das stimmt! Ich kann jetzt nichts von dem, was Sie mir erzählen, überprüfen, aber nehmen wir einmal an, ich glaube Ihnen, dass Sie für Interpol arbeiten. Warum sind Sie in Mardin, und was wollen Sie von mir?«

Der dicke Mann winkt nach dem Kellner, deutet auf Carlas Teeglas und hebt zwei Finger. Er wartet, bis der Tee gebracht wird, und wendet sich dann wieder Carla zu.

»Ich habe gegen Ihren Exmann und seine Leute ermittelt. Wegen Schmuggel und illegalem Antikenhandel. Diese Stadt spielt dabei als Drehscheibe eine wichtige Rolle. Meine dringendste Frage an Sie lautet: Kennen Sie weitere Komplizen Ihres Mannes hier oder in Westeuropa?«

»Nein. Felix ist tödlich verunglückt, und sein enger Vertrauter, ein Syrer namens Wassouf, wurde in Deutschland ermordet. Dessen Tochter Safiye habe ich gestern Abend kennengelernt. Ich glaube nicht, dass sie involviert war. Was sie allerdings gewusst oder nicht gewusst hat, kann ich nicht beurteilen. Ansonsten sind mir keine Mittäter bekannt.«

Delors nickt betrübt und nippt an seinem Tee. »Wie lange haben Sie Felix Winter nicht gesehen?«

»Keinerlei Kontakt seit sechs Jahren. Ich hatte keine Ahnung, was er trieb.«

»Ihr Ex war eine große Nummer in diesem Geschäft. Mindestens eineinhalb Jahrzehnte lang. Er hatte einen entsprechenden Ruf als Drahtzieher, Koordinator und Planer von illegalen Transaktionen im ganzen Nahen und Mittleren Osten. Wussten Sie, dass er neben Türkisch und Arabisch auch Persisch und Urdu sprach? Während der Unruhen und Wirren des Arabischen Frühlings kam es in den betreffenden Ländern vermehrt zu Plünderungen von Museen und Kulturdenkmälern, und auch die Raubgrabungen und der Schmuggel nahmen zu. Leute wie Felix Winter haben das ausgenutzt, ohne sich selbst die Hände schmutzig zu machen.«

Carla nickt. »Ich war wegen des Unfalls bei der Provinzpolizei hier in Mardin. In der Türkei lag nicht das Geringste gegen Felix vor. Wie erklären Sie sich das?«

»Das gilt wahrscheinlich auch für Syrien, Irak und Ägypten. Soweit ich weiß, ist er in all den Jahren nie irgendwo festgenommen und erkennungsdienstlich behandelt worden. Keine Abdrücke, keine DNA, keine Blutgruppenbestimmung. Ich denke, dass er in all diesen Ländern Behördenvertreter und Regierungsstellen geschmiert hat, was vermutlich nicht besonders schwer ist. Im Irak gibt es seit dem Abzug der Amerikaner bis heute keine wirklich funktionierende Staatsgewalt. Und in Syrien? Haben die Leute weiß Gott andere Sorgen, als sich um die Kulturgüter zu kümmern. Optimal für die Machenschaften der Raubgräber.«

»Sind die Gewinnmargen in diesem Geschäft wirklich so gewaltig?«

»Ja! Interpol und UNESCO gehen von Jahresumsätzen zwischen sechs und acht Milliarden Euro aus. Doch erst seit der Terrorismusaspekt dazugekommen ist, interessieren sich die westlichen Staaten wirklich für das Thema. Sicherheitspolitisch ist die Sache extrem brisant. Und das ist auch der Grund, warum ich hier bin.«

Carla nickt. Sie weiß, worauf der Polizist hinauswill, und es behagt ihr gar nicht.

»Der ›Islamische Staat‹ ist ja mittlerweile weitgehend zurückgedrängt«, fährt Delors fort, »aber erinnern Sie sich an die Gerüchte, dass er sich zum Teil durch den Verkauf von Kunstschätzen aus Raubgrabungen finanzierte? Oder aber von den Raubgräbern einfach eine Steuer erhob? Im Jahr 2014 war zum ersten Mal die Rede davon. Beweise gab es nicht, aber aus meiner Sicht spricht einiges dafür. Die Käufer dieser Antiken haben unter Umständen die eine oder andere der Kugeln finanziert, die in den Hinterköpfen westlicher Geiseln gelandet sind.«

Carla schüttelt nachdenklich den Kopf. »Wie Sie schon sagen: Wirkliche Beweise fehlen. In Bezug auf den IS gab es ja die verrücktesten Spekulationen.«

»Die keineswegs aus der Luft gegriffen waren, Madame. Denken Sie mal an Mohammed Atta. Einer der Piloten und Drahtzieher des 11. September. Schon der hat angeblich seinen Lebensunterhalt während des Studiums in Hamburg mit dem Verkauf archäologischer Funde zu bestreiten versucht.«

»Sie wissen schon, dass Sie dauernd das Wort ›angeblich‹ benutzen?«

Delors seufzt resigniert. »Oui, Madame, das weiß ich. Der ›Islamische Staat‹ war angeblich sehr bürokratisch. Die hatten sogar eine eigene Kunstabteilung. Angeblich.« Er lacht und verwandelt sich wieder in den Geschichtslehrer. »Der IS mag militärisch besiegt sein, aber er hat noch jede Menge Geld und fanatisches Personal. Und er ist ja auch nicht der einzige gefährliche Verein. Schauen Sie sich die Al-Nusra-Front und Ahrar al-Scham in Syrien an. Die kämpfen zwar gegen Assad, was man in Europa gut findet, aber das sind doch keine prowestlichen Chorknaben.«

»Sie meinen, die finanzieren sich ebenfalls aus ...?«

»Dem Verkauf von Drogen, Waffen, Erdöl, Erpressung, Kidnapping. Warum nicht auch illegale Antiken, wenn man drankommt?«

Carla nickt. »Dann hatte Felix tatsächlich mit sehr gefährlichen Leuten zu tun.«

»War er selbst auch gefährlich?«

»Wie meinen Sie das?«

»Er war ein Schmuggler und ein Dieb, aber war er auch gewalttätig? Haben Sie sich jemals gefragt, ob er fähig wäre, jemanden zu töten oder töten zu lassen?«

»Ich glaube, wir beenden dieses Gespräch jetzt.« Carla steht auf und legt einen Geldschein auf den Tisch. Tatsächlich hat sie sich die Frage schon selbst gestellt, aber dass dieser französische Bulle sie damit so nonchalant konfrontiert, macht sie stinkwütend. Und sie wird ihm keine Antwort geben.

Delors reagiert völlig unbeeindruckt. »Ich habe einen Spitzel in seiner unmittelbaren Umgebung platzieren können. Einen jungen Aramäer hier aus der Gegend.«

»Warum erzählen Sie mir das?«

»Der Mann ist spurlos verschwunden.«

Carla dreht sich um und tippt mit dem Zeigefinger an ihre Stirn.

Delors lächelt milde. »Wenn Sie Till Bischoff sehen, grüßen Sie ihn von mir.«

DREISSIG

Als sie den Teegarten verlässt, hat Carla Mühe, ihre widerstreitenden Emotionen zu kontrollieren. Der verdammte Bulle hat von Felix wie von einem Schwerkriminellen gesprochen.
Ja, und? Warum macht sie das so wütend?
Weil es nicht wahr sein kann?
Oder weil sie sich die ganze Zeit eingeredet hat, dass Antikenschmuggel und der Diebstahl einer Statue irgendwo zwischen Orient-Abenteuer und Kavaliersdelikt anzusiedeln sind?
Weil sie nicht *wusste* oder weil sie nicht *wahrhaben* wollte, dass Felix an einem leichenträchtigen Geschäft mit Milliardenumsätzen beteiligt war?
Und selbst wenn? Was hat das noch mit ihr zu tun? Sie hat Felix aus ihrem Leben hinausgeworfen. Warum spielt es jetzt eine Rolle, was ein französischer Polizist von ihm behauptet?
Sie muss mit jemandem reden, der ihn wirklich kannte. Safiye und sie haben gestern Abend die Handynummern ausgetauscht. Carla holt ihr Telefon heraus, wählt die Nummer und freut sich über die warme und freundliche Stimme, die sich sofort nach dem ersten Klingeln meldet.
»Ich muss mit dir sprechen. Ich hatte eine äußerst merkwürdige Begegnung mit einem französischen Interpolbeamten, der sehr viel über Felix zu wissen schien. Können wir uns sehen?«
»Ja, kein Problem. Beim Mardin Museum gibt es einen großen Parkplatz. Dort könnten wir uns um 12:30 Uhr treffen. Weißt du, wie du da hinkommst?«

»Klar!«

Tatsächlich findet sie den Parkplatz mühelos. Er bietet sicher mehr als zweihundert Autos Platz, ist aber nur zur Hälfte belegt. Carla wirft einen Blick auf ihre Armbanduhr. Es ist bereits 12:30 Uhr und von Safiye weit und breit nichts zu sehen. Soll sie hier mitten auf dem Parkplatz warten oder versuchen, ein schattiges Plätzchen am Rand zu finden? Dafür, dass der Sommer noch in weiter Ferne ist, ist es warm, und jetzt um die Mittagszeit sind kaum noch Leute unterwegs. Zumindest keine Einheimischen.

Eine kleine Gruppe von Rucksacktouristen kommt lachend und schwatzend auf sie zu. Zwei Frauen, drei Männer, alle vollbepackt und mit Basecaps der Boston Red Socks auf den Köpfen. Carla fängt ein paar englische Wortfetzen auf, und die gute Laune, die von den Leuten ausgeht, gefällt ihr. Fast ein Vierteljahrhundert ist es her, dass sie selbst mit einem Riesenrucksack durch Europa getourt ist. Sie lächelt, als sie daran denkt, wie unfassbar jung sie auf den Fotos von damals aussieht. Eine der Frauen löst sich jetzt aus der Gruppe, kommt auf sie zugelaufen und streckt ihr ein Handy entgegen. »Can you take a picture, please?«

Die Frau trägt eine dunkle Brille, und irgendetwas an ihrem sonnengebräunten Gesicht ist seltsam. Carla nimmt das Handy, die Frau stellt sich für das Foto in Positur, und auch die anderen Gruppenmitglieder sind jetzt herangekommen. Sie fassen sich an den Händen, bilden einen Halbkreis, und Carla hebt das Smartphone an. Alle lächeln, und in diesem Augenblick begreift Carla den Grund für ihre Irritation. Es sind die Falten. Alle fünf sind mindestens vierzig oder älter. Das sind keine Studenten, keine normalen Backpacker. Sie drückt auf den Auslöser und will das Handy zurückgeben, aber sie ist zu langsam. Die Gruppe umringt sie, die Besitzerin des Handys umarmt und küsst sie auf beide Wangen, andere klopfen ihr anerkennend auf die Schulter und reden auf sie ein. Sie spürt einen schmerzhaften kleinen Stich am Hals, will schreien, bekommt aber keinen Ton heraus. Beinahe augenblicklich verliert sie die Kontrolle über ihren Körper, droht zu stürzen, doch man hält sie fest. Sie versteht, dass sie angegriffen wird, aber es fühlt sich nicht so an. Stattdessen wieder Küsse und Hurrageschrei, alle loben und stützen sie, scheinen sie zu feiern wie jemanden, der eine großartige Leistung vollbracht hat. Das Letzte, was sie sieht, ist ein brauner VW-Bus, dessen Seitentür schon geöffnet ist, als man sie unterhakt und darauf zuschiebt.

EINUNDDREISSIG

Was sie als Erstes realisiert, ist, dass sie sitzt. Ihre Füße berühren den Boden, tragen aber nicht ihr Gewicht. Das ruht auf einer harten Fläche, und in ihrem Rücken spürt sie die Lehne eines Stuhles. Wie sollte der dort hingekommen sein? Eben noch war sie ... Sie muss sich das ansehen, doch es geht nicht. Sie kann ihre Augen nicht öffnen. Ist das nicht das Einfachste auf der Welt? Man erwacht und macht die Augen auf. Aber es ist unmöglich.

Immerhin kann sie den Kopf bewegen. Sie hebt das Kinn an und senkt es wieder, dreht das Gesicht vorsichtig nach links und rechts. Da ist ein winziger stechender Schmerz an der rechten Halsseite.

Ihre Kehle ist völlig ausgetrocknet, und die Zunge fühlt sich pelzig und leblos an. Erst jetzt spürt sie die Hitze um sich herum. Wenn sie nicht sofort etwas zu trinken bekommt ...

Sie zieht die Schultern hoch und merkt, dass mit ihren Armen etwas nicht stimmt. Sie sind hinter ihrem Rücken fixiert. Jemand hat ihre Handgelenke zusammengebunden. So, dass sich die Fesseln in die Haut eingraben. Als sie versucht, ihre Füße zu bewegen, stellt sie fest, dass die sich von den vorderen Stuhlbeinen nicht lösen lassen.

Diese Wahrnehmung und der auf einmal alles beherrschende Durst lassen die erste Panikwelle heranrollen. Wieder ist da der sengende Schmerz in der Brust, den sie empfunden hat, als sie Marc Debus' Leiche fand. Ihr ausgetrockneter Körper scheint sich weiter zu erhitzen und sehnt sich nach Flüssigkeit, die Atmung wird flach und immer schneller. Alles löst sich auf, und ihr Verstand gleitet in die Tiefe.

Wie lange sie weg ist, weiß sie nicht, aber als sie wiederauftaucht, ebbt die Angst ein wenig ab. Erneut versucht sie die Augen zu öffnen, und dieses Mal gelingt es. Vorsichtig lässt sie den Blick wandern. Sie befindet sich in einem etwa dreißig Quadratmeter großen Raum, der vielleicht einmal als Ladenlokal gedient haben mag. Der Betonfußboden ist mit Glassplittern und Unrat übersät. Rechts von ihr ist eine Verkaufstheke, auf der eine verstaubte Registrierkasse aus der vordigitalen Zeit steht, und vor der Theke ein Plastikstuhl. An den Wänden sind Regale angebracht, alle leer, staubig und alt. Sie sieht Plakate auf Arabisch und Türkisch, die für Getränke, Zigaretten und »motor yağı« werben. Was zum Teufel soll das sein? Es gibt keine Fenster, aber an der Decke sieht sie Lampenhalterungen, in denen wahrscheinlich einmal Leuchtstoffröhren gesteckt haben, und einen riesigen Ventilator, der sie an alte Hollywoodfilme erinnert. Der ganze Raum ist verwahrlost und offensichtlich aufgegeben.

Sie selbst sitzt auf einem Stuhl nahe der hinteren Wand. Ihr Blick ist auf das Rechteck einer offenen Tür gerichtet, durch die helles Tageslicht hereinflutet. Als sie an sich herunterblickt, sieht sie, dass ihre Fußgelenke mit Klebeband an die Stuhlbeine fixiert sind. Effektiv, aber nicht besonders schmerzhaft. Anders verhält es sich mit den Handfesseln. Vermutlich sind es Kabelbinder, die tief ins Fleisch schneiden, was höllisch weh tut.

Sie versucht sich nach vorn zu beugen, Gewicht auf die Füße oder zumindest auf die Fußballen zu verlagern und irgendwie auf die Beine zu kommen. Dabei verliert sie beinahe das Gleichgewicht, kann sich im letzten Moment wieder zurückfallen lassen und verflucht ihre Dummheit. Das war eine hirnlose Aktion, die schlecht hätte ausgehen können. Besser, auf dem verdammten Stuhl zu sitzen, als mit ihm auf der Erde zu liegen.

Aber vielleicht schafft sie es, auf den Knien zur Tür zu kriechen.

Mit dem Stuhl auf ihrem Rücken?

Mal angenommen, sie würde das schaffen und, an einen Stuhl gefesselt, ins Freie gelangen. Würde das ihre Situation verbessern?

Kommt drauf an, was da draußen ist, oder?

Finde es heraus!

Der Gedanke reißt ab, und die Angst kehrt zurück, wird stärker, droht sie zu überrollen. Ihr wird übel, der Inhalt ihres Magens drängt nach oben. Wie in ihrem Schlafzimmer, als sie sich auf dem Fußboden die Seele aus dem Leib kotzte. Sie hasst den Gedanken daran. Das wird hier nicht geschehen. Darf nicht geschehen. Sie muss atmen. Ruhig ein- und ausatmen. Und sich verdammt noch mal zusammennehmen.

Wie ist sie hierhergekommen? Und wo ist »hier«? Was, wenn man sie über die Grenze gebracht hat? Wenn sie gar nicht mehr in der Türkei, sondern in Syrien ist? Dann hat sie auf einmal ein Bild im Kopf, dem rasch weitere folgen.

Otopark. Sie erinnert sich, dass sie das türkische Wort für Parkplatz irgendwie lustig fand.

Ein großes Areal in der Nähe einer touristischen Sehenswürdigkeit. Sie hat dort gewartet. Um die Mittagszeit. Eine Gruppe von Backpackern ist auf sie zugeschlendert, als sie sich nach Safiye umgesehen hat. Zwei Frauen und drei Männer. Viel zu alt für Rucksacktouristen. Eine der Frauen hat ihr ein Handy entgegengestreckt und sie gebeten, ein Bild zu machen. Die anderen haben sie umringt, waren auf einmal ganz nahe bei ihr. Vage erinnert sie sich an einen Schmerz am Hals. Nicht schlimmer als ein Insektenstich. Doch sie hatte das Gefühl zu schweben. Ihren Körper zu verlassen. Was zum Teufel hat man ihr gespritzt? Immer mehr Details fallen ihr ein. Die Umarmungen, die Gratulationen. Wie mag das ausgesehen haben für einen unbeteiligten Zuschauer? Wie eine spontane kleine Feier? Ein unverhofftes Wiedersehen guter Freunde? Jedenfalls nicht wie eine Entführung am helllichten Tag. Und dann …? War sie in einem Auto. Oder einem Bus? Keine

Ahnung. In irgendeinem Fahrzeug hat man sie weggebracht. Direkt hierher? Unmöglich zu sagen, wie lange die Fahrt gedauert hat. Immer wieder geht sie es durch, aber es gibt keine weitere Erinnerung.

Nur das Motorengeräusch.

Das gar nicht in ihrem Kopf ist.

Sondern irgendwo anders.

Und das jetzt lauter wird, weil es näher kommt. Ein Auto stoppt in Hörweite. Das Gefühl der Erleichterung ist überwältigend. Carla holt Luft, so tief sie kann, will um Hilfe schreien und bringt nur ein elendes Krächzen heraus. Das Motorengeräusch erstirbt. Einen Augenblick lang geschieht gar nichts, dann wird eine Wagentür zugeschlagen. Schritte nähern sich. Wieder will sie schreien – und lässt es. Weil ihr Verstand sich zurückmeldet und schrille Warnsignale aussendet.

Bis jetzt ist sie davon ausgegangen, dass, wer immer sie findet, ihr helfen wird. Nur, wer sollte hier nach ihr suchen? Haydar und seine Familie? Unwahrscheinlich.

Möglicherweise wird sie gar nicht *gefunden*.

Vielleicht *weiß* die Person da draußen, dass sie hier ist? Weil sie zu den Leuten gehört, die sie hierhergebracht haben?

Für einen kurzen Augenblick wird es dunkler im Raum, als eine große Gestalt den Türrahmen beinahe ausfüllt. Ein kalter Finger streicht ihre Wirbelsäule hinunter und lässt sie das Atmen vergessen. Sie erkennt, wer es ist, und der letzte Funken Hoffnung erlischt. Schon oft hat sie sich vorgestellt, wie es sein wird, wenn sie stirbt. In sehr dunklen Nächten, wenn Alkohol und Sex die Verzweiflung nicht in Schach halten konnten, hat sie sich die letzten Minuten vor der großen Reise ausgemalt. Natürlich hat sie gehofft, friedlich in einem Bett zu sterben, aber sie hat eher mit einem Unfall oder dem verdammten Krebs gerechnet. Was jetzt kommt, wird alles in den Schatten stellen.

ZWEIUNDDREISSIG

Er hat sie aufgespürt. Der Mann, der Marc Debus den Hals umgedreht und Wassoufs Gesicht in einen Kaktus gedrückt hat. Wie, um Himmels willen, ist das möglich. Sie erinnert sich an die Umkleidekabine: *Was ich mit Ihnen mache, entscheide ich dann spontan.*

Er trägt Jeans, eine offene dunkle Jacke mit zahlreichen Taschen, eine schwarze Filzmütze und die Sonnenbrille, die Carla schon kennt. Als er sich aus dem Türrahmen löst, sieht sie vorn aus seinem Hosenbund den Griff einer Pistole ragen. Ohne die Tür hinter sich zu schließen, durchquert er mit drei großen Schritten den Laden und strahlt sie fröhlich an.

»Sie können sich nicht vorstellen, wie sehr ich mich freue, Sie wiederzusehen.«

Carla senkt den Kopf und nickt. »Doch, das kann ich.«

»Nun, dann wissen Sie auch, wie viel Spaß wir zusammen haben werden.« Er wirkt aufgedreht, und die Worte sprudeln förmlich aus ihm heraus. »Hat man Sie auf dem Transport gut behandelt? Ich hab's den Leuten extra ans Herz gelegt. Übrigens ein Spitzenteam. Ist Ihnen aufgefallen, oder? Spezialisiert auf Extraktionen. Die hätten Sie auch aus einer Papstaudienz herausgeholt.«

Carla antwortet nicht.

Der Mann nimmt sich den Stuhl vor der Ladentheke, hockt sich darauf und sitzt ihr nun genau gegenüber. Er setzt die Sonnenbrille ab und schaut sie nachdenklich an. Dann streckt er die rechte Hand aus. Carla zuckt zurück, aber er streicht nur mit dem Zeigefinger eine Haarsträhne aus ihrem Gesicht. Er lächelt wieder.

»Ziemlich clever, wie Sie mich abgehängt haben. Aber verlustreich. Sie haben den alten Zausel mit reingezogen. Das war allein Ihre Schuld. Und etwas kurzsichtig war es auch. Dachten Sie, niemand außer Ihnen kennt den Kasper von Frankfurt?« Er schüttelt belustigt und ein wenig konsterniert den Kopf. »Der Gute hat sich für mich bei den Frankfurter Bullen umgehört und erfahren, dass Sie in Duisburg sind und warum. Ein wirklich lustiger Vogel. Macht seinem Namen alle Ehre. Er wollte tatsächlich Geld für die kleine Information, doch am Ende war er einsichtig.«

Carla würde ihm gerne ins Gesicht spucken, aber ihr Mund ist völlig ausgetrocknet, und wahrscheinlich wäre es auch keine gute Idee.

Der Mann scheint ihre Gedanken zu erraten. »Jetzt beruhigen Sie sich mal. Ich erzähl's Ihnen aus reiner Höflichkeit. Wollen Sie wissen, wie es weiterging?«

»Ja«, sagt Carla, weil sie sich davor fürchtet, dass er mit dem Reden aufhört.

Ihr Entführer nickt. »Ist im Grunde auch schnell erzählt. Ich musste in Duisburg nur einen von den Ekincis-Jungs ohne seine Familie treffen. Das ist der Trick, wissen Sie? Deren Geschäftsmodell beruht auf Einschüchterung durch Rudelbildung: Wenn Sie mit einem Streit kriegen, haben Sie gleich fünfzig Cousins am Hals. Aber wenn man einen von ihnen allein erwischt – kein Problem.«

»Vorausgesetzt, Sie schaffen es, schnell genug aus dem Ruhrgebiet herauszukommen.« Sie kann einfach ihr verdammtes Maul nicht halten.

Ihr Gegenüber ignoriert die Bemerkung. »Ich habe einen von den Ziegenfickern in seiner Schrauber-Werkstatt in Marxloh besucht. Er war gerade dabei, einen geklauten Ford Mustang umzuspritzen. So eine Kfz-Werkstatt ist eine wunderbare Location. Sie glauben nicht, was man da alles findet, um die Sprachproduktion zu fördern. Aber im Grunde bin ich Minimalist. Man kann auch mit kleinem Besteck beste Ergebnisse erzielen.«

Er nestelt in seiner Hosentasche, holt einen etwa zehn Zentimeter langen, kompakten Gegenstand heraus und streckt ihn ihr entgegen. Carla kneift die Lider zu und öffnet sie rasch wieder. Der unentwegt von der Stirn perlende Schweiß rinnt ihr in die Augen und lässt sie verschwommen sehen, doch sie erkennt ein weißes Kreuz auf einer roten Oberfläche.

»Ein Schweizer Victorinox, Modell Huntsman. Schön, oder? Der Mercedes-Benz unter den Taschenmessern!« Der Mann nickt zufrieden. »Es hat tolle Funktionen. Selbstverständlich verschieden große Messer, Korkenzieher und Dosenöffner, aber darüber hinaus einen Kapselheber, Drahtabisolierer, Holzsäge, Schere, Stech-Bohr-Ahle und einiges mehr.«

»Warum erzählen Sie mir das?«

»Um Ihre Fantasie anzuregen.«

DREIUNDDREISSIG

Carla schüttelt heftig den Kopf. »Das ist nicht nötig. Sie wollen, dass ich *Angst* habe? *Hab* ich! Ich habe eine *Scheiß*angst. Wenn mein Körper noch einen Tropfen Flüssigkeit hätte, würde ich mir in die Hose machen.«

»Nun, wie viel Flüssigkeit noch in ihrem Körper ist, werden wir gleich gemeinsam feststellen.«

Er beginnt das Taschenmesser aufzuklappen und kommentiert jedes einzelne Tool, das er ihr zeigt. »Die Säge ist einfach grandios. Ob Sie es glauben oder nicht, ich habe damit fünf Zentimeter dicke Äste geschafft. Für Ihren rechten Daumen werde ich keine Minute brauchen. Und schauen Sie sich diese Stech-Bohr-Ahle an … Sie können den Einsatzort selbst bestimmen, wenn Sie wollen.« Er klingt wie ein Verkäufer, der ein attraktives Angebot nach dem anderen unterbreitet. »Mir fällt da schon was Schönes ein. Ach ja, Sie dürfen übrigens gerne schreien. Wir sind hier ganz unter uns.«

Carlas Augen haben sich mit Tränen gefüllt. Angst und Wut nehmen ihr den Atem, und dennoch arbeitet ihr Verstand unerbittlich weiter. Sie begreift, was dieser Irre macht. Er folgt der Methode mittelalterlicher Folterknechte, die stets mit dem Zeigen und Beschreiben der Instrumente begannen.

Und es niemals dabei bewenden ließen.

Das wird das Dreckschwein auch nicht, egal, was sie sagt oder tut. Mit einem Ausdruck aufrichtigen Bedauerns schaut er sie an. »Das wäre natürlich alles völlig unnötig, wenn Sie mir einfach erzählen, wo diese verfickte Göttin abgeblieben ist.«

»Warum glauben Sie mir nicht? Ich weiß es nicht, um Gottes willen!«

Er zuckt mit den Achseln. »Ihnen zu glauben reicht nicht. Das verstehen Sie doch. Ich muss sicher sein. Eines meiner bescheidenen Talente ist, zu erkennen, wann ein Mensch einen Zustand erreicht hat, in dem er nicht mehr lügt. Der Moment der Wahrheit sozusagen. Davon sind Sie weit entfernt.«

»Nein, bin ich nicht! Sie müssen das nicht tun! Wenn ich etwas wüsste, hätte ich schon in Frankfurt ...« In ihrer brechenden Stimme ist ein angstvolles Kreischen, das sie selbst in diesem Augenblick ankotzt.

Der Mann steht auf und kommt auf sie zu. Carla spannt alle Muskeln an, weicht auf dem Stuhl zurück, so weit es geht, und starrt wie hypnotisiert auf seine rechte Hand mit dem Messer darin.

Das Messer, das er jetzt einfach fallen lässt ...

... um mit einer geschmeidigen Bewegung nach der Pistole in seinem Hosenbund zu greifen. Verschiedene Dinge passieren gleichzeitig und so schnell, dass Carlas Gehirn es kaum verarbeiten kann. Im Türrahmen ist eine schmale Gestalt aufgetaucht, was die Lichtverhältnisse im Raum leicht verändert hat. Ihr Peiniger muss das im Bruchteil einer Sekunde registriert haben, schwingt mit der Pistole in der Hand herum und schießt sofort. Dann taumelt er zwei Schritte rückwärts, fällt auf sie und reißt sie samt Stuhl zu Boden. Carla bekommt keine Luft mehr, das Arschloch muss eine Tonne wiegen und rührt sich keinen Millimeter. Vergeblich versucht sie, sich mit dem Stuhl unter ihm wegzurollen. Ihr Kopf dröhnt von dem ohrenbetäubenden Knall, und der widerliche Gestank des Kordits lässt ihren Magen revoltieren. Sie spürt, dass ihr Bauch feucht ist. Dort, wo der Drecksack auf ihr liegt.

Blut.

Schwach nimmt sie den typisch metallischen Geruch unter

dem Kordit wahr. Vor vielen Jahren ist sie einmal an einem Tatort gewesen. In einem Haus, in dem eine ganze Familie umgebracht wurde. Den furchtbaren Anblick und den Kupfergeruch hat sie niemals vergessen. Sie hebt den Kopf so weit es geht, und sieht, wie jemand auf sie zukriecht. Langsam und offenbar mit großer Mühe. Sie muss sich zurücksinken lassen, weil der Mann auf ihr so verdammt schwer ist. Einen Moment lang entspannt sie ihre Nackenmuskeln und hebt den Kopf erneut an. Das Adrenalin rast durch ihren Kreislauf, und ihre Augen brauchen einen Augenblick, um die Sehschärfe einzustellen.

Dann schreit sie auf, und die Welt um sie herum wird schwarz.

VIERUNDDREISSIG

Als sie die Augen wieder öffnet, liegt sie ausgestreckt auf dem Boden. Das Gewicht des Killers lastet nicht mehr auf ihr, und sie kann Hände und Füße frei bewegen. Ihre Rechte tastet kurz über den großen feuchten Fleck auf ihrem Bauch. Kein Schmerz und offenbar keine Verletzung. Wie lange war sie dieses Mal weggetreten? Nach wie vor fällt helles Licht durch die offene Tür und lässt Carla den Mann, der neben ihr liegt, gut erkennen. Er ist blond, mager und schäbig gekleidet. Sein Gesicht ist blass und unrasiert und hat in sieben Jahren jede Menge neue Falten bekommen.

Ansonsten sieht Felix genauso aus, wie sie ihn in Erinnerung hat.

Er hat den Kopf zu ihr gedreht und sie offenbar die ganze Zeit angeschaut. Jetzt lächelt er. »Salam, Habibi.«

Carla schüttelt den Kopf und versucht, die Schockstarre zu überwinden. Das Chaos der sich überschlagenden Gefühle und Gedanken ist unbeschreiblich. Ihr Mund öffnet sich, aber sie bekommt keinen Ton heraus. Die Freude, Felix lebend wiederzusehen, versucht sich gegen die Wut über die Täuschung zu behaupten und hat einen schweren Stand. Sie möchte ihn küssen und gleichzeitig mit den Fäusten auf ihn losgehen.

Dann löst sich die Blockade ihrer Stimmbänder. »Was bist du für ein Riesenarschloch.«

Sein Lächeln strauchelt, fängt sich aber wieder. »Ich habe dich gerettet. Zählt das nicht? Das Schwein ist tot.«

Er deutet mit einer vagen Kopfbewegung in den Raum hinein.

Carla schaut in die angezeigte Richtung. Der große Mann liegt reglos auf dem Beton. Neben ihm seine Sonnenbrille. In der Horizontalen erscheint er noch massiger. Sein Gesicht sieht auf eine holzschnittartige Weise gut aus. Breites Kinn, hohe Wangenknochen, schmallippiger Mund. Als hätte ein Comiczeichner aus dem Marvel-Universum es entworfen. Seine linke Brustseite ist voller Blut, und er ist zweifellos tot.

Das zählt durchaus. Carla kann es nur schwer fassen, dass sie noch am Leben ist. Und dass sie das Felix verdankt. Aber es ändert nichts. Wieso ist sie nicht erleichtert? Sie beginnt zu weinen, dreht sich weg und versucht nicht, die Tränen abzuwischen.

»Ohne deine Scheißlügen wäre das alles gar nicht passiert«, schluchzt sie schließlich und wendet sich Felix wieder zu. Wie unter Zwang streckt sie die Hand aus und streichelt sein Gesicht. Sie muss verrückt sein, völlig verblödet. »Wie konntest du mir das antun?«

Felix schließt die Augen und schweigt. Nach einer Weile sagt er: »Zu sterben, war die einzige Chance, am Leben zu bleiben. Ich wollte gar nicht, dass du davon erfährst. Aber als ich gehört habe, dass die türkischen Behörden den verdammten Sarg nach Deutschland schicken, wusste ich sofort, dass du dich einmischen würdest.«

»Wer war die Leiche?«

»Warum willst du das wissen?«

»Ich habe ein Recht, es zu erfahren!«

»Das war ein kleinkrimineller Herumtreiber, der keinen interessierte. Ich habe einen Bestatter in Diyarbakır bestochen.«

Carla beschließt, nicht weiter nachzufragen. Zumindest hat er für sein Täuschungsmanöver niemanden umgebracht. Oder war das auch gelogen? Ein anderer Gedanke schießt ihr durch den Kopf. Wieso ist Felix von der Tür aus zu ihr *gekrochen*.

Ruckartig setzt sie sich auf. »Bist du verletzt?«

»Nur ein Kratzer. Nicht der Rede wert.«

»Zeig her!« Sie kniet sich neben ihn und sieht, dass sein Hemd auf der rechten Seite oberhalb der Hüfte blutig ist. Vorsichtig zieht sie den Stoff beiseite. Die Wunde ist tatsächlich nicht mehr als eine Schramme und blutet kaum noch. Das Projektil hat auf einer Länge von fünf Zentimetern die Haut und einen dünnen Streifen Fleisch weggerissen.

»Ich hab nur einen Schuss gehört.«

Felix nickt. »Wir haben fast zeitgleich gefeuert.«

»Läufst du neuerdings mit einer Waffe herum?«

»Ich habe sie mir geliehen.«

»Ach ja? Und wo hast du schießen gelernt?«

Felix verdreht ungeduldig die Augen. »Das ist doch jetzt völlig egal!«

»Antworte gefälligst!«

»Grundgütiger! Auf einem kurdischen Schießstand in Erbil. Der Ausbilder war eine Frau! Zufrieden?!«

»Du hättest *mich* treffen können, verdammte Scheiße!«

»Habe ich aber nicht. Hör mir jetzt bitte zu! Ich habe von Safiye erfahren, dass du entführt wurdest. Außer ihr wusste niemand, dass ich noch lebe ...«

»Noch so ein verlogenes Miststück! Ihr passt echt super zusammen! Weißt du, was sie für eine Show abgezogen hat bei unserem Treffen? Wie eine trauernde Witwe!«

Felix schüttelt resigniert den Kopf. »Kannst du einen winzigen Augenblick einfach nur zuhören?«

Carla antwortet nicht, und er setzt neu an.

»Also erstens, Safiye und ich sind kein Paar. Falls es das ist, was dich auf die Palme bringt. Punkt zwei, es gibt buchstäblich *nichts*, was sie nicht für mich tun würde. Ein bisschen Lügerei und Schmierentheater spielen da keine Rolle. Ihre Loyalität gilt mir, nicht dir. Klar soweit?«

Carla starrt ihn an und versucht, sich zusammenzureißen.

»Also, Safiye kam zu spät zu der Verabredung mit dir, und als sie auf den Parkplatz fuhr, sah sie noch, wie die Leute dich umringt und in einen Kleinbus gesteckt haben. Sie hat mich in meinem Versteck in Mardin angerufen und mir auch eine Beschreibung des Fahrzeugs durchgegeben. Dann hat sie versucht, mit ihrem klapprigen Leihwagen dem Bus zu folgen, aber die haben sie abgehängt. Schließlich konnte sie mir nur sagen, auf welcher Straße die Entführer unterwegs waren. Was sollte ich machen? Glaub mir, ich hatte nicht vor, dir noch einmal zu begegnen, aber ich konnte dich nicht im Stich lassen. Also habe ich das Auto und die Waffe besorgt und bin der Straße gefolgt, die Safiye mir genannt hatte. Erst war ich ratlos, wo ich suchen sollte, aber dann ist mir diese verlassene Tankstelle eingefallen. Als ich von weitem den Volvo davor gesehen hab, war die Sache ziemlich klar.«

Carla nickt trotzig. »Danke!«

»Immer schön, wenn man helfen kann.«

»Du hast einen Menschen getötet.«

»Hätte ich es besser lassen sollen?«

Carla schüttelt widerstrebend den Kopf. Der Gedanke daran, was ohne Felix mit ihr geschehen wäre, lässt die Angst sofort zurückkehren. Sie ist froh, dass das Schwein tot ist.

»Wo sind wir hier?«

»In einer aufgegebenen Tankstelle an einer Landstraße zwischen Mardin und Ömerli. Irgendwo in der Pampa. Keine Menschenseele weit und breit.«

Felix richtet sich auf und verzieht dabei das Gesicht, das von einem feinen Schweißfilm glasiert ist. Er deutet mit dem Finger auf den Toten am Boden. »Das Schwein da hat Wassouf ermordet?«

»Ja, und noch jemanden, den ich kannte. Du musst mit der Verletzung zu einem Arzt.«

Er schüttelt den Kopf. »Wir müssen beide hier verschwinden. So schnell wie möglich. Aber erst will ich mit dir reden. Es tut mir leid, was passiert ist und was ich getan habe. Aber das nutzt dir jetzt auch nichts. Wichtig ist, dass du begreifst, in was du hineingeraten bist. Damit du die richtigen Entscheidungen triffst. Okay?«

Carla schüttelt den Kopf, aber Felix spricht einfach weiter. »Du musst mir zuhören! Bitte! Alles begann lange bevor wir uns über den Weg gelaufen sind, und es fing klein an. Direkt nach dem Studium. Ich war mit zwei Freunden in Ägypten. Wir schlugen uns als Tauch- und Surflehrer durch, hatten dabei ganz gut Arabisch gelernt, und der Nahe Osten gefiel uns. Keiner von uns hatte Lust auf einen Nine-to-five-Job in Westeuropa.«

Ja, denkt Carla bitter. Wenn du mich in Frankfurt besucht hast, konntest du gar nicht schnell genug wieder wegkommen. Sie leckt sich über die ausgetrockneten Lippen.

Felix nickt. »Du kriegst gleich was zu trinken. Ich habe den Jeep ein paar hundert Meter von hier stehen lassen. Wenn du rausgehst, links. Im Fußraum liegen drei Flaschen Wasser.«

Carla will aufstehen, um sie zu holen, aber Felix umklammert ihren Arm. »Warte noch kurz! Ich bin noch nicht fertig.«

Sie schüttelt seine Hand ab und steht auf. »Aber ich bin es! Ich habe Durst, und ich will deine Lebensgeschichte nicht hören. Du hast gerade einen Menschen erschossen. Mag sein, dass das hier eine einsame Gegend ist, aber vielleicht hat doch jemand den Schuss gehört. Meinst du, ich quatsche mit dir seelenruhig neben der Leiche, bis die türkische Polizei hereinspaziert? Hast du eine Vorstellung, was die mit uns machen? Wir müssen weg!«

»Gib mir fünf Minuten! Bitte! Ich will, dass du es verstehst. Dass du *mich* verstehst! Es ist wichtig für mich. Ich glaube nicht, dass wir uns wiedersehen. Also, bitte. Setz dich wieder hin.«

Carla kocht vor Ungeduld und Wut und kann außerdem nicht aufhören, den Blutfleck auf seinem Hemd anzustarren. Aber sie setzt sich wieder.

»Ein Franzose hat uns angeworben. In der Lobby eines Hotels in Hurghada. Er suchte Leute, die Arabisch oder Türkisch sprachen und einen deutschen Pass hatten. Es ging um Kunstgegenstände, die aus dem Irak über Istanbul nach Deutschland und Holland geschafft werden sollten. Kleine Sachen, die problemlos durchgingen. Damals war es auch noch einfacher. Wir waren sehr einfallsreich, und die Bezahlung war exzellent.«

Und du bist immer gieriger geworden. Carla ist noch immer so wütend und traurig, dass sie Mühe hat, sich auf Felix' heiser herausgestoßene Worte zu konzentrieren. Er hat das schon gemacht, bevor er sie getroffen hat. Schon damals war er ein anderer, als er zu sein vorgab.

»Hast du überhaupt jemals für diese Firma in Dubai gearbeitet? Oder war das nur Tarnung?«

»Beides. Ich war Projektmanager für Standortbedingungen. Von 2008 bis 2011. Ständig unterwegs im gesamten Nahen Osten. Eine Art Location-Scout mit sehr viel Freiraum für meine Nebentätigkeit. Im dritten Jahr unserer Ehe habe ich den Job dann gekündigt.«

Carla zuckt mit den Achseln. Warum fragt sie überhaupt? Vor ihr sitzt ein notorischer Lügner, der ihr fremd geworden und gleichzeitig merkwürdig vertraut geblieben ist. Und der ihr hier im anatolischen Niemandsland das Leben gerettet hat.

Er war der, der es gewesen wäre? Als sie das zu Mathilde sagte, hat sie ihn für tot gehalten. Und das wird er vielleicht auch bald sein, wenn sie hier nicht verschwinden.

Sie legt einen Finger auf seine Lippen. »Sei jetzt bitte still und lass uns gehen.«

Felix greift nach ihrer Hand und drückt sie herunter. Will unbedingt, dass sie weiter zuhört. »Die Auftraggeber sitzen in Frankfurt, Basel und New York. Keine finsteren Gangster, sondern ehrenwerte Geschäftsleute, Kunsthändler und Galeristen. Ihre Nachfrage setzt alles in Gang. Verstehst du, es ist die Nachfrage!«

Carla erwidert den Druck seiner Finger. »Schluss jetzt! Wir hauen ab, und du suchst dir einen Arzt.«

Felix schüttelt den Kopf und zieht sie näher zu sich heran. »Es ist wichtig, dass du weißt, um wie viel Geld es hier geht. 2003 war ich in Bagdad und habe darauf gewartet, dass die US-Armee einrückte. Das war mein erster großer Job. Als die Amis die Stadt besetzten, hatte ich eine Liste der begehrtesten Stücke aus dem Katalog des Nationalmuseums in der Tasche. Wenig später begannen die Plünderungen. Wir haben sie vorausgesehen, und ich habe sie koordiniert. Von dem Geld, das ich dafür bekam, hätte ich fünf Jahre leben können. Später habe ich das Fünfzigfache verdient.«

»Warum erzählst du mir das?«

»Weil du immer noch in Gefahr bist. Weil es um so viel Geld geht, dass niemand irgendwelche Skrupel hat. Weil ich will, dass du die Türkei verlässt.«

Carla nickt. Sie wirft einen Blick auf den toten Killer und schaut dann wieder Felix an. »Das habe ich vor. Es gibt nicht den geringsten Grund, länger hierzubleiben. Aber eine Frage hätte ich auch noch, bevor das hier endet.«

»Raus damit!«

Carla zeigt mit dem Finger auf den Toten. »Dieses Arschloch hat wegen einer Statue zwei Männer ermordet und einen weiteren, den ich sehr mag, halb totgeschlagen. Mich selbst wollte er foltern und ebenfalls umbringen. *Das alles wäre völlig unnötig, wenn Sie mir einfach erzählen, wo diese verfickte Göttin abgeblieben ist*, hat er gesagt. Wörtlich! Also, sag du es mir: Wo ist die Göttin?«

Felix zieht die Schultern hoch. »Ich weiß es nicht, Habibi. Ganz ehrlich! Ich habe sie aus dem Irak in die Türkei geschmuggelt, und ein armenischer Kurier sollte sie durch den Zoll in Istanbul und dann nach Deutschland bringen. Ein erfahrener und absolut vertrauenswürdiger Mann. Ich weiß nicht, an welcher Stelle die Sache schiefgelaufen ist. Wassouf hat die Lieferung nicht erhalten, und von dem Kurier fehlt jede Spur. Aber das alles war meinen Auftraggebern völlig egal. *Wir* waren verantwortlich. Ich habe das gewusst und Wassouf auch. Also bin ich abgetaucht. Es tut mir unendlich leid, dass er es nicht geschafft hat.«

»Ja«, sagt Carla. »Wie geht es jetzt weiter?«

»Du haust hier ab. Sofort! Nimm den Leihwagen, mit dem ich gekommen bin. Die Papiere sind im Handschuhfach. Du wendest und fährst etwa fünf Kilometer auf der Landstraße, bis du auf die D380 stößt. Dort ist die Strecke nach Mardin ausgeschildert. Park den Jeep irgendwo am Stadtrand und geh zu Fuß zu deiner Unterkunft. Buch den ersten Flug nach Frankfurt und verschwinde aus der Türkei.«

»Und was machst du?«

»Ich räume hier auf und haue ebenfalls ab. Mit seinem Auto.« Er zeigt mit dem Daumen auf die Leiche.

Carla nickt, versucht vom Boden hochzukommen und schwankt ein wenig. Felix hilft ihr auf die Beine und wartet, bis sie sicher steht. »Dieses Mal ist es endgültig, Habibi. Wir werden uns nicht wiedersehen. Ich verspreche es! Es tut mir leid, was du meinetwegen durchmachen musstest. Bitte verrate mich nicht. Lass mich tot sein!« Er vollführt eine Bewegung, als wenn er sie umarmen wollte, spürt ihre Aversion und lässt die Hände wieder sinken. »Ich habe noch was für dich«, sagt er und dreht sich zur Theke um. »Die Entführer haben dein Handy und dein Portemonnaie liegen lassen. Keine Ahnung, warum. Vielleicht haben sie gedacht, dass ihr Auftraggeber Wert darauf legt.« Er reicht ihr beides, zusammen mit dem Autoschlüssel. »Geh jetzt!«, sagt er.

Sie starrt ihn an, versucht die Tränen zurückzuhalten und nicht auf ihn einzuschlagen. Sie ist froh, dass er nicht lächelt. Wenn er lächeln würde, könnte sie für nichts garantieren. Dann dreht sie sich um und stolpert durch die Tür ins Freie.

FÜNFUNDDREISSIG

Ein Blick auf ihr Handy zeigt ihr, dass es bereits fast fünf ist. Dafür ist es noch erstaunlich hell. Carla verengt die Augen zu schmalen Schlitzen und geht ein paar Schritte. Vor ihr liegt eine Schotterstraße, an deren Rand ein alter Volvo geparkt ist. Sie wirft einen neugierigen Blick durch die Scheiben, aber der Killer hat nichts darin zurückgelassen. Dann dreht sie den Kopf und schaut zurück. Der mit Abstand schlimmste Nachmittag ihres Lebens hat in einer verlassenen Tankstelle stattgefunden. Inmitten einer einsamen, zerklüfteten Landschaft ohne nennenswerte Vegetation. So weit das Auge reicht, gibt es keine weiteren Gebäude.

Ein Anblick, der bei Carla ein merkwürdiges Déjà-vu auslöst.

Im zweiten Jahr ihrer Ehe hat sie mit Felix einen Trip durch die Mojave-Wüste unternommen und ist dabei durch Kalifornien, Nevada und Arizona gefahren. In drei Bundesstaaten haben sie mehr als ein Dutzend dieser trostlosen Ruinen gesehen, die sich überall zu gleichen schienen. Bungalowartige Flachbauten mit zersplitterten Fenstern, Graffiti an den Wänden und geborstenen Satellitenschüsseln auf den Dächern. Vor den Gebäuden die Betonplatten, auf denen die verrosteten Zapfsäulen montiert waren, und natürlich überall verwitterte Reklameschilder, die für Coke und TEXACO warben. Endzeitstimmung. Bei der Fahrt durch die Wüste damals haben sie Musik von Ry Cooder gehört. Den ganzen Soundtrack von *Paris, Texas* rauf und runter. Perfekt für alle »Lost Places« dieser Welt.

Die Schrotttanke hinter ihr könnte auch in Amerika stehen. Tut sie aber nicht. Und möglicherweise ist auch die türkische Polizei noch unangenehmer als die amerikanische? Wie kommt sie jetzt darauf?

Felix erscheint im Türrahmen und schreckt sie aus ihren Gedanken auf.

»Worauf wartest du?!«, schreit er.

Darauf, dass dieser Irrsinn endet. Sie hebt die rechte Hand und macht mit dem Daumennagel eine charakteristische Bewegung quer über ihren Hals.

Dann dreht sie sich um und stapft davon. Nach fünf Minuten hat sie den Jeep erreicht. Sie schließt ihn auf und angelt sich eine der Wasserflaschen aus dem Fußraum. Ihr Blick fällt auf den großen Blutfleck, den der Tote auf ihrem Poloshirt hinterlassen hat, als er auf ihr lag. Damit kann sie nicht in die Zivilisation zurückkehren. Einen Augenblick lang stellt sie sich vor, wie sie mit dem blutbeschmierten Hemd durch die Altstadt von Mardin zu Haydars Haus läuft und Kinder mit dem Finger auf sie zeigen. Keine Option. Auf der Rücksitzbank liegt ein helles Sakko von Felix. Sie zieht es über, krempelt die Ärmel hoch und knöpft es vorne zu. Dann öffnet sie die Wasserflasche und leert sie in ein paar großen Zügen.

Als sie in das Auto einsteigt und den Sitz und die Spiegel einstellt, beginnt sie zu schwitzen, und beim Anschnallen zittern ihre Hände so stark, dass sie fünf Anläufe braucht. Es gelingt ihr, den Wagen zu starten, doch sie gibt zu viel Gas, sodass er einen riesigen Satz nach vorne macht und prompt wieder ausgeht. Noch zweimal würgt sie den Motor ab, bevor sie auf der Straße wenden und losfahren kann.

Nach zehn Minuten auf der Schotterpiste biegt sie auf die Hauptstraße in Richtung Mardin ab, und die Anspannung lässt etwas nach. Laut den Straßenschildern ist sie noch dreiundzwanzig Kilometer von der Stadt entfernt. Der Verkehr ist hier schon dichter, und mehrfach wird sie mit wütendem Hupen von einheimischen

Autofahrern überholt, die ihr gemächliches Tempo wohl als Zumutung empfinden. Vor ihr sind jetzt zehn oder zwölf Wagen, die sich eine Viertelstunde lang permanent gegenseitig überholen und dann auf einmal langsamer werden.

Sie reagiert auf die Bremslichter, reduziert ebenfalls die Geschwindigkeit, zockelt eine Weile mit 20 km/h hinterher und kommt schließlich zum Stehen. Die Straße macht an dieser Stelle einen sanften Bogen, und Carla kann den Grund für den Stau nicht erkennen. Vielleicht sieht sie mehr, wenn sie aussteigt, aber das kommt nicht in Frage. Sie wird diesen großspurigen, aber äußerst robusten Wagen nicht ohne triftigen Grund verlassen. Schon bei dem Gedanken wird ihr mulmig. Jetzt setzen sich die Autos vor ihr wieder in Bewegung, sie kann ein paar Meter Boden gutmachen, und dann realisiert sie, was dort vorne los ist.

Flackerndes Blaulicht, Uniformierte mit Maschinenpistolen, drei Dienstwagen der Polizei. Verkehrskontrolle? Terroristenjagd? Oder hat die Aktion irgendetwas mit dem Toten in der Tankstelle zu tun? Eigentlich unmöglich, aber was heißt das schon. Nichts von dem, was in der letzten Woche geschehen ist, hätte sie vorher für möglich gehalten.

Wieder werden ein paar Autos durchgewunken, und die Schlange schließt auf. Noch zwei Wagen vor ihr.

Sie wird sich ausweisen müssen. Personalausweis und internationaler Führerschein sind in ihrem Portemonnaie. Sie holt beide heraus und nimmt sie in die linke Hand. *Die Papiere sind im Handschuhfach*, hat Felix gesagt. Carla öffnet das Fach und entdeckt gleich vorne ein flaches Ledermäppchen. Dabei schießt ihr ein fürchterlicher Gedanke durch den Kopf. Was, wenn Felix den Wagen unter falschem Namen gemietet hat? Höchstwahrscheinlich hat er das. Wenn in den Wagenpapieren nicht der Name Winter steht, wird sie der Polizei erklären müssen, wieso sie hinter dem Steuer dieses Autos sitzt. Sie will das Ledermäppchen öffnen, aber in dem Augenblick rollen die beiden Kombis vor ihr weiter, dürfen passieren, und einer der Beamten winkt Carla heran und stoppt sie mit einer energischen Handbewegung. Er signalisiert ihr, dass sie das Wagenfenster herunterdrehen soll, und streckt dann die Hand nach den Dokumenten aus. Sie zögert einen winzigen Augenblick, aber natürlich hat sie keine Wahl. Der Beamte macht einen misstrauischen und absolut humorlosen Eindruck. Eingehend betrachtet er Personalausweis und Führerschein und vergleicht die Fotos auf beiden. Sein Blick wandert von den Dokumenten zu ihrem Gesicht und wieder zurück zu den Fotos auf den Ausweisen. Immer hin und her. Eine halbe Minute lang.

Dann öffnet er das Ledermäppchen, und Carlas Magen zieht sich in einem einzigen bösartigen Krampf zusammen.

Erneut lässt er sich Zeit. Mit den Papieren in der Hand geht er einmal um den Wagen herum und kontrolliert die Nummernschilder. Dann steht er wieder vor der Fahrertür und zeigt ihr ein Blatt, auf dem ein schlecht kopiertes Lichtbild von Felix' Gesicht zu sehen ist. Und darunter steht tatsächlich der Name Winter.

Der Beamte deutet mit dem Finger auf das Bild. »Your husband?«

»Evet!« Carla nickt heftig. Sie hofft inständig, dass man ihr die Erleichterung nicht zu deutlich ansieht.

»Tamam.« Er gibt ihr die Papiere zurück. Sie beugt sich vor, um sie entgegenzunehmen, und dabei klafft das viel zu weite Sakko vorn auseinander. Der Gesichtsausdruck des Polizisten ändert sich schlagartig, und Carla weiß, dass er das Blut gesehen hat.

»You are hurt?«

Sie schüttelt stumm den Kopf und hat nicht die leiseste Ahnung, was sie jetzt tun oder sagen soll. Auch der Beamte wirkt etwas ratlos. Mit der entsprechenden Geste bedeutet er ihr, das Sakko aufzuknöpfen. Neugierig starrt er auf den Blutfleck, der einen Durchmesser von vielleicht zwanzig Zentimetern hat und sich in Höhe ihres Solarplexus befindet.

Inzwischen ist die Autoschlange hinter dem Jeep immer länger geworden, und einige Fahrer haben angefangen zu hupen.

Der Polizist ruft seine beiden Kollegen herbei, die die Situation offenbar ebenfalls verdächtig finden. Einer von ihnen holt sein Handy hervor, wischt und tippt darauf herum und zeigt Carla dann das Display. Er hat den Google-Translator Türkisch-Deutsch aktiviert. »Ist das Ihr Blut?«

Carla schüttelt den Kopf.

Der Beamte tippt erneut auf seinem Smartphone herum und streckt es ihr dann entgegen. Sie liest den Text. »Sie müssen uns begleiten. Steigen Sie aus! Mein Kollege fährt Ihr Auto in die Stadt!«

SECHSUNDDREISSIG

»Er sagt, es geht nicht darum, dass Sie eines Vergehens beschuldigt werden oder irgendetwas gegen Sie vorläge. Dies ist auch kein Verhör, sondern ein Gespräch, bestenfalls eine Befragung. In der Türkei ist es üblich, dass Bürger die Polizei unterstützen und ihre Fragen beantworten. Das erwarten wir auch von Touristen.«

Seit zwanzig Minuten geht das jetzt so. Haydar übersetzt wie schon bei ihrem ersten Besuch auf dem Polizeirevier beinahe simultan und versucht dabei nicht, den scharfen Ton und die Aggressivität des türkischen Beamten abzumildern. Sein Blick wandert zwischen Carla und dem Polizisten hin und her, und er sieht ausgesprochen beunruhigt aus. Carla ist froh, dass man ihr erlaubt hat, ihn anzurufen. Der Mann hinter dem Schreibtisch hat unmissverständlich klargemacht, dass sie mehr Entgegenkommen nicht erwarten kann. Sie hat gewaltige Angst, aber noch hält die coole Fassade.

»Bei allem Respekt, ich weiß nicht, warum man mich hierhergebracht hat. Nüchtern betrachtet ist der Grund offenbar eine Verschmutzung auf meinem Hemd, für die Sie unbedingt eine Erklärung wünschen. Ich habe keine Erklärung dafür, vor allem aber verstehe ich nicht, warum ich eine abgeben soll. Ihre Beamten sind sofort davon ausgegangen, dass es sich bei der Verschmutzung um einen Blutfleck handelt. Warum? Bringt man mich mit irgendeiner Handlung in Verbindung, bei der Blut geflossen sein könnte? Selbst wenn es sich um Blut handelte, könnte es von mir selbst stammen. Vielleicht hatte ich Nasenbluten, oder es ist von einem Tier. Niemand weiß das. Ich weiß nur, dass ich eine völlig unbescholtene Touristin mit einem Fleck auf dem Hemd bin. Und ich bin die Exfrau eines deutschen Geschäftsmannes, gegen den in der Türkei *ebenfalls* nicht das Geringste vorlag. Sie selbst haben mir das gestern Vormittag noch bestätigt.«

Es ist der gleiche Raum wie gestern, und hinter dem Schreibtisch sitzt der gleiche Polizist, aber ansonsten hat sich die Situation grundlegend geändert. Der am Vortag noch hilfsbereit konziliante Başkomiser Orhan Celik ist heute sehr misstrauisch, und Frauen, die seine Fragen nicht beantworten wollen, scheinen ihn besonders zu ärgern. Während ihm Carlas Worte übersetzt werden, nimmt sein Gesicht eine magentarote Farbe an. Dann holt er zu einer wütenden Antwort aus.

»Die Kriminaltechnik in der Türkei arbeitet auf international hohem Niveau. Selbstverständlich können wir feststellen, ob der Fleck auf Ihrem Hemd Blut ist und ob dieses von Ihnen, einem Tier oder einem anderen Menschen stammt. Geben Sie uns das Hemd, und der Fall ist schnell geklärt.

Aber es ist ja nicht der Fleck allein. Sie haben versucht, ihn zu verbergen, indem Sie eine Männerjacke übergezogen haben. Und dann gibt es noch einen weiteren höchst ungewöhnlichen Punkt. Sie wurden in einem Fahrzeug gestoppt, das von Ihrem tödlich verunglückten Exmann gemietet wurde. Wie sind Sie an dieses Auto gekommen?«

»Ich habe die Schlüssel von einer jungen Frau bekommen, die ich gestern kennengelernt habe. Eine Dame namens Safiye Wassouf. Stammt aus Syrien, lebt jetzt in Deutschland. Offenbar war sie mit meinem Exmann befreundet. Von ihr erfuhr ich, dass Felix den Wagen vor seinem Unfall gemietet hatte und ihn nicht mehr zurückgeben konnte. Sie sagte, er habe vermutlich die Miete für Monate im Voraus bezahlt. Wir haben zusammen gegessen, sie erzählte mir, wo der Jeep geparkt war, und bat mich, ihn morgen nach Diyarbakır zu fahren und dort abzugeben.«

Während ihr die Lügen flott und mühelos über die Lippen gehen, hat sie ihr Gesicht Haydar zugewandt, der zum Zeichen, dass er sie verstanden hat, beinahe unmerklich die Lider senkt. Falls Carla hierbleiben muss, wird er Safiye bitten, die Geschichte zu bestätigen, und die wird es tun.

Haydar übersetzt, aber Carla sieht, dass ihre Erklärung den Beamten nicht zufriedenstellt. Dessen Verärgerung scheint eher noch zuzunehmen. Haydar sieht von Satz zu Satz besorgter aus.

»Er will wissen, wo sich diese Frau aufhält, und er hat den Eindruck, dass Sie nicht die Wahrheit sagen.«

Carlas Blick wandert zwischen Haydars Gesicht und dem des Beamten hin und her. Und dann verliert sie die Nerven. Angst, Wut und Enttäuschung verbinden sich zu einer toxischen Grundsubstanz, die erst hoch- und dann unkontrolliert überkocht. Am Morgen hat ihr ein Interpol-Bulle eröffnet, dass sie möglicherweise mit einem Mörder verheiratet war, mittags hat man sie entführt und mit Folter und Tod bedroht, am Nachmittag hat sie mit angesehen, wie ihr totgeglaubter Exmann einen Menschen erschoss, um sie zu retten, und der Abend klingt damit aus, dass ihr die türkische Polizei die Hölle heißmacht.

»Sagen Sie ihm, dass ich es satthabe!« Sie spricht zu Haydar, aber sie starrt dabei den Polizisten an, der ungerührt zurückstarrt. »Ich bin es leid, hier festgehalten und ausgefragt zu werden. Wenn er mir irgendetwas zur Last legt, will ich es jetzt wissen! Ein Verbrechen, ein Vergehen, eine Ordnungswidrigkeit? Gibt es einen Verdacht? Eine Beschuldigung? Wenn ja, will ich einen türkischen Rechtsbeistand hinzuziehen. Ich kenne zwei Kolleginnen in Ankara, die ich anrufen kann. Wenn nicht, möchte ich jetzt gehen!«

Haydar reißt sich zusammen, aber sie sieht den Schreck in seinen Augen.

»Wenn ich das so übersetze, behält er Sie hier. Er kann Sie bis zu dreißig Tage ohne Haftbefehl festhalten. In den ersten fünf Tagen haben Sie auch kein Recht auf einen Anwalt.«

»Ne? Ne dedi?«, fragt der Bulle ungeduldig. Carlas giftiger Tonfall hat ausgereicht, ihn bis zum Äußersten zu reizen.

»Übersetzen Sie«, sagt Carla und lehnt sich zurück.

Sie ist in einem merkwürdigen Schwebezustand, den sie nur allzu gut kennt. Ein Zustand, in dem ihr die Folgen ihres Handelns absolut klar sind und sie dennoch sehenden Auges in ein offenes Messer läuft, weil sie einfach nicht anders kann. Eine Spezialität von ihr. Fünf- oder sechsmal in ihrem Leben hat sie so etwas gemacht. Na ja, vielleicht auch ein paarmal mehr. In dem Verhör mit Rossmüller konnte sie nicht widerstehen, und auch nicht, als sie einen Juraprofessor, der sie belästigt hatte, öffentlich bloßstellte. Als sie Felix heiratete, war sie auf dem Höhepunkt der Beratungsresistenz gewesen. »Wie kann man so klug und gleichzeitig so dumm sein?«, hatte ihr Vater sie damals gefragt.

»Es ist eine Gabe!«, hatte sie geantwortet.

»Sie haben es so gewollt.« Haydars Stimme holt sie zurück in den Raum, und natürlich passiert das, was er vorhergesagt hat. Als seine Übersetzung endet, ist der gemütliche Teil des Abends vorüber. Zunächst wird Haydar angeschnauzt, der Carla einen verzweifelten Blick zuwirft. »Er sagt, ich soll direkt und wörtlich übersetzen, ohne Umschweife.«

»Nur zu!«

Der türkische Beamte beugt sich weit über den Schreibtisch vor und senkt die Stimme. »Kann es sein, dass Sie ein wenig desorientiert sind, meine Dame? Dass Sie vergessen haben, wer ich bin und wo Sie sich befinden? Wir sind hier nicht in Deutschland, wo die Kriminellen und Terroristen dem Staat auf der Nase herumtanzen. Dies ist eine Polizeidienststelle in der Türkei. Denken Sie wirklich, Sie könnten die Beantwortung meiner Fragen verweigern? Und meinen Feierabend vergeuden mit irgendwelchen lächerlichen Ausflüchten? Wir haben hier Handlungsspielräume, die sich eine deutsche Anwältin nicht einmal vorstellen kann! Möchten Sie eine kleine Demonstration?«

Carla schüttelt stumm den Kopf.

»Gut!« Ihr Schweigen scheint den Başkomiser ein wenig herunterzukühlen. Seine Stimme wird noch einmal leiser. »Sie glauben vielleicht, Sie hätten Einfluss darauf, was hier geschieht. Weil Sie Anwältin sind und deutsche Staatsbürgerin. Sie denken, ich würde es nicht wagen, Sie festzusetzen, weil ich Angst vor irgendwelchen diplomatischen Verwicklungen hätte. Sie irren sich!«

Carla nickt. Sie weiß, dass sie Mist gebaut hat, aber es tut ihr nicht leid.

Haydar holt tief Luft, bevor er weiter übersetzt. »Versuchen wir es noch einmal. Habe ich Ihre Aufmerksamkeit? Ich möchte, dass Sie sich konzentrieren, weil Ihnen sonst Dinge entgehen könnten. Wichtige Dinge, die Konsequenzen haben. Ich erkläre sie Ihnen, und Sie benehmen sich und werden mich nicht unterbrechen. Und *danach* erzählen Sie mir, wie der Fleck auf Ihr Hemd gelangt ist!«

»Evet.« Sie hat keine Ahnung, was sie gleich sagen wird.

In Carlas Rücken klopft jemand an die Tür. Başkomiser Celik schaut überrascht auf und brummt ein unfreundliches »Buyurun« heraus. Die Tür wird geöffnet, eine noch junge Männerstimme richtet ein paar türkische Sätze an ihn, er steht auf, verlässt den Raum und knallt die Tür hinter sich zu.

Carla starrt Haydar fassungslos an. »Was in Teufels Namen war das?«

»Sein Kollege hat gesagt, jemand wünsche ihn dringend am Telefon zu sprechen. Eine wichtige Persönlichkeit. Ich bin neugierig, was passiert, wenn er zurückkommt.«

Aber das tut er nicht. Nach zehn Minuten öffnet sich die Tür erneut, der junge Polizist erscheint noch einmal und spricht Haydar direkt an. Der nickt erleichtert. Er greift nach Carlas Hand, zieht sie aus dem Stuhl hoch und grinst.

»Er sagt, wir können gehen. Es sei alles geklärt. Der Başkomiser lässt grüßen und entschuldigt sich für die Unannehmlichkeiten. Raus hier, bevor irgendwer sich das anders überlegt.«

Dieses Mal unbegleitet hasten sie über die Flure, nehmen die Treppe nach unten, statt auf den Fahrstuhl zu warten, und atmen tief durch, als sie endlich im Freien sind. Es ist beinahe dunkel, und der Parkplatz wirkt schon ziemlich ausgestorben. Auf dem Weg zu Haydars Volvo telefoniert dieser pausenlos auf Türkisch und Arabisch. Als er auflegt, grinst Carla ihn an. »Wer auch immer uns da rausgehauen hat, richten Sie meinen herzlichen Dank aus! Ich werde versuchen, mich zu revanchieren.«

Haydar schüttelt den Kopf. »Das waren wir nicht! Ich habe mit Aleyna in Duisburg telefoniert und noch mit ein paar anderen Leuten. Niemand, der vom Einfluss her in Frage kommt, hat heute Abend die Polizei in Mardin angerufen.«

Carla nickt nachdenklich. *Dieser kaltblütige Schweinehund.* Bilder von Safiye und Felix schießen ihr durch den Kopf. Wie hat er das gemacht?

Haydars Stimme reißt sie aus ihren Gedanken. »Ist das jetzt wirklich Blut auf Ihrem Hemd?«

Carla zieht die Schultern hoch. »Wer weiß das schon? Ich bin hungrig und muss unter die Dusche. Kann schon nicht mehr klar denken. Haben Sie Alkohol im Haus?«

»Nein.«

»Besorgen Sie eine Flasche Rakı, und ich erzähle Ihnen die ganze verdammte Geschichte.«

SIEBENUNDDREISSIG

Haydars Frau lässt es sich nicht nehmen, ihnen noch eine warme Mahlzeit zuzubereiten, und auch der Rakı ist kein Problem. Sofort nachdem sie im Haus angekommen sind, bucht Carla für den nächsten Tag einen Flug nach Düsseldorf und informiert Ellen, Mathilde und Aleyna über ihre Rückkehr.

Nach dem Duschen und Essen lässt sie sich dann mit Haydar und der Flasche im Innenhof nieder. Einen Teil des Rakıs nutzt sie als Brandbeschleuniger für ihr Polohemd, das auf dem gemauerten Grill sein Ende findet. Dem Rest widmet sie sich zusammen mit Haydar. Der würde normalerweise in unmittelbarer Nähe seiner Familie keinen Alkohol trinken, aber bei Dunkelheit und im Namen der gottgefälligen Gastfreundschaft macht er eine kleine Ausnahme. Genüsslich zündet er sich zum ersten Glas eine Zigarette an.

Carla berichtet von ihrer Entführung und den Drohungen des Kidnappers, bestätigt, dass das Blut auf ihrem Hemd von ihm stammt und dass er tot ist. Weitere Details verrät sie Haydar trotz bohrender Nachfragen nicht. Vor allem, dass Felix noch lebt, will sie auf gar keinen Fall erzählen und auch nicht, wie sie an dessen Leihwagen gekommen ist.

Bitte, verrate mich nicht. Lass mich tot sein!

Diesen letzten Gefallen wird sie ihm tun, wenn er tatsächlich niemals mehr ihren Weg kreuzt. Aber ist das wirklich, was sie will? In all den Jahren nach der Scheidung ist sie davon überzeugt gewesen. Bis sie gesehen hat, wie sein Sarg in diese grauenvoll tiefe Grube hinuntergelassen wurde. Das Gefühl des endgültigen Verlustes und der Eishauch der Einsamkeit an seinem Grab hatten sie beinahe überwältigt.

Und dann heute! Die unbeschreibliche Mischung von Wut und Glück, die sie empfunden hat, als er plötzlich lebendig vor ihr kniete. Wie sie geheult und dabei sein Gesicht gestreichelt hat. Schizophren und beschämend war das gewesen. Und so verdammt bewegend.

Was er wohl mit der Leiche des Killers angestellt hat? Schwer vorstellbar, dass er den riesigen Kerl allein in den Volvo stecken konnte. Vielleicht hat er jemanden angerufen, der ihm half. Möglicherweise den Bestatter in Diyarbakır. Wenn der mit Sarg und Leichenwagen angerückt wäre ... eleganter ginge es nicht. Einen Toten in einem Leichenwagen wird wohl niemand besonders verdächtig finden.

Mit Mühe bricht sie das Fantasieren ab und zwingt ihre Aufmerksamkeit zurück zu Haydar.

Der zündet sich gerade eine neue Zigarette an, und Carla sieht im Licht der Feuerzeugflamme, dass er enttäuscht ist. Vermutlich hat er gehofft, stärker ins Vertrauen gezogen zu werden, aber er fragt nicht weiter nach. Schließlich stammt er aus einer Familie, in der Geheimnisse und Konflikte mit der Polizei nichts Ungewöhnliches sind, und vielleicht ist er auch insgeheim erleichtert, dass sie morgen abreist und er und seine Familie nicht weiter in die ganze Geschichte verwickelt werden.

»Geben Sie mir eine Zigarette ab?«

Ihr Gastgeber zündet eine weitere an und reicht sie ihr. Carla hat seit acht Jahren nicht geraucht und ist entsetzt, wie gut bereits der erste Zug schmeckt.

»Wie weit wäre er wohl gegangen?«

»Sie meinen Başkomiser Celik? Sehr weit! Er war gerade dabei, die Samthandschuhe auszuziehen, als der Anruf kam. Es stimmt nicht ganz, dass Ihr Status als deutsche Anwältin und Touristin keine Rolle spielt. Aber natürlich ist das relativ. Er war lange höflich. Bei einer türkischen Menschenrechtsanwältin wäre er viel früher ausgerastet.«

»Ich weiß, ich hatte Glück.«

Haydar nickt und schweigt eine Weile. »Hat die Reise hierher Ihnen irgendetwas gebracht?«, will er schließlich wissen.

»Das hat sie! Über das Ende meines Exmannes habe ich nicht viel Neues erfahren, aber der Mann, vor dem ich geflohen bin, ist tot. Ich fühle mich sicher genug, um nach Deutschland zurückzukehren. Natürlich können sie einen weiteren Auftragskiller schicken, der nach der Statue sucht, aber ich habe das Gefühl, furchterregender als der erste kann er nicht sein.«

»Inscha'allah«, sagt Haydar.

Carla nickt. »Es war auch sehr schön, Sie und Ihre Familie kennenzulernen. Und Ihre fabelhafte Stadt, von der ich viel zu wenig gesehen habe.«

»Im Grunde haben Sie noch gar nichts gesehen. Ich hätte Ihnen sehr gerne die Zinciriye Medresesi gezeigt, die islamische Hochschule aus dem 14. Jahrhundert. Ein absolut großartiges Bauwerk. Wenn man den Wächter gnädig stimmen kann, erlaubt er den Aufstieg aufs Dach, von wo aus man einen fantastischen Blick auf die Stadt hat. Dann wären da noch das Mardin Müsesi, die ehemalige Bischofskirche Kırklar Kilisesi und, und, und ... zwei Wochen würden nicht ausreichen, um alles zu besichtigen.«

»Ich komme im Herbst wieder und schaue mir alles genau an.« Carla gießt die Rakı-Gläser noch einmal randvoll.

»Gut«, sagt Haydar. »Ich werde da sein. Şerefe!«

Sie leeren die Gläser, und in dem Augenblick, als der Schnaps ihren Magen erreicht, empfängt Carlas Handy eine WhatsApp-Nachricht von Mathilde. *Bischoff ist aufgewacht!* Sie starrt auf das Display, und Tränen der Erleichterung schießen ihr in die Augen.

Haydar berührt sanft ihre Hand. »Wollen Sie noch ein Glas?«

»Ja«, sagt Carla. »Unbedingt!«

ACHTUNDDREISSIG

Carla fliegt gern mit Turkish Airlines, weil es zuverlässig eine warme Mahlzeit gibt, die ihr schmeckt, und auch die Pünktlichkeit sich sehen lassen kann, wenn nicht gerade am neuen Istanbul Airport Zugvögel und widrige Scherwinde dazwischenfunken.

Im Hinblick auf ihren Kater erweist es sich als ausgesprochen positiv, dass sogar auf beiden Etappen ihres Fluges warmes Essen serviert wird. Als die Maschine um 18 Uhr in Düsseldorf landet, sind die schlimmsten Folgen des Alkoholmissbrauchs überwunden. Trotzdem fühlt Carla sich müde und ausgelaugt. Gestern war der schlimmste Tag ihres Lebens. Nie zuvor ist sie so massiv bedroht worden und hat so große Angst gehabt. Als dann ganz am Schluss die gute Nachricht von Mathilde kam, waren alle Dämme gebrochen. Der Dreckskerl war tot, und Bischoff und sie selbst hatten knapp überlebt. Wenn das kein Grund zum Feiern war? Also hat sie sich mit Haydars Rakı die Kante gegeben. Heute Morgen ist sie angezogen auf einer Matratze im Gästezimmer aufgewacht, und Haydar hat ihren Absturz mit keinem Wort erwähnt.

Mit dieser Art der Krisenbewältigung sollte sie Schluss machen. »Versprochen, Euer Ehren!«, sagt sie halblaut und erntet einen erstaunten Blick des Mannes, der vor ihr in der Reihe zur Passkontrolle steht.

Es wird Zeit, dass der Irrsinn aufhört. Ihr Bedürfnis nach Alltag und Normalität ist so groß, dass sie sich sogar auf Frankfurt freut, aber bevor sie nach Hause zurückkehrt, will sie noch mal mit Aleyna Ekincis reden. Als sie deren Gesicht in der Menge der Wartenden entdeckt, verspürt sie eine Wiedersehensfreude wie bei einer langjährigen Freundin. Während des Fluges hat sie beschlossen, Aleyna zu erzählen, was in Mardin passiert ist und auch, dass Felix noch lebt. Sie wird sich auf ihre Verschwiegenheit verlassen können. Eine Verbündete zu haben, die sich ganz selbstverständlich immer ein wenig am Rand der Legalität bewegt, ist eine interessante Erfahrung.

Besonders für eine Anwältin.

Scheißegal! Bei Aleyna, die jetzt breit grinsend und mit geöffneten Armen auf sie zukommt, ist das Geheimnis gut aufgehoben.

»Willkommen, meine Liebe! Hast du Hunger?«

Carla nickt. »Auf was scharfes Asiatisches. Mit vier Kannen grünem Tee!«

NEUNUNDDREISSIG

Nach einem angenehmen Abend in einem thailändischen Restaurant und einer halbwegs erholsamen Nacht in einem von Aleyna gebuchten Düsseldorfer Hotelzimmer kehrt Carla am Vormittag mit dem ICE nach Frankfurt zurück. Noch vom Zug aus ruft sie Rossmüller an. »Ich bin in zwei Stunden wieder da. Gibt es etwas Neues bei Ihnen?«

Der Polizist holt hörbar Luft und reagiert sofort stinksauer. »Sie haben vielleicht Nerven! Was haben Sie sich dabei gedacht? Verschwinden nach Duisburg, um einen ehemaligen Mandanten zu treffen, und tauchen dann komplett ab. Von Ihrer Sekretärin erfahren wir ganz nebenbei, dass Sie drei Wochen Urlaub in der Türkei machen. Und jetzt sind Sie nach ein paar Tagen zurück und tun so, als ob nichts gewesen wäre?«

Carla übergeht die Tirade einfach. »Haben Sie etwas über den Mörder von Marc Debus herausgefunden?«

»Verdammt, ist Ihnen eigentlich klar, dass Sie immer noch in Gefahr sind? Sobald Sie in Frankfurt eintreffen, kommen Sie in die Mercatorstraße! Wir müssen reden!«

»Ich versuch's einzurichten!« Carla grinst und legt auf. Dann wählt sie Mathildes Handynummer.

Ihre Sekretärin nimmt sofort ab. »Guten Morgen. Schön, dass Sie anrufen. Alles in Ordnung bei Ihnen?«

Wieder dieser fürsorgliche und wohlwollende Tonfall, den Carla schon beim letzten Telefonat so verdächtig fand. »Was ist mit Ihrer alten Stimme passiert?«

»Erzähl ich, wenn mal Zeit ist. Im Moment bin ich im Krankenhaus und könnte ein bisschen Unterstützung gebrauchen. Der alte Narr macht mich wahnsinnig!«

Okay, das klingt schon vertrauter. »Ich bin auf dem Weg. Wer ist der zuständige Arzt? Ich möchte mit ihm sprechen.«

»Versuchen Sie Dr. Nikolai in die Finger zu kriegen. Der hat sich sehr um Till gekümmert. Wird Ihnen gefallen! Absolut kompetent und sieht auch noch gut aus.«

»Wieder ein Doktor-Schiwago-Typ?«

»Nee, eher Dr. House, aber auch chic.«

VIERZIG

Er trägt ein Namensschild, das ihn als Dr. Moritz Nikolai ausweist, hat allenfalls eine geringe Ähnlichkeit mit dem Schauspieler Hugh Laurie und ist kein bisschen zynisch. Carla mag ihn auf den ersten Blick. Sie hat zehn Minuten gebraucht, um die Pflegerinnen im Stationszimmer davon zu überzeugen, dass sie unbedingt genau diesen Arzt sprechen muss, und die Sorge um Bischoff und ihr schlechtes Gewissen haben sie noch einmal eine Stunde auf ihn warten lassen. Als er jetzt mit wehendem Kittel über den Flur auf sie zueilt, muss sie tatsächlich an alle Arztserien denken, die sie jemals gesehen hat. Dr. Nikolai strahlt diese adrenalingesättigte Erschöpfung aus, die man den Schauspielern bei *Emergency Room* ins Gesicht schminkt.

»Hallo«, sagt er und deutet auf eine Reihe von Plastikstühlen an der Wand. »Wir können uns dahin setzen. Sie kommen wegen Professor Bischoff? Darf ich fragen, in welchem Verhältnis Sie zu ihm stehen?«

Seine Stimme ist auch schön. Ein großer Pluspunkt.

»Mein Name ist Carla Winter. Ich bin eine Freundin und werde als Anwältin seine Interessen wahrnehmen. Meine Sekretärin Frau Stein ist mit ihm verwandt. Ich wollte mich erkundigen, wie es ihm geht.«

Sie nehmen auf den Stühlen vor dem Schwesternzimmer Platz, und der Arzt schlägt die Beine übereinander. Carla betrachtet ihn, und was sie sieht, gefällt ihr. Anfang vierzig, mittelgroß und schlank, schöne Hände und kein Ehering.

Er erwidert ihren Blick und lächelt. »Am Anfang war ich ziemlich besorgt, aber seit gestern sind wir zuversichtlicher. Professor Bischoff wurde mit einem gedeckten Schädel-Hirn-Trauma mittleren Grades eingeliefert. Elf Punkte auf der *Glasgow Coma Scale*, aber das sagt Ihnen wahrscheinlich nichts, oder?«

Carla schüttelt den Kopf.

»Es bedeutet so viel wie ›durchaus ernst, aber nicht unmittelbar lebensgefährlich‹. Wir haben sofort eine craniale Computertomographie und MRT-Aufnahmen von Kopf und Halswirbelsäule gemacht. Die HWS war gottlob ohne Befund. Diagnostiziert wurden Schwellungen des Gehirns an verschiedenen Stellen sowie eine kleine Einblutung, die aber von selbst zum Stillstand kam. Neben den neurologischen Problemen mussten wir einen Jochbeinbruch, zwei gebrochene Rippen und multiple Prellungen am ganzen Körper feststellen. Auf dem linken Auge sieht er auch nicht gut. Kann sein, dass der Sehnerv geschädigt ist. Das müssen wir abwarten. Unterm Strich sieht's folgendermaßen aus: Professor Bischoff wurde auf entsetzliche Weise zusammengeschlagen, aber wir sind einigermaßen optimistisch, dass er sich erholt.«

Carla atmet hörbar erleichtert aus. »War er noch ansprechbar, als er eingeliefert wurde?«

»Kaum. Wir haben die Diagnostik so schnell wie möglich durchgezogen und ihn dann in ein künstliches Koma versetzt, um seinen Körper zu entlasten. Bei Verletzungen, wie Professor Bischoff sie erlitten hat, hilft diese Maßnahme beim Heilungsprozess. Der Patient hat die Möglichkeit, in einem medizinisch kontrollierten Zustand schmerzfrei gesund zu werden und dabei das Risiko für bleibende Schäden zu verringern. Es kommt außerdem zu weniger Stress und eventuellen Angstreaktionen, die mit dem eingeschränkten Gesundheitszustand verbunden sind.«

»Und vorgestern Abend haben Sie ihn zurückgeholt?«

»Ja, es hat eineinhalb Tage gedauert. Kann sein, dass er noch eine Weile Kreislaufprobleme, Alpträume und Schlafstörungen hat, aber das geht vorüber.«

»Darf ich zu ihm?«

»Natürlich. Frau Stein ist ja auch da. Haben Sie die Dame den ganzen Tag um sich?«

Carla lächelt vorsichtig. »Sie ist sehr tüchtig!«

»Darauf möchte ich wetten«, sagt Dr. Nikolai. »Was für eine Anwältin sind Sie?«

»Strafverteidigerin.«

Er nickt. »Ich hoffe, die Polizei kriegt den Dreckskerl, der dem alten Mann das angetan hat.«

»Garantiert! Kann der Professor sich an irgendetwas erinnern?«

»Im Moment nicht, was völlig normal ist. Ein klassischer Fall von posttraumatischer Amnesie. Er weiß noch, dass er zur Tür gegangen ist, weil es geklingelt hat. Danach: Filmriss. Die Polizei war hier und hat mit ihm gesprochen, sobald das wieder ging, aber ich glaube, er war keine große Hilfe. Ansonsten ist er bewusstseinsklar und zeitlich und örtlich orientiert. Ziemlich eigensinnig, übrigens.«

Carla lächelt. »Ist mir nicht aufgefallen. Wussten Sie, dass er auf seinem Fachgebiet eine international anerkannte Koryphäe war und immer noch ist? Altorientalische Geschichte, Archäologie und Semitistik.«

Dr. Nikolai nickt. »Frau Stein hat es mehrfach betont, und ich habe ihn dann gegoogelt.«

»Wie geht es jetzt weiter?«

»Heute Morgen wurde er von der Intensiv- auf die Normalstation verlegt. Wir möchten ihn noch ein paar Tage zur Beobachtung hierbehalten. Danach bemühen wir uns um einen Platz in einer Rehaklinik.«

»Gut!« Carla überlegt, ob sie noch eine Frage vergessen hat, aber leider fällt ihr nichts mehr ein, was das Gespräch verlängern könnte. Also steht sie auf und streckt dem Arzt die Hand entgegen.

»Ich bin sehr froh und dankbar, dass Sie sich so gut um ihn gekümmert haben. Falls ich mich revanchieren kann ...«

»Sie meinen, wenn ich die Absicht habe, mal strafrechtlich in Erscheinung zu treten ...«

»... dann rufen Sie mich an«, sagt Carla und reicht ihm ihre Karte. »Gerne auch vorher.«

Dr. Nikolai scheint einen winzigen Moment zu stutzen und lächelt dann. Ein Lächeln, das an dem Boden unter ihren Füßen zerrt. Er lässt die Karte in der Brusttasche seines Arztkittels verschwinden. »Abgemacht, Frau Winter.«

EINUNDVIERZIG

Mathilde stürzt haargenau in der Sekunde aus dem Krankenzimmer, als Carla, mit ihren Gedanken noch bei Dr. Nikolai, die Klinke herunterdrücken will. Sie kommen unmittelbar voreinander zum Stehen und starren sich erschrocken an. Bei Mathilde scheint das freundliche Zwischenhoch schon wieder der Vergangenheit anzugehören. Sie sieht so wütend und verbittert aus, dass Carla sie am Arm von der Türschwelle auf den Flur zieht und die Tür wieder schließt.

»Was ist los?«

»Der alte Querulant macht nichts als Ärger.«

»Inwiefern?«

»Starrsinn, Unvernunft und Egozentrik! Das ganze Programm, das schon meine Tante ins Grab getrieben hat.«

»Alles vom Bett aus?«, fragt Carla.

»Sie nehmen das nicht ernst, oder?« Mathilde ist jederzeit bereit, ihren Zorn auf ihre Chefin auszuweiten.

Carla tritt vorsichtshalber einen Schritt zurück. »Doch, schon. Ich verstehe es nur nicht! Was hat er denn nun gemacht?«

»Er weigert sich, in eine Rehaklinik zu gehen!«

»Aha«, sagt Carla, die weiß, dass sie sich auf dünnem Eis bewegt.

»Genau! Und das ist total meschugge! Wenn er hier rauskommt, braucht er erstens weiterhin Pflege und Behandlung. Vor allem Physiotherapie. Zweitens kriegt er allein in seinem Haus den Alltag gar nicht geregelt, und drittens kann ich mich um all das nicht kümmern, weil ich arbeiten muss! Was also spricht dagegen, sich schön erst mal drei Wochen in einer Rehaklinik betüdeln zu lassen?« Eine rein rhetorische Frage, denn Mathilde macht ohne Punkt und Komma weiter. »Aber nein, das ist zu viel verlangt vom Herrn Professor! Er geht in keine verdammte Klinik mehr, sagt er, und basta!«

»Ich rede mit ihm«, sagt Carla.

Mathilde schaut sie verdutzt an. »Ja, das ist eine gute Idee. Vielleicht können Sie was ausrichten. Nach Ihrem Besuch war er ziemlich begeistert von Ihnen. Hatten Sie meinen Rat mit dem kurzen Rock befolgt?«

Carla nickt ein bisschen geistesabwesend, weil ihr ein Gedanke durch den Kopf schießt, der das Problem vielleicht lösen könnte.

»Ich fahre zurück in die Kanzlei«, sagt Mathilde. »Bei der Arbeit kann ich mich am besten abregen.« Sie dreht sich auf dem Absatz um und rauscht davon.

Carla schaut ihr nach, dann drückt sie entschlossen die Türklinke herunter und betritt das Zimmer.

Tillmann Bischoff sitzt halb aufgerichtet im Bett und sieht entsetzlich aus. Sein Gesicht ist schmal geworden und zeigt deutliche Spuren der Misshandlung. Grünblaue Hämatome, die auf den eingefallenen Wangen besonders brutal ins Auge fallen. Seine weißen Haare stehen wirr vom Kopf ab, und in seinem linken Arm steckt eine Infusionsnadel, durch die aus einem Beutel neben seinem Bett eine farblose Flüssigkeit tropft. Aber er ist wach, sorgfältig rasiert und freut sich ganz offensichtlich über ihren Besuch. Zumindest bekommt er so etwas wie ein Grinsen hin, das in dem geschundenen Gesicht reichlich sardonisch ausfällt.

»Frau Winter! Ist Mathilde weg?« Seine Artikulation klingt schwerfällig und unbeholfen, ist aber gut verständlich.

»Ja«, sagt Carla. »Darf ich mich setzen?«

Er deutet mit einer vorsichtigen Kopfbewegung auf den einzigen Stuhl im Raum. Sie zieht ihn heran und nimmt neben dem Bett Platz.

»Schön, dass Sie gekommen sind.«

Carla kämpft die aufsteigenden Tränen nieder. »Ich bin unsagbar froh, dass Sie am Leben sind. Sie können sich gar nicht vorstellen, welche Vorwürfe ich mir gemacht habe, dass Sie durch meine Schuld in diesen Wahnsinn hineingezogen wurden.«

Tillmann Bischoff schüttelt den Kopf. »Das war meine eigene Entscheidung. Sie haben mir ja erzählt, worum es ging. Wenn jemand weiß, wie gefährlich diese Leute sein können, dann bin ich das. Mein halbes Leben habe ich mich mit denen herumgeschlagen und bin erhebliche Risiken eingegangen. Das hätte ich auch gerne noch weiter getan, aber sie haben mich nicht gelassen.« Bischoff gibt ein empörtes Schnauben von sich. »Bis zum achtundsechzigsten Lebensjahr konnte ich den Ruhestand hinauszögern. Dann hat der Arbeitgeber nicht mehr mitgespielt. Soll ich Ihnen sagen, wie sehr mich das Rentnerleben in Neu-Isenburg angekotzt hat? Nach Ihrem Anruf habe ich mich so lebendig gefühlt wie seit langem nicht mehr.«

»Für dieses Gefühl haben Sie einen hohen Preis bezahlt.«

»Hören Sie auf, mich zu bemitleiden. Erzählen Sie lieber, wo Sie gesteckt haben.«

»Der Reihe nach. Erst mal müssen wir darüber reden, warum Sie nicht in eine Rehaklinik wollen.«

Bischoff blinzelt überrascht. »Lassen Sie sich jetzt von Mathilde die Themen vorschreiben?«

»Nein! Aber hier sind wir ausnahmsweise mal einer Meinung. Also ernsthaft: Was spricht gegen die Klinik?«

»Ganz einfach: Ich habe es satt, um 6 Uhr geweckt und um 21 Uhr ins Bett geschickt zu werden. Ich bin die Regeln leid und die Vorschriften und dass Pflegerinnen, die meine Enkeltöchter sein könnten, mir erzählen, was ich tun soll. Und der Fraß, der hier als Essen durchgeht, steht mir bis obenhin. Angeblich soll das in der Reha ja besser sein, aber ich glaube nicht daran. Apropos, könnten Sie mir nachher was vom Chinesen holen?«

Carla nickt. »Ist das Ihr letztes Wort? Sie gehen in keine Klinik?«
»Definitiv nein!«

»Gut, dann schlage ich vor, dass Sie für ein paar Wochen zu mir ziehen. Wir organisieren eine ambulante Reha. Sie kriegen die Hilfe, die Sie brauchen, und haben ansonsten Ihre Ruhe. Ich habe Platz, Geld und Zeit – und ich hab was gutzumachen. Sie würden mir einen Gefallen tun. Was meinen Sie?«

Bischoff ist von der Idee so überrumpelt, dass er eine Weile gar nichts sagt. Dann legt er sich mühsam ein paar Sätze zurecht. »Das ist sehr nett von Ihnen, und ich weiß das Angebot zu schätzen. Aber es würde nicht funktionieren. Ich bin nach dem Tod meiner Frau jedes Jahr ein Stück ungeselliger geworden. Sie würden es nicht eine Woche mit mir aushalten.«

»Vielleicht könnte ich Sie durch gute Gespräche ein wenig geselliger stimmen. Indem ich Ihnen zum Beispiel abends bei einem Glas Wein erzähle, was in Anatolien passiert ist. Ach ja, bevor ich es vergesse: Ich soll Sie von Jean-Luc Delors grüßen.«

Bischoff reißt die Augen auf. »Waren Sie auch in Lyon?«

»Nein, er war in Mardin. Auf eigene Faust. Er verfolgte eine Spur und wir hatten eine sehr interessante Unterhaltung. Wenn Sie wollen, bekommen Sie einen ausführlichen Bericht. Aber es gibt noch eine bessere Nachricht.« Carla beugt sich ein Stück vor, senkt die Stimme und schlägt einen vertraulichen Ton an. »Das Dreckschwein, das Sie so zugerichtet hat, ist tot. Schön, oder? Ich war dabei, als es passierte. Wenn Sie an den näheren Umständen interessiert sind, würde ich Ihnen ...«

»Überredet!«, sagt Bischoff.

ZWEIUNDVIERZIG

Drei Tage später um die Mittagszeit zieht Tillmann Bischoff bei Carla ein. Mathilde, die das Arrangement nicht mit einem einzigen Wort kommentiert hat, bringt ihn samt Koffer und Rollstuhl bis vor die Haustür. Carla hat im unteren Stockwerk zwei Zimmer herrichten lassen, ein höhenverstellbares Bett gemietet und einen mobilen Pflegedienst engagiert, der morgens und abends vorbeikommt. Auch Bischoffs Hausarzt hat sich bereit erklärt, zweimal in der Woche nach ihm zu sehen.

Eine Physiotherapeutin, der Carla ein großzügiges Angebot gemacht hat, wird an fünf Vormittagen in der Woche für intensives Mobilitätstraining sorgen. Sie ist bei Bischoffs Ankunft vor Ort und äußert sich nach ein paar ersten Übungen zuversichtlich, dass er bald ohne den Rollstuhl auskommen wird.

Tatsächlich kann der Patient bereits ein paar Schritte gehen, als er das Auto verlässt, ist dann aber froh, auf den Stuhl zurückgreifen zu können. Als sie schließlich mit Bischoff allein ist, ruft Carla in einem italienischen Restaurant in der Innenstadt an und bittet, das Essen auszuliefern, das sie am Vorabend bestellt hat. Dann deckt sie den Tisch, kocht Tee und teilt sich mit ihrem Gast eine Platte mit Antipasti, diversen Salaten und Knoblauchbrot. Bischoff ist sehr erschöpft und kann nur wenig essen, aber er wirkt entspannt und zufrieden.

Nach der kleinen Mahlzeit legt er sich zu einem Schläfchen hin, und als er aufwacht, macht er sich mit deutlich gewachsenem Appetit über eine Wurst- und Käseplatte her.

»War nicht von Wein die Rede?«

Carla nickt. »Ich habe Dr. Nikolai gefragt. Wenn Sie die Tabletten nicht mehr brauchen, dürfen Sie ein Glas trinken.«

»Wir könnten die Schmerztherapie ganz auf Chardonnay umstellen.«

»Jetzt bleiben Sie mal auf dem Teppich.«

»War 'n Scherz«, sagt Bischoff und lacht. Er ist zweifellos auf dem Weg der Besserung.

Carla geht zum Kühlschrank und holt ihm eine Flasche alkoholfreies Bier.

Ihr Gast verzieht das Gesicht. »Sie verstehen es, einen Mann in Stimmung zu bringen.«

»Dafür bin ich bekannt.«

Trotz des Gemeckers nimmt er genüsslich einen ersten Schluck aus der Flasche. »Ich habe den Instrumentenkoffer gesehen. Was ist da drin?«

»Ein Saxofon.«

Bischoff verdreht die Augen. »Das ist klar! Ein gutes?«

»Allerdings. Ein Tenor-Sax von Selmer. Aus der Serie III.«

Bischoff holt tief Luft. »Darf ich es mal anspielen?«

Carla geht ins Nebenzimmer und holt das Saxofon. Ein wunderschönes Instrument, dem man den Preis ansieht. Handgearbeitete Gravur, der Korpus schwarz-, die Klappen goldlackiert, Bogen und Schallbecher aus Messing. Bischoff lächelt verträumt und nimmt es andächtig in die Hand. Er setzt das Mundstück an die Lippen, spielt eine kleine Tonleiter und dann unvermittelt die ersten sechs Takte von »Take Five«. Es klingt nicht ganz wie bei Paul Desmond, aber Carla ist beeindruckt.

Ihr Gast allerdings macht ein schmerzverzerrtes Gesicht. »Die verdammten Rippen«, sagt er. »Ich probiere es später noch mal.« Er lehnt sich zurück und atmet vorsichtig ein und aus. »Darf ich mir das gute Stück morgen oder übermorgen ausleihen?«

»Klar«, sagt Carla. »Das war großartig.«

Bischoff nickt. »Wie sind Sie mit Delors klargekommen?«

Der abrupte Themenwechsel und die Direktheit der Frage bringen sie ein wenig aus dem Konzept, aber sie fängt sich rasch. »Nicht besonders. Ich mochte ihn nicht. Er hat mich gefragt, ob ich meinem Exmann einen Mord zutraue.«

»Und? Tun Sie es?«

»Nein! Felix ist ein Schmuggler und ein Dieb, aber kein Mörder. Er hat jedoch nach meinem Gespräch mit Delors am späteren Nachmittag den Mann erschossen, der Sie beinahe totgeschlagen hat und mich foltern wollte. Doch das war kein Mord, sondern ein finaler Rettungsschuss. In gewisser Weise auch Notwehr.«

»Ich will die ganze Geschichte hören. Alles!«

Sie hat es versprochen, und sie hält sich daran. Bischoff hört gespannt zu und unterbricht sie nicht. Nur als Carla erzählt, dass die Ishtar-Statue weiterhin spurlos verschwunden ist und ihr Dieb sich ebenfalls davongemacht hat, atmet er laut aus und gibt einen Fluch in einer Sprache von sich, die sie nicht versteht.

»Warum haben Sie ihn abhauen lassen?«

»Ich hätte ihn wohl kaum festhalten können. Außerdem hatte er mir gerade das Leben gerettet. Ich bestehe darauf, dass Sie das respektieren. Die Polizei wird nicht erfahren, dass Felix noch lebt und was er getan hat. Auch sonst niemand. Nicht von mir und nicht von Ihnen! Er hat sehr viel Zeit und Geld darauf verwendet, seinen Tod vorzutäuschen, und den ganzen Plan sofort bedenkenlos sausen lassen, als ich in Gefahr war. Und zwar ohne zu zögern! Das allein zählt. Ich will nicht, dass er in den Knast geht oder umgebracht wird.«

Bischoff wirkt ausgesprochen unzufrieden und enttäuscht, denkt lange nach, gibt sich aber schließlich mit der Antwort zufrieden. »In jedem Fall ist das, was Sie mir erzählt haben, ein schöner Beleg dafür, dass es auch bei der Kunst nur noch um Geld geht.«

Carla runzelt erstaunt die Stirn. »Ist das nicht das Prinzip unserer Wirtschaftsordnung?«

»Doch, schon, aber trotzdem hat sich in den letzten vierzig Jahren etwas Entscheidendes geändert, und zwar sowohl bei zeitgenössischen Arbeiten als auch bei alten Meistern: Die Nachfrage gilt nicht mehr besonders schöner oder interessanter Kunst, sondern möglichst *teuren* Werken, deren eigentliche ästhetische Qualität in ihrem Preis liegt.«

»Wie meinen Sie das?«

»Kunstwerke haben sich seit Ende der 1980er Jahre peu à peu zu Objekten der Geldanlage entwickelt. Ich gebe Ihnen ein paar Beispiele. Vor dreißig Jahren, im Mai 1990, ersteigerte ein japanischer Industrieller innerhalb weniger Tage Vincent van Goghs ›Porträt des Dr. Gachet‹ für 82,5 Millionen Dollar und Renoirs ›Bal du moulin de la Galette‹ für mehr als 78 Millionen. Das war damals viel Geld.«

»Das ist es heute auch noch«, wirft Carla ein.

Bischoff zuckt mit den Achseln. »Wie man's nimmt. Im Jahr 2017, also knapp drei Jahrzehnte später, wurde das Leonardo da Vinci zugeschriebene Bild ›Salvator Mundi‹ bei Christie's für sage und schreibe 450 Millionen Dollar verkauft. Das nenne ich mal eine Steigerungsrate! Bei zeitgenössischer Kunst geht es teilweise um noch weit astronomischere Summen. Schauen Sie sich die schicken Livestream-Videos der Auktionshäuser bei YouTube an. Jeder halbwegs saftige Deal wird von denen heutzutage gefilmt und als Werbung ins Netz gestellt.«

Carla nickt und nimmt einen Schluck von ihrem Kräutertee. »Als der Verkauf des dubiosen Leonardo-Bildes 2017 in aller Munde war, habe ich im Fernsehen eine Dokumentation über internationale Auktionshäuser gesehen, in der auch Videosequenzen von Christie's gezeigt wurden. Unter anderem die Versteigerung der Sekhemka-Statue im Auftrag des städtischen Museums von Northampton. Das war ein Riesenskandal damals. Die internationale Museumswelt stand kopf wegen des Tabubruchs. Bereits im Vorfeld gab es zahlreiche Proteste.«

»Die wie immer nicht das Geringste bewirkt haben«, sagt Bischoff.

»Leider nicht. Die Stimme des Auktionators in dem Video klang völlig unaufgeregt«, erinnert sich Carla nachdenklich. »Die Eröffnung lag, glaube ich, bei drei Millionen Pfund. Nach kaum mehr als fünf Minuten fiel bei fast 16 Millionen der Hammer. 4500 Jahre Geschichte wurden genauso cool verscherbelt wie die erste Gitarre von Jimi Hendrix.«

»Geht doch nichts über einen guten Vergleich«, sagt Bischoff.

»Stimmt! Aber so gigantisch wie bei der bildenden Kunst sind die Verkaufspreise bei antiken Kulturgegenständen nicht, oder?«, fragt Carla.

»Auf jeden Fall ist es so viel Geld, dass die Gier der Raubgräber, Schmuggler und Sammler weltweit befeuert wird. Und die Dinge entwickeln sich. Eine Rekordsumme, die mir im Gedächtnis geblieben ist, wurde 2007 erzielt: Eine 5000 Jahre alte Löwin mit menschlichen Gliedmaßen aus dem heutigen Irak brachte bei Sotheby's 57 Millionen Dollar ein. Eine gerade mal acht Zentimeter große Sandsteinfigur, das müssen Sie sich mal vor Augen führen ...«

Was hatte Felix noch mal gesagt? *Ehrenwerte Geschäftsleute, Kunsthändler und Galeristen: Ihre Nachfrage setzt alles in Gang.* »War das ein Einzelfall, oder hat sich der Trend fortgesetzt?«

Bischoff zuckt die Achseln. »Googeln Sie, wenn es Sie interessiert. Seit man die allermeisten Verkaufspreise im Netz nachlesen kann, habe ich keine Lust mehr, mir den ganzen Mist zu merken. Aber eins kann ich Ihnen sagen: Seit mindestens zwei Jahrzehnten werden auch antike Kunstwerke zunehmend zur Vermögensdiversifizierung genutzt und gehören neben Aktien und Immobilien ins Portfolio vieler Geldanleger.«

»Verlockend«, sagt Carla. »Muss ich auch mal drüber nachdenken. Ich verkaufe mein Saxofon und kaufe mir einen kleinen antiken Kunstgegenstand, den ich als Geldanlage irgendwo deponiere. Vielleicht könnten Sie mir was empfehlen?«

»Vielleicht könnte ich das.« Bischoff hat so gute Laune, dass er sich auf Carlas Blödelei einlässt und sie mit seinem gesunden Auge anfunkelt. »Gerade die kleinen Sachen können die reinsten Überraschungseier sein. Was würde Ihr Saxofon denn bringen?«

»Fünftausend Minimum.«

»Das wäre ein schöner Einstieg. Was Kleines eben. Ich erzähle Ihnen eine Geschichte. Haben Sie mal von der sogenannten ›Schweißbrenneraffäre‹ gehört? Kaum zu glauben, dass das schon wieder so viele Jahre her sein soll. Ich war dabei, als der Zoll in Mainz in Anwesenheit von sieben TV-Teams einen Tresor des Römisch-Germanischen Zentralmuseums aufschweißen wollte, in dem sich ein echt sensationeller Schatz befand. Es war ein kleines goldenes Fläschchen, das im Katalog eines Münchner Auktionshauses für lächerliche 1400 Euro geführt worden war. Mitarbeiter des Museums hatten es, sagen wir mal, in Gewahrsam genommen.« Bischoff zwinkert ihr zu und macht eine kleine theatralische Pause. »Es stellte sich nämlich heraus, dass es mitnichten aus der römischen Kaiserzeit stammte, sondern sich um eine sumerische Arbeit aus dem dritten Jahrtausend vor Christus handelte. Fundort Irak, Schwarzmarktwert ein zweistelliger Millionenbetrag. Der Händler schaffte es tatsächlich, die Zollbehörde dafür einzuspannen, ihm sein angebliches Eigentum wiederzubeschaffen, und hätte das Stück aus formalen Gründen beinahe zurückbekommen, wenn die Öffentlichkeit in Form der Fernsehkameras nicht zugegen gewesen wäre. Nach endlosem Hin und Her ging die Sache insofern gut aus, als das Kleinod 2011 an den Irak zurückgegeben wurde.«

»Mein Gott«, sagt Carla verträumt. »Das wär's gewesen. Ein 5000 Jahre altes Goldfläschchen im Wert von zwei Millionen, gekauft für den Preis eines Viertel Saxofons.«

Sie überlegt einen Augenblick. »Was ich nicht so ganz verstehe, ist, wo diese ganzen Kostbarkeiten abbleiben, nachdem sie als Geldanlagen gekauft wurden.«

»In klimatisierten Hochsicherheitstresoren. Über Jahre, manchmal jahrzehntelang, gut gesichert. Sie werden nur rausgeholt, wenn sie verkauft werden sollen. Eine besonders segensreiche Erfindung für diese Herrschaften sind die sogenannten Zollfreilager. Klingt erst mal unspektakulär, hat's aber in sich. In fast allen Hafenstädten gibt es große, gutgesicherte Hallen, in denen Waren deponiert sind, ohne dass Zölle oder Steuern dafür fällig werden. Der ursprüngliche Zweck dieser Hallen war, dem Handel eine Möglichkeit zu bieten, Güter kostengünstig zwischenzulagern. Mit Betonung auf ›zwischen‹. Das wird mittlerweile großzügig umgangen, indem Waren und besonders Kunstwerke, die als reine Spekulationsobjekte und Geldanlage dienen, oft über Jahre beherbergt werden. Hier sind sie nicht nur gut bewacht, trocken und sicher, sondern solange sie nicht transportiert werden, sind auch die Versicherungskosten niedrig, und – wie bereits erwähnt – keiner zahlt Steuern.«

»Das hört sich geradezu märchenhaft an.«

»Ja, das Leben kann schön sein! Und das ganze Setting ist sogar noch ausbaufähig. Manche dieser Lager sind mittlerweile wie Galerien oder Showrooms gestaltet, in denen man die Kunstwerke ausstellen und ansehen kann. Mieter der Räumlichkeiten sind häufig Offshorefirmen mit Briefkästen in Steueroasen. Man kann hier auch kaufen oder verkaufen, ohne dass der Besitzerwechsel publik wird, weil die Güter gar nicht bewegt werden. Und natürlich fallen wieder keine Steuern an.«

Carla schüttelt ungläubig den Kopf, und Bischoff hat sichtlich Spaß daran, sie an seinem Insiderwissen teilhaben zu lassen. »Ich kenne da einen Freeport in Singapur, der einen Spezialservice für reiche Sammler anbietet, die sich ihre Schätze hin und wieder mal live ansehen möchten. Die Firma verfügt in ihren Lagerhallen über wohnlich eingerichtete Räume, in denen die Besitzer, abgeschirmt von schwerbewaffneter Security, bei garantierten 20 Grad Celsius ihre Kunstwerke genießen und Champagner schlürfen können.«

»Das ist ja wirklich unglaublich. Denken Sie, dass in diesen Tresoren auch Fälschungen eingelagert sind?«

»Darauf können Sie wetten! Genauso, wie sie zu Hunderten in den Museen hängen. Niemand hat ein wirkliches Interesse an der Aufklärung von Fälschungsfällen. Solange eine Fälschung nicht auffliegt, kann man mit ihr ja Geld verdienen. Käufer, Verkäufer, Museumsdirektoren und Auktionshäuser sind sich da wunderbar einig.«

Carla schaut auf die Uhr. »Es ist schon spät. Lassen Sie uns schlafen gehen. Ich habe noch ein paar Fragen, aber die hebe ich mir für morgen auf.«

»Apropos Fragen. Sprechen Sie den Doc noch mal auf den Wein an. Ab morgen setze ich die Tabletten ab.« Bischoff grinst. »Angenehme Nachtruhe.«

DREIUNDVIERZIG

Etwas stimmt nicht.

Sie ist auf einer Party, doch es ist die Sorte Party, die sie niemals besuchen würde. Zu jung, zu laut, viel zu heftig. Die Hälfte der Gäste ist völlig zugedröhnt. Nicht mehr ihr Ding.

Eine junge Frau kommt mit lasziven Tanzbewegungen auf sie zu und entblößt lächelnd ein paar sehr spitze Eckzähne. Gleich wird sie, wie in einem alten Tarantino-Film, die Gestalt eines höllischen Ungeheuers annehmen, aber stattdessen schließt die Dame einfach den Mund und dreht sich weg.

Carla schaut sich um. Wo zum Teufel ist sie hier gelandet?

Eine Altbauwohnung. In einem mehrstöckigen Haus in Frankfurt. Mit hohen Fenstern und einem Balkon. Sie öffnet die Tür zum Balkon und tritt hinaus in die Kälte. Der Lärm ebbt ab.

Außer ihr ist niemand da. Sie lehnt sich an das Geländer und betrachtet die Skyline der Großstadt. Die funkelnden Lichter stehen im lebhaften Kontrast zur vollkommenen Stille, die von dort unten zu ihr hinaufdringt. Kein Hupen, kein Verkehrslärm, gar nichts. Wie ist das möglich? Das Haus, in dem sie sich befindet, hat höchstens vier Stockwerke, es gibt nicht einmal einen Fahrstuhl. Sie krallt ihre Finger um das Geländer, beugt sich etwas vor und senkt den Blick in die Tiefe. Dort herrscht eine beinahe undurchdringliche Finsternis, in der sie nach ein paar Sekunden in großer Entfernung ein Gewirr von dünnen Linien ausmacht. Sind das Straßen?

Vor Jahren hat sie Felix in Dubai besucht und damals mit ihm zusammen von der Aussichtsplattform des Burj-Khalifa-Wolkenkratzers aus 456 Metern Höhe auf die Stadt herabgeschaut.

Das hier *kann* nicht sein.

Sie fährt herum, will zurück auf die Party, aber die Fenster hinter ihr sind dunkel und die Gäste verschwunden. Wie verrückt rüttelt sie an der Balkontür, die sich keinen Millimeter bewegt.

Dafür gibt der Boden unter ihren Füßen nach, beginnt sich zu neigen, und mit einem irrsinnig lauten Knirschen und Ächzen lösen sich die Träger des Balkons aus ihrer Verankerung und reißen sie mit in die Tiefe. Ihr Mund öffnet und schließt sich wieder, als sie im freien Fall ganz deutlich *seine* Stimme hört. »Wenn Sie schreien oder irgendwelche Faxen machen ...!« Der Balkon nimmt Fahrt auf, rast wie ein Meteor in Richtung Erde, und bevor er aufschlägt, ist Freddie Mercury zur Stelle.

Mamaaa, ooh-o-o-ohh!

Carla greift nach der Stimme, erwischt das Handy und ist sicher, dass sie sich von diesem Klingelton niemals trennen wird.

»Mein Gott«, keucht sie.

»Tut mir leid«, sagt Aleyna. »Ich bin's nur! Und ja – ich weiß, es ist Viertel nach sechs.«

Carla atmet laut und heftig aus. »Kein Thema! Ich bin gerade mit einem Balkon abgestürzt. Freddie und du, ihr seid im letzten Moment dazwischen. Lieben Dank!«

»Nicht dafür«, sagt Aleyna. »Aber wer ist Freddie? Bist du vernehmungsfähig?«

»Versuch es!«

»Ich muss dringend mit dir sprechen, aber nicht am Telefon. Kann ich nach Frankfurt kommen?«

»Klar! Heute noch?«

»Jepp! Ich hätte es dir schon längst erzählen müssen. Ich hab hier noch ein paar Sachen zu erledigen, aber um 12 Uhr bin ich da.«

»Komm zu mir nach Hause.« Carla gibt ihr die Adresse für das

Navi durch. »Kannst du nicht eine klitzekleine Andeutung machen, worum es geht?«

»Besser nicht!« Aleyna legt auf, bevor sie weiterfragen kann.

Carla lässt sich zurück auf das Kopfkissen sinken, schließt die Augen und rast sofort noch einmal in die Tiefe, fast kann sie den Nachtwind spüren.

Schluss jetzt!

Tage, die mit einem Alptraum beginnen, können nur besser werden. Sie weiß das, weil sie nach der Scheidung jahrelang welche hatte. Alle hatten auf die eine oder andere Weise etwas mit dem Fallen aus großer Höhe zu tun.

Was will Aleyna von ihr?

Was ist so wichtig, dass sie extra deshalb aus Duisburg hierherkommt? Verdammte Geheimniskrämerei.

Sie wirft einen Blick auf den Radiowecker. Ein nostalgisches Relikt aus dem letzten Jahrhundert, von dem sie sich nicht trennen mag, obwohl sie seit ewigen Zeiten kein Radio mehr gehört hat. Es ist mittlerweile fast halb sieben, an Schlaf ist nicht mehr zu denken. Also schwingt sie die Beine aus dem Bett, geht duschen und kocht Kaffee.

Nachdem der Pflegedienst da gewesen ist, frühstückt sie mit Bischoff, und als der sich anschließend mit der Tageszeitung in ihrem Fernsehsessel breitmacht, geht sie ins Obergeschoss, wo sie sich einen Homeoffice-Arbeitsplatz eingerichtet hat, um möglichst nur zwei Tage die Woche in der Kanzlei präsent sein zu müssen. Heute wäre einer dieser beiden Tage, aber sie ruft Mathilde an und gibt durch, dass sie von zu Hause arbeiten wird.

Ihre Sekretärin verkneift sich jeden Kommentar und fragt stattdessen: »Macht der alte Mann Fortschritte?«

»Allerdings! Er hat Appetit, ist nicht mehr so erschöpft und kann schon wieder stundenlang reden und ein bisschen Saxofon spielen. Die Kopfschmerzen sind weniger geworden, und er verlangt nach Wein.«

»Gut«, sagt Mathilde, wieder in diesem ungewohnt milden Ton. »Und danke! Sie wissen, dass ich Ihnen sehr dankbar bin für das, was Sie tun. Es fällt mir nur schwer, so etwas zu zeigen.«

»Passt schon! Ich bekomme heute Mittag Besuch. Bitte nur unbedingt notwendige Anrufe durchstellen. Falls die Polizei sich meldet, ich rufe zurück; nein, besser noch, sagen Sie, ich komme morgen um 9 Uhr aufs Revier.«

Carla beendet das Gespräch und beschäftigt sich den weiteren Vormittag lang mit der Akte eines Trickbetrügers, der mit einem komplizierten Schneeballsystem mindestens zweihundert Leute um ihre Ersparnisse gebracht und sich am Schluss in seinen eigenen Lügen und Versprechungen verheddert hat. Die Beweise gegen den Mann sind so erdrückend, dass sie nicht die geringste Vorstellung hat, wie eine einigermaßen vernünftige Verteidigungsstrategie aussehen könnte.

Es gibt Tage, an denen sie das Strafrecht verflucht. Und die zigtausend strunzdummen Straftäter und ihre Opfer. Sie hat es einfach satt, sich mit ihnen zu beschäftigen.

Und die Alternative?

Was, wenn sie bei Sterneis, Hooge & Partner geblieben wäre? Dann hätte sie bis an ihr Lebensende komplizierte Vertragswerke auf juristische Schlupflöcher hin abklopfen oder solche Schlupflöcher selbst hineinschreiben müssen. Eine nicht gerade erhebende Tätigkeit, die sie perfekt beherrschte. Sie hätte längst ein zweites Haus haben können.

Zwar waren mehr als neunzig Prozent der Fusionen, die die Kanzlei juristisch abwickelte, für die beteiligten Firmen unterm Strich nicht vorteilhaft gewesen, weil sie danach alle an Wert verloren. Aber das hatte sich weder auf die Honorarforderungen von Sterneis, Hooge & Partner noch auf ihr eigenes Gehalt und die Boni negativ ausgewirkt.

Der einzige Nachteil war, dass es sie maßlos angekotzt hatte.

VIERUNDVIERZIG

Als Aleyna mittags ankommt, wartet Carla mit einem opulenten zweiten Frühstück auf sie. Von einem Caterer in der Nähe hat sie ein Brunch-Buffet für zwei Personen geordert, das von süß bis herzhaft keine Wünsche offenlässt. Carla zügelt ihre Neugier, bis ihr Gast satt ist, und schafft es tatsächlich eine halbe Stunde lang, nicht mit den Fingerspitzen auf dem Tisch herumzutrommeln.

»Okay, zwei Sachen«, sagt Aleyna schließlich und genehmigt sich eine weitere Tasse Kaffee. »Einen Tag nachdem wir beide nach Mardin aufgebrochen sind, wurde ein Mitglied meiner Familie überfallen, gefoltert und beinahe getötet. Von einem sehr großen, sehr kräftigen Mann. Es handelt sich bei dem Verwandten um einen entfernten Onkel, der in Marxloh eine Kfz-Werkstatt betreibt. Er ist normalerweise in die Angelegenheiten meines Vaters nicht involviert, wusste aber, dass du in Duisburg warst und wir beide anschließend nach Mardin geflogen sind. Das hat er verraten, als das verdammte Schwein ihm beide Hände mit einem Radkreuz zertrümmert hat. Er wird in seinem Beruf nicht mehr arbeiten können.«

Carla schließt die Augen und hört die Stimme aus der Tankstelle. *Sie glauben nicht, was man in einer Kfz-Werkstatt alles findet, um die Sprachproduktion zu fördern.* Ihr wird übel.

»Das tut mir unendlich leid. Ich wünschte, ich ...«

Aleyna schüttelt den Kopf. »Deswegen erzähle ich das nicht. Es ist genau umgekehrt. Mein Onkel bittet um Verzeihung, weil durch seine Schwäche dein Leben bedroht war. Auch mein Vater schämt sich für ihn, aber er versteht, dass es Schmerzen gibt, die kein Mensch aushalten kann. Beide sind überglücklich, dass das Dreckschwein tot ist, und danken dir.«

»Nicht direkt mein Verdienst.«

»Wer abgedrückt hat, interessiert niemanden.« Aleyna schaut sich suchend um. »Hast du irgendwo Zigaretten?«

»Nein.«

»Scheiße!« Sie gibt ein frustriertes Stöhnen von sich. »Gut, dann muss es ohne gehen. Punkt zwei also: Ich habe drei Bilder mitgebracht, die du dir anschauen musst – und ich fürchte, sie werden dir nicht gefallen.«

Sie zieht einen Briefumschlag aus ihrer Handtasche und entnimmt diesem drei Fotos, die sie nebeneinander auf den Tisch legt. Das erste zeigt eine hochherrschaftliche alte Hausfassade, die Carla bekannt vorkommt.

»Das ist das GAIA in Basel«, erklärt Aleyna. »Ein Hotel in unmittelbarer Bahnhofsnähe.«

Auf dem zweiten Bild sieht man einen großen, prächtig gestalteten Gastronomiebereich. Hohe geschwungene Fenster, Wände und Decke mit Holz verkleidet. Ein edles historisches Ambiente, das zum Zeitpunkt der Aufnahme aber nur wenige Gäste genießen. »Der Frühstücksraum des GAIA. Sehr gediegen und gemütlich. Aber entscheidend ist das dritte Foto.« Aleyna deutet mit dem Finger darauf, und was Carla sieht, trifft ihr Herz wie eine kalte Schaufel Erde.

Das Bild zeigt zwei Männer, die Kaffee trinken und sich angeregt und vertraut zu unterhalten scheinen. Der eine ist Felix, und ihm gegenüber sitzt – Ömer Sahin.

Doktor Schiwago.

Es kommt tatsächlich jemand vom türkischen Konsulat hierher, um Ihnen persönlich mitzuteilen, dass Ihr Exmann gestorben ist? Sehr ungewöhnlich! Mathilde hatte einen verdammt guten Riecher.

Carla starrt auf das Foto und hat das Gefühl, dass ihr Verstand vollständig aussetzt. Leere breitet sich aus, das Blut rauscht in ihren Ohren wie ein Bergbach.

»Ich glaube, du wurdest verarscht, Herzchen!« Aleynas Stimme klingt sanft und ein wenig traurig.

Carlas Blick wandert von ihrem Gesicht zu dem Foto und wieder zurück. »Ja«, sagt sie.

Ihr Hals fühlt sich an wie zugeschnürt, und als sie versucht, ihren Speichel zu schlucken, bewegt sich ihr Kehlkopf keinen Millimeter. Aleyna will einen Arm um sie legen, aber Carla weicht zurück. Steif aufgerichtet sitzt sie auf der Sofakante, und ihr Gehirn beginnt die Puzzlestücke zusammenzusetzen. Teilchen für Teilchen.

»Wie bist du an die Fotos gekommen?«

»Eine etwas komplizierte Geschichte. Als ich dich in Düsseldorf am Flughafen abgeholt habe, war ich nicht allein. Einer von Papas Leuten war bei mir, aber du hast ihn nicht bemerkt. Komisch eigentlich, denn er sieht sehr gut aus.« Aleyna lächelt müde. »Dieser Mann, sein Name ist Walid, hat auf dich achtgegeben, als du nach Frankfurt zurückgefahren bist. Mein Vater wollte, dass du sicher ankommst. Er hatte wie immer eine gute Intuition. Sein Mann hat nämlich bemerkt, dass du beschattet wurdest. Von jemandem, der später in einem Frankfurter Café von einem anderen Mann Geld erhielt. Walid nahm an, als Bezahlung für die Beschattung. Er fotografierte den Mann, der das Geld bezahlt hatte, und folgte ihm bis zum türkischen Generalkonsulat. Komisch, oder? Walid fand das auch merkwürdig. Warum sollte jemand vom Konsulat dich beschatten lassen. Die alte Geschichte ist immerhin vier Jahre her. Also erzählte er es Papa, der erzählte es mir. Ich beauftragte eine Detektei, die an Sahin dranblieb, seinen Namen herausfand und schließlich die Fotos in Basel schoss. Dass dieser Bericht dich mit Verspätung erreicht, liegt daran, dass ich zwei Tage lang nicht in meine Mails geguckt habe. Ich hatte eine Migräneattacke, die mich völlig lahmgelegt hat. Tut mir leid!«

Carla nickt. Wie betäubt sitzt sie da. Sie weiß jetzt, was passiert ist. Und was folgt daraus?

Aleyna lässt ihr Zeit. »Was willst du tun?«, fragt sie schließlich.

»Hilfst du mir?«

»Natürlich!«

»Ich habe hier eine Verantwortung übernommen«, sagt Carla. »Für den alten Mann, der meinetwegen fast totgeprügelt wurde. Er ist zurzeit mein Gast und braucht ein gewisses Maß an Hilfe. Würdest du drei Tage für ihn sorgen und ihm Gesellschaft leisten, während ich in die Schweiz fahre und ein paar Dinge erledige?«

»Kein Problem. Ich habe unzählige Überstunden abzufeiern. Damit könnte ich mal anfangen.«

Carla schließt für einen Augenblick die Augen und denkt über die Reihenfolge ihrer nächsten Schritte nach. Schließlich ruft sie als Erstes einen Anschluss in der Schweiz an und bucht ein Zimmer in einem Hotel.

Dann wählt sie Safiyes Nummer. Nach dem dritten Klingeln ist sie dran.

Carla schenkt sich die Begrüßung und sämtliche Höflichkeitsfloskeln. »Kannst du ihn erreichen?«

Safiye zögert nur kurz. »Ja.«

»Richte ihm aus, dass ich ihn sprechen muss. Persönlich!«

»Er wird nicht nach Deutschland kommen.«

»Muss er nicht. Wir treffen uns in der Schweiz. Übermorgen im Beau-Rivage am Genfer See. Ich erwarte ihn um 18 Uhr in Zimmer 218. Das ist nicht verhandelbar. Wenn er nicht kommt, lasse ich ihn auffliegen.«

Als sie auflegt, runzelt Aleyna besorgt die Stirn. »Was hast du vor?«

»Einmal muss ich noch mit ihm reden und reinen Tisch machen. Lass uns runtergehen. Ich stelle dir Professor Tillmann Bischoff vor.«

Die Begegnung verläuft erfreulich. Die Aussicht auf ein gemütliches Beisammensein mit gleich *zwei* jungen Frauen scheint Bischoff zu beflügeln und seine Lebensgeister zu wecken. Aleyna wiederum kann dem professoralen Oldschool-Charme scheinbar etwas abgewinnen und plaudert ungezwungen drauflos.

Als Carla sieht, dass Aleyna ihn mit ein paar gezielten Fragen über Mesopotamien in ein angeregtes Gespräch verwickelt, lehnt sie sich zurück und denkt über ihren morgigen Besuch in der Mercatorstraße nach. Sie wird ihre offensive Linie beibehalten und sich auf keinen Fall in die Ecke drängen lassen. Gleichzeitig wäre es gut, ein wenig Entgegenkommen zu signalisieren. In Maßen, versteht sich.

Was soll sie Rossmüller erzählen? Und viel wichtiger – was will sie ihm verschweigen? Das wird ein ziemlicher Eiertanz, doch nach und nach legt sie sich eine Geschichte zurecht, prüft sie Schritt für Schritt auf Plausibilität und ist am Ende einigermaßen zuversichtlich, den Termin mit dem Hauptkommissar heil zu überstehen.

Wie weit will sie dieses Spiel treiben? Sie ist lange genug Strafverteidigerin, um zu wissen, dass die Bullen am Ende herausfinden, was sie herausfinden wollen. Eins nach dem anderen. Irgendwann wird sie die Karten auf den Tisch legen müssen. Aber jetzt noch nicht.

Sie schließt die Augen, versucht ihren Geist zu leeren und ein paar Minuten lang an gar nichts zu denken, doch wie immer funktioniert das nicht so richtig. Sie ist nicht der Typ für Meditation. »Zu western-minded«, hat ihre frühere Yogalehrerin immer gesagt.

Stimmt vermutlich. Sie geht ins Nachbarzimmer, wählt die Nummer des Krankenhauses und lässt sich mit der neurologischen Abteilung verbinden.

»Winter! Ich hätte gern mit Dr. Nikolai gesprochen.«

Es dauert ein paar Minuten, aber sie bekommt ihn ans Telefon.

»Was für eine nette Überraschung.« Die Freude in seiner Stimme wirkt ehrlich und tut ihr gut.

»Ich würde Sie gerne noch einmal persönlich sprechen, wenn das ginge. Auch wegen Professor Bischoff.«

»Kein Problem. Ich bin noch eine Weile im Dienst. Wenn es eilig ist, könnten wir uns kurz in der Cafeteria treffen. Oder Sie holen mich um 17:30 Uhr von der Klinik ab, und wir gehen irgendwohin, wo man ungestört reden kann.«

»17:30 Uhr ist perfekt. Ich warte am Haupteingang auf Sie. Wollen Sie nach der Arbeit was essen?«

»Ja, aber nicht sofort. Lassen Sie uns ein Weilchen spazieren gehen, damit ich den Kopf frei bekomme. Danach kriege ich erfahrungsgemäß einen Riesenhunger.«

»Dann reserviere ich uns für 18:30 Uhr einen Tisch. Irgendwelche Vorlieben?«

»Alles außer Sushi und Jägerschnitzel.«

»Abgemacht! Ich freue mich.«

»Und ich erst«, sagt Dr. Nikolai.

Ohne sein Gesicht zu sehen, weiß Carla, dass er lächelt. Minutenlang starrt sie auf ihr Smartphone, nachdem er aufgelegt hat.

Hinter ihr wird die Zimmertür geöffnet, und Aleyna streckt ihren Kopf herein. »Alles okay mit dir? Wir vermissen dich.«

Carla dreht sich um. »Hatte ich dir von dem Arzt erzählt, der Bischoff im Krankenhaus behandelt hat? Dr. Moritz Nikolai? Ich gehe heute Abend mit ihm essen.«

Aleyna grinst anzüglich. »Wallah! Das sind ja interessante Neuigkeiten. Kommst du danach hierher zurück, oder soll ich schon heute Abend auf den Professor aufpassen?«

»Was hast du denn für Fantasien? Du solltest dich was schämen als anständige Muslima!«

Aleyna gluckst vor Lachen. »Mach ich, Schatz! Mach ich!«

FÜNFUNDVIERZIG

Den restlichen Nachmittag verbringt Carla am Schreibtisch und nimmt einen zweiten Anlauf, die Hauptverhandlung gegen den Trickbetrüger vorzubereiten. Sie kann sich nur schwer konzentrieren und ertappt sich dabei, dass sie dauernd auf die Uhr sieht. Dennoch kommt sie ein gutes Stück voran.

Aleyna kutschiert derweil Bischoff zum Friseur und zu verschiedenen anderen Orten in der Stadt, von denen er behauptet, dass sie »auf dem Weg liegen«.

Beide gehen anschließend noch Kaffee trinken und kehren mit einem riesigen Blumenstrauß für Carla zurück, den Bischoff feierlich und gerührt überreicht.

Während sie ihn in eine Vase stellt und auf dem Wohnzimmertisch platziert, denkt sie an den bevorstehenden Abend mit Dr. Nikolai. Sie hat einen Tisch im »Alexis Sorbas« reserviert, einem griechischen Restaurant, das sie gerne mag, und ist einigermaßen zuversichtlich, dass Moritz, den sie in Gedanken bereits beim Vornamen nennt, zufrieden sein wird. Und wenn nicht? Was spielt das für eine Rolle, ob ihm das Lokal gefällt? Ist es ihre Aufgabe, dafür zu sorgen, dass ihm das Essen schmeckt? Ärgerlich kaut sie eine Weile auf dem bescheuerten Gedanken herum, bis ihr aufgeht, dass sie einfach nur nervös ist. Nervös wie eine Fünfzehnjährige, die vor dem ersten Date inständig hofft, dass alles perfekt sein möge.

Auch nicht erfreulich. Es gibt Dinge, die man im Laufe eines Erwachsenenlebens hinter sich lassen sollte, wenn man bei klarem

Verstand ist. Erst recht, wenn man schon einmal jemanden wie Felix Winter kennengelernt hat.

Felix Winter, den sie übermorgen aus ihrem Leben verjagen wird. Zum Teufel mit seinen Abschiedsworten in dieser elenden anatolischen Tankstelle. *Dieses Mal ist es endgültig, Habibi. Wir werden uns nicht wiedersehen. Ich verspreche es.* Großspurig wie immer. Und überhaupt, als wenn das allein seine Entscheidung wäre. Aber sie wird diejenige sein, die ihn abserviert. *Hasta la vista, Licht meines Lebens!*

Vorher muss sie nur noch das Gespräch mit Kommissar Rossmüller durchstehen. Sie hat sich gut darauf vorbereitet, aber Rossmüller ist ein geschickter Taktiker und vermutlich sehr erfahren darin, Leute in Sicherheit zu wiegen und anschließend in den Abgrund zu stoßen.

Schluss mit der dämlichen Grübelei. Heute wird sie einen anregenden Abend mit gutem Essen und einem netten Mann genießen und sich jetzt gefälligst darauf freuen. Basta!

Sie hat an alles gedacht. Die Reservierung des Hotelzimmers in der Schweiz ist bestätigt, die Verteidigung des Trickbetrügers vorbereitet und Bischoffs Betreuung gewährleistet. Kurz überlegt sie, ihren kleinen Audi zur Fahrt in die Stadt zu nutzen, aber zum Essen will sie auf jeden Fall Wein trinken. Also bestellt sie für 17 Uhr ein Taxi und schaut bis dahin alle zehn Minuten abwechselnd auf die Uhr und in den Badezimmerspiegel, während Mathildes Stimme in ihrem Kopf lamentiert. *Ein sehr gutaussehender Mann. Sie hätten sich ruhig ein bisschen ...* Hab ich doch, verdammt!

Ihr schießt durch den Kopf, wie Ellen während der Pubertät ihrer Söhne die damalige Geistesverfassung der Jungs kühl zusammenfasste: *Sie sind in Schwierigkeiten, einfach weil sie fünfzehn und dreizehn sind. Keine Impulskontrolle, verzögerte Einsichtsfähigkeit, komplett hormongesteuert. Pubertät eben! Das ganze Programm des entwicklungsbedingten Wahnsinns.*

Will sie das etwa noch einmal durchleben?

Auf gar keinen Fall!

Aber es fühlt sich so verdammt lebendig an!

Wir brauchen mal 'ne Pause von der Coolness und der ewigen Besonnenheit ...! Woher kennt sie das? Aus einer alten Deutschrock-Nummer, die Ellen in den Achtzigern dauernd geschmettert hat. Carla hat damals nicht begriffen, wovon die Rede war, aber vielleicht sollte sie den Song noch einmal hören. Heute wird sie ihn haargenau verstehen.

Es ist ein merkwürdiges Gefühl, dabei zuzusehen, wie der Verstand sich selbst zerlegt. Nach der Trennung von Felix hat sie sich geschworen, dass ihr das niemals wieder passiert. Nie wieder wird sie sich so auf einen anderen Menschen einlassen, dass es sie zugrunde richtet, wenn der sie verlässt. Und jetzt? Was zum Teufel läuft hier? Hat sie das alles vergessen?

Ist es *möglich*, dass sie gerade drauf und dran ist, sich rettungslos zu verlieben?

Was hat Asan Ekincis auf ihre Frage nach Mardin so kryptisch geantwortet? *Ja, das ist möglich. Aber klug wäre es nicht!*

»Scheiß drauf!«, sagt sie laut.

Vor ihrem Haus hupt der Taxifahrer.

Showtime!

SECHSUNDVIERZIG

Der Abend wird tatsächlich großartig. Dr. Nikolai kommt pünktlich aus seiner Zwölfstundenschicht heraus, hakt sich bei Carla unter wie ein alter Bekannter, und gemeinsam laufen sie eine Stunde lang durch die feucht-kühle Luft eines typischen Märzabends, bevor sie das »Sorbas« erreichen und an einem schönen Ecktisch platziert werden. Sie haben nicht viel gesprochen während dieses Spazierganges, aber das war auch nicht nötig.

Carla spürt eine merkwürdige Vertrautheit, die ihr Begleiter mit wenigen Sätzen und Gesten scheinbar mühelos herzustellen scheint, sodass Verlegenheit erst gar nicht aufkommt.

»Legen Sie Wert darauf, dass wir uns siezen?«, fragt er über den Rand der Speisekarte. Natürlich kennt er die Antwort schon, aber es ist dennoch eine angenehm lässige und formvollendete Eröffnung.

Carla schüttelt den Kopf.

»Gut! Dann lass uns die dienstlichen Themen abhandeln, bevor der vergnügliche Teil beginnt«, sagt Moritz und lächelt sie entwaffnend an. »Du wolltest wegen Professor Bischoff mit mir sprechen?«

Sie lächelt zurück. »Ich wollte dir berichten, dass es ihm wieder ziemlich gut geht. Die Rippenbrüche machen ihm noch zu schaffen, doch sein Kopf hat sich prächtig erholt und die Stimmung auch. Ihr habt sehr gute Arbeit geleistet. Aber, um ehrlich zu sein, Bischoffs Genesung war nur ein Vorwand, um dich hierherzulocken.«

Carla hat sich spontan zur Offenheit entschlossen, und Moritz geht sofort darauf ein.

»Das wäre nicht unbedingt nötig gewesen. Wenn du ›18:30 Uhr im Sorbas‹ gesagt hättest, säße ich jetzt auch hier.«

»Beim nächsten Mal.«

»Ich hoffe inständig, dass es ein nächstes Mal geben wird.«

»Ja«, sagt Carla ernst, »ich glaube, das wird es.«

Moritz lächelt erneut. »Erzähl mir was von dir. Die Essentials. Das Wichtigste in, sagen wir ... einer Minute.«

»Speeddating?«

»In meinem Alter wird's nach hinten hin eng! Keine Zeit zu verlieren.« Er streift tatsächlich seine Armbanduhr ab und legt sie vor sich auf den Tisch.

Carla tut ein wenig entsetzt. »Und ich dachte, du bist Romantiker! So wie ich!«

»Bin ich. Ein Romantiker, dem das Leben davonläuft. Machst du mit?« Moritz grinst so übermütig, dass sie sich davon anstecken lässt.

»Okay! Carla, zweiundvierzig, keine Kinder. Rechtsanwältin mit eigener Kanzlei, geboren in Wiesbaden, zwei Schwestern. Mutter verstorben, Vater lebt in Dänemark. Seit vielen Jahren geschieden. Zurzeit verwickelt in einen gefährlichen Kriminalfall, in den ich unverantwortlicherweise einen alten Mann hineingezogen habe, was mir aber immerhin die Bekanntschaft eines netten Arztes eingebracht hat.«

»Das hast du schön gesagt. Besonders den letzten Teil. Ich bin dran: Moritz, vierundvierzig, Neurologe aus Leidenschaft, geboren im Odenwald, beide Eltern wohnen noch dort, keine Geschwister. Vor vier Jahren geschieden von einer Schauspielerin am Wiener Burgtheater, die mich schlichtweg zu langweilig fand. Ich habe einen zwölfjährigen Sohn, der bei seiner Mutter in Österreich lebt. Zweimal im Monat besuche ich ihn, und diese Wochenenden geben praktisch den Grundrhythmus meines Lebens vor.«

»Wie kommst du mit deiner Ex klar?«

»Gut eigentlich. Sie weint mir keine Träne nach, ist aber auch nicht sauer auf mich. Seit einiger Zeit hat sie eine Liaison mit einem Bildhauer, dessen emotionale Instabilität sie äußerst spannend findet. Der Junge mag ihn auch, also bin ich zufrieden. Was macht dein Exmann so?«

»Er ist Teil des Kriminalfalles, der uns zusammengebracht hat. Davon erzähle ich dir ein andermal. Die ganze irre Geschichte. Aber nicht heute Abend.«

»Dann lass uns was zu essen bestellen.«

Die Speisekarte ist überschaubar, aber gediegen, und die Auswahl geht schnell. Beide entscheiden sich für Fava, ein Mus aus gelben Linsen und karamellisierten Zwiebeln, sowie den zypriotischen Grillkäse als Vorspeise und Wolfsbarsch mit Kräuterkartoffeln als Hauptgang. Der Kellner empfiehlt dazu eine Flasche Malagousia von Gerovassiliou, der mit seinen dezenten Zitronenaromen tatsächlich großartig zum Essen passt. Carla hofft, dass noch Kapazitäten für etwas Walnusskuchen zum Dessert verbleiben, aber das erweist sich als Illusion. Als sie das Fischbesteck beiseitelegt, hat sie das Gefühl, niemals zuvor so satt gewesen zu sein.

Moritz bestellt Mokka und Metaxa und lehnt sich zufrieden zurück.

»Erzähl mir was von deinem Klinikalltag«, bittet ihn Carla. »Wie sieht der ganz normale Wahnsinn bei dir aus?«

Moritz weiß nicht recht, wie er anfangen soll, aber nach kurzem Zögern beginnt er zu erklären, was ihn an den Erkrankungen des zentralen Nervensystems vom ersten Moment an fasziniert hat, und Carla hört interessiert zu. Seine Stimme gefällt ihr immer besser, je länger er spricht. Einen winzigen Augenblick schweifen ihre Gedanken ab, dann gelingt es ihr, sich wieder auf den Inhalt der Worte zu konzentrieren. Was sich durchaus lohnt, denn Moritz hat die Fähigkeit, komplizierte Zusammenhänge allgemeinverständlich darzustellen, ohne in plumpe Vereinfachungen zu verfallen. Rätselhaft, was die Wiener Schauspielerin an diesem Mann langweilig fand.

»Es gefällt mir, wie du von deiner Arbeit erzählst«, sagt sie, als er eine Pause macht, um einen Schluck Metaxa zu trinken. »Ich mag es, wenn Menschen ihren Beruf mit Leidenschaft ausüben, und ein wenig Obsession schadet da überhaupt nicht. Professor Bischoff ist übrigens auch so jemand. Hast du mal mit ihm über seine frühere Tätigkeit geredet?«

Moritz schüttelt den Kopf. »Ich war froh, dass er überhaupt sprechen konnte.«

»Es war sehr interessant, ihn kennenzulernen. Meine Sekretärin hat den Kontakt vermittelt. ›Der alte Narr ist sehr eitel‹, hat sie gesagt. ›Schmeicheln Sie ihm und ziehen Sie einen kurzen Rock an, wenn Sie ihn besuchen.‹«

»Hast du den Rat befolgt?«

»Und ob, aber es wäre nicht nötig gewesen. Bischoff brennt seit Jahrzehnten für sein Lebensthema, und es reicht völlig, wenn man ihn danach fragt. Alt mag er sein, aber ein Narr ist er nicht!«

Carla berichtet von ihrem Besuch in Neu-Isenburg und den interessanten Dingen, die sie von Bischoff erfahren hat. Sie erzählt von Raubgrabungen, illegalem Antikenhandel und den politischen Implikationen dieses Geschäfts und landet schließlich über diesen Umweg bei ihrem eigenen beruflichen Alltag. Bei den kleinen und großen Gaunern, Straftätern und Dummköpfen, denen sie einen fairen Prozess zu verschaffen versucht. Einen Augenblick lang überlegt sie, von Asan Ekincis zu erzählen, aber den hebt sie sich lieber für später auf.

Moritz Nikolai ist ein guter Zuhörer, der nicht nur die richtigen Fragen stellt, sondern zweifellos auch an ihren Antworten interessiert ist. Carla weiß nicht, wann sie sich das letzte Mal so angeregt unterhalten hat, und als der Kellner an ihren Tisch tritt und mit einer Geste höflichen Bedauerns sein großes Portemonnaie aufklappt, stellt sie fest, dass sie die letzten Gäste im Lokal sind.

Carla schlägt vor, die Rechnung zu teilen, Moritz nickt kommentarlos und kann auch damit einen Pluspunkt einfahren. Während sie vor dem Restaurant auf das Taxi warten, setzt ein sanfter Nieselregen ein. Er zieht sie zu sich heran und küsst sie. »Ich möchte dich möglichst schnell wiedersehen.«

»Wann?«

»Das ist das Problem. Morgen muss ich durchgehend arbeiten, und im Grunde habe ich die ganze Woche Spätdienst.«

»Schade!« Carla spürt einen winzigen Stich der Enttäuschung und überlegt während der Taxifahrt zu ihrem Haus, ob sie ihn nicht doch hineinbitten soll. Aber sie hat schon im Restaurant beschlossen, das dieses Mal nicht zu tun. Sie wird nicht am ersten Abend mit ihm schlafen. Eine Woche warten will sie allerdings auch nicht. »Gut, morgen kannst du nicht, und übermorgen Abend bin ich in der Schweiz. Lass uns den Abend darauf nehmen. Komm um 19 Uhr zu mir, und ich verspreche dir eine Überraschung.«

»An was hast du gedacht?«

»Candle-Light-Dinner bei Carla. Mit allem Drum und Dran. Kein Dresscode.«

Sie spürt sein Zögern und legt ein wenig nach. »Ich weiß, du hast höllisch viel zu tun, aber warst du in diesem Jahr schon einmal krank?«

»Nein.«

»Und im Jahr davor?«

»Nein.«

»Findest du so viel aufdringliche Gesundheit nicht auch ein wenig bizarr?«

Moritz lacht leise. »Was gibt es denn zu essen?«

»Kein Jägerschnitzel und kein Sushi. Lass dich überraschen.«

»Und wie hast du dir den weiteren Abend vorgestellt?« Seine schöne Stimme klingt jetzt ein bisschen belegt.

»Ergebnisoffen«, sagt Carla und küsst ihn.

SIEBENUNDVIERZIG

Rossmüller ist immer noch sauer und gibt sich keine Mühe, es zu verbergen.

Carla hat ihn von ihrer ersten Begegnung an konfrontiert und provoziert, und ganz offensichtlich hat er das nicht vergessen. *Bei der Frankfurter Kripo gibt es einen Mann namens Rossmüller, der behauptet, Sie wären ein arrogantes Miststück*, hat der Exbulle in Duisburg gesagt. Wohl wahr.

Die Fronten sind geklärt.

Die Stimmung könnte besser nicht sein.

Carla nimmt auf dem Stuhl gegenüber seinem Schreibtisch Platz und schlägt die Beine demonstrativ übereinander.

Rossmüller schließt den Aktendeckel vor sich und lässt seinen Blick von ihrem Rocksaum aufwärts in Richtung Gesicht wandern. »Sind Sie okay? Gesund, unverletzt und guter Dinge?«

»Auf jeden Fall gesund und unverletzt.«

Rossmüller verzieht das Gesicht. »Warum sind Sie abgehauen?«

»Ich habe mich in Sicherheit gebracht.«

»Mit Hilfe eines Gangsters?«

Carla vollführt eine beschwichtigende Geste mit den Händen. »Ich bin nicht gekommen, um mit Ihnen zu streiten.«

»Wir hätten für Ihre Sicherheit gesorgt.«

»Dazu haben Sie vielleicht noch Gelegenheit.« Sie bemüht sich um einen halbwegs versöhnlichen Tonfall, weil sie weitere Informationen braucht.

Über Rossmüllers Nase bilden sich zwei misstrauische Falten.

»Ist mein Koffer irgendwo aufgetaucht?«, will Carla wissen. »Der mit den Känguru-Aufklebern? Ich habe Ihnen am Telefon gesagt, dass der Mann ihn im Bahnhof dabeihatte.«

»Negativ. Die Bundespolizei hat weder den Mann noch den Koffer gefunden. Entweder hat er ihn mitgenommen oder stehenlassen und irgendwer hat ihn einfach geklaut.«

»Scheiße! Haben Sie etwas über den Dreckskerl herausgefunden?«

Ihr Gegenüber nickt widerstrebend. »Das haben wir. Zunächst mal gehen wir, genau wie Sie, davon aus, dass es sich bei den Morden an Debus und Wassouf sowie dem Angriff auf Professor Bischoff um den gleichen Täter handelt.«

»Wissen Sie, wer er ist?«

»Sein Name ist István Jancovics. Mutter Ungarin, Vater Kroate. Beide inzwischen verstorben. Sie emigrierten Anfang der siebziger Jahre nach Deutschland und eröffneten im schönen Hannover einen Balkangrill. Hier kam auch 1975 Sohn István zur Welt.«

»Woher wissen Sie das?«

»Wir konnten ihn identifizieren. Von dem Gerichtsmediziner wussten wir, dass Halim Wassouf in den Abendstunden ermordet wurde. Die Zeitleiste war nach hinten terminiert durch die Schließungszeit des Palmengartens um 18 Uhr. Am Eingang Siesmayerstraße gibt es eine Webcam, die unter anderem die Besucherströme aufzeichnet. Ein Glücksfall. Bei der Auswertung der Bilder zählten wir zwischen 16 und 18 Uhr 197 Personen, die rein- und rausgingen. Wir hatten die Beschreibung, die Sie uns durchgegeben hatten. Also war klar, dass wir einen großen, breitschultrigen Mann suchten. Somit konnten wir 103 Frauen ausschließen und 57 Männer, die von der Statur her nicht in Frage kamen. Unter ihnen das Opfer, versteht sich. Blieben 37 Personen übrig, die in etwa Ihrer Beschreibung entsprachen. Es gelang uns, die Bildqualität so weit aufzumotzen, dass die Gesichtserkennungssoftware mit den Fotos etwas anfangen konnte. Eines der Gesichter tauchte sowohl in den Datenbanken von Interpol als auch in einer des Internationalen Gerichtshofes in Den Haag sowie des BKA auf: István Jancovics.«

»Das haben Sie tatsächlich mal gut gemacht«, sagt Carla.

»Ich bin überglücklich, dass Sie zufrieden sind.«

Sie verflucht ihr Lästermaul und ist froh, dass Rossmüller trotz seiner finsteren Miene weiterspricht. »Die Ermittler in Den Haag hatten am meisten über ihn, weil er 1992, kurz vor dem Abitur, Schule und Elternhaus verließ, um in den bosnischen Bürgerkrieg zu ziehen. Er schloss sich den Truppen des *Kroatischen Verteidigungsrates* an und wurde nach dem Krieg wegen seiner Beteiligung am Massaker von Vitez mit internationalem Haftbefehl gesucht. Zwischen 1995 und 2000 soll er bei der Fremdenlegion gewesen sein. Danach verliert sich seine Spur, bis er 2013 im Zusammenhang mit dem dreisten Diamantenraub auf dem Brüsseler Flugfeld ins Visier gerät. Jancovics wird verhaftet, kommt wieder frei und erwirbt sich einen Ruf als Bodyguard, Cleaner und Schuldeneintreiber. Spezialisiert auf maximale Einschüchterung. Ein gefährlicher Mann. Wenn wir ihn schnappen, erfahren Sie es als Erste.«

»Das würde mich sehr freuen«, sagt Carla betont höflich, was Rossmüller nur misstrauischer macht.

»Wie ist es bei Ihnen gelaufen? Wo genau in der Türkei sind Sie gewesen? Und warum?«

»In Südostanatolien. Die Stadt heißt Mardin. Sehr schön da. Asan Ekincis' Familie stammt aus der Gegend, und ich hatte dort jede Unterstützung, die ich brauchte.«

»Wobei brauchten Sie Unterstützung?«

»Ich wollte ein paar Nachforschungen zum Tod meines Exmannes anstellen.«

»Und? Haben Sie was Interessantes herausgefunden?« Auch Rossmüllers Ton ist umgänglicher geworden, und die Spannung zwischen ihnen lässt etwas nach.

»Wie man's nimmt. Felix' Tod war zweifellos ein Unfall. Ich

hatte Gelegenheit, mit Ihren türkischen Kollegen in Mardin zu sprechen, die haben das sehr sorgfältig untersucht. Ein aufschlussreiches Gespräch hatte ich auch mit einem französischen Interpol-Beamten aus Lyon namens Delors, der in Mardin offenbar hinter meinem Exmann her gewesen ist.«

Rossmüller macht sich Notizen, Carla hat nicht den Eindruck, dass ihm der Name des Franzosen etwas sagt.

»Er beschrieb Felix als einen gefährlichen Kriminellen«, fährt sie fort, »der zwei Jahrzehnte lang als Drahtzieher von Raubgrabungen, Plünderungen und Schmuggel tätig war, bevor er sich gerechterweise zu Tode fuhr.«

»Haben Sie sonst noch mit jemandem gesprochen?«, will Rossmüller wissen.

»Mit Wassoufs Tochter Safiye. Sie wusste von Felix' kriminellen Machenschaften, aber die waren ihr egal. Felix Winter hatte ihren Vater gerettet, und dafür liebte sie ihn. Basta! Wohin die Ishtar-Statue verschwunden ist, wusste sie angeblich aber nicht.«

»Haben Sie ihr geglaubt?«

»Ja. Sie hat mir ganz freimütig alles erzählt, was ich schon wusste. Felix und Halim Wassouf haben versucht, ihre Auftraggeber zu bescheißen. Zusammen mit einem armenischen Kurier wollten sie die Statue auf dem Weg nach Westeuropa verschwinden lassen und untertauchen. Irgendetwas ist dabei schrecklich schiefgelaufen. Jetzt ist die Gottheit unauffindbar, der Kurier ebenfalls, Felix ist tödlich verunglückt, und ein Schwerkrimineller hat im Auftrag der Hintermänner zwei Menschen getötet und einen weiteren schwer verletzt. Eine saubere Bilanz.«

»Ja, tragisch, tragisch, tragisch«, murmelt Rossmüller.

»Ist Ihnen irgendwie zum Scherzen zumute?«, will Carla wissen. Sein Zynismus hat sie schon beim ersten Verhör abgestoßen.

»Warum sind Sie eigentlich so schnell zurückgekehrt?«, wechselt er abrupt das Thema.

»Wie bitte?«

»Na, Ihre plötzliche Heimkehr. Sie haben sich in die Türkei abgesetzt, weil Sie Angst vor einem Killer hatten. Sie haben uns nicht zugetraut, Sie zu beschützen, also haben Sie die Hilfe von Asan Ekincis in Anspruch genommen. Ihre Sekretärin teilte mit, Sie wären drei Wochen außer Landes. So weit, so gut. Aber dann waren Sie schon nach wenigen Tagen wieder hier. Woher der Sinneswandel? Hatten Sie keine Angst mehr, dass dieser Jancovics wieder auftaucht? Hat sich das mit dem Killer plötzlich erledigt?«

Ganz offensichtlich hat sie Rossmüller unterschätzt. Tief anfliegen, weiche Fragen stellen, das Opfer in Sicherheit wiegen und dann zuschlagen. Eine gute Methode.

»Ich hatte es satt, wegzulaufen!« Keine ganz schlechte Antwort, aber Rossmüller hat ihre Verblüffung und das minimale Zögern bemerkt.

»Aha«, sagt er. »Wissen Sie, was die Jandarma ist?«

Wieder ein Überraschungsangriff. Diesmal gelingt es Carla, das Erschrecken zu verbergen, aber in ihrem Kopf schrillt ein Alarm, der sich nicht abstellen lässt. Trotzdem kommt ihre Erwiderung glatt und unaufgeregt heraus. »Das ist der Teil der türkischen Polizei, der auf dem Land zuständig ist.«

Rossmüller nickt. »Ähnlich wie die Gendarmerie in Frankreich, die Carabinieri in Italien oder die Guardia Civil in Spanien. Alle Einheiten wurden ursprünglich für den ländlichen Raum konzipiert, und alle sind auf die eine oder andere Weise mit dem Militär verbunden. Und es gibt noch eine weitere Gemeinsamkeit: Alle haben den Ruf, weniger korrupt zu sein als die Polizei in den Städten.«

»Hat das irgendetwas mit mir zu tun?«

Rossmüller zuckt mit den Achseln. »Sagen *Sie* es mir. Die Jandarma in Anatolien hat auf einem Acker in der Nähe von Diyarbakır eine männliche Leiche mit einer Schusswunde gefunden. Ein sehr großer, kräftiger Mann. Die Beamten hatten den Eindruck, dass er ausländisch aussah, und schenkten dem Fall besondere Aufmerksamkeit. Obwohl schon zahlreiche Tiere sich an dem Leichnam zu schaffen gemacht hatten, gelang es, ihn erkennungsdienstlich zu behandeln. Ein routinemäßiger Datenabgleich mit Interpol ergab, dass es sich um den gesuchten deutschen Staatsbürger István Jancovics handelte. Die Information ging von Lyon aus ans BKA in Wiesbaden und landete schließlich auf meinem Tisch.«

»Wow!«, sagt Carla.

»Genau das habe ich auch gedacht: Wow! Vor allem, als ich dann mitbekam, dass Sie viel früher als geplant nach Deutschland zurückkehrten ...«

»Und da haben Sie sich gefragt, ob ich nicht einen zwei Meter großen Kriegsverbrecher und Auftragsmörder auf einen türkischen Acker gelockt und erschossen haben könnte!«

»Haben Sie?«

»Klar«, sagt Carla. »War 'n Kinderspiel!« Dann steht sie auf und geht zur Tür. Rossmüllers Stimme in ihrem Rücken nagelt sie fest.

»Ich wette, Sie haben gewusst, dass er tot ist!«

Carla reckt den rechten Mittelfinger in die Höhe und geht durch die Tür, ohne sich umzudrehen. Das wollte sie immer schon mal machen.

ACHTUNDVIERZIG

Als sie das Gebäude in der Mercatorstraße verlässt, ist es gerade einmal halb elf. Carla bleibt auf dem Gehweg stehen, versucht ihren Atem unter Kontrolle zu bringen, und grübelt darüber nach, ob sie einen Fehler gemacht hat.

Es ist Rossmüller gelungen, sie zu verunsichern, und das hat er auch bemerkt.

Aber nützen wird es ihm nichts. Oder? Trotz ihrer Nervosität hat sie sich gut geschlagen.

Über kurz oder lang wird die Polizei erfahren, dass ihr Exmann noch lebt und was er getan hat, aber den *Zeitpunkt*, wann Felix zur Jagd freigegeben wird, bestimmt sie und niemand sonst. Rossmüller hat bis jetzt keine Handhabe, ihr da in die Quere zu kommen. Kein Grund, sich verrückt zu machen.

Sie macht sich auf den Weg zum Parkplatz, fährt in die Kanzlei und wird dort von einer ungewöhnlich heiteren Sekretärin begrüßt. »Wie war Ihr Abend gestern? Ist das nicht ein reizendes Exemplar? Ich hab doch gewusst, dass der Ihnen gefällt! Was sag ich, *wetten* hätte ich drauf können!«

»Woher zum Teufel wissen Sie das?«, unterbricht Carla den Redeschwall.

Mathilde kann das Grinsen offenbar gar nicht mehr abstellen. »Ich habe Till Bischoff angerufen. Der hat mir erzählt, Sie hätten ein Date mit seinem Doktor.«

»Wie haben Sie das aus ihm rausgekriegt?«

»Ich war früher mal bei der Inquisition.«

»Echt jetzt?«

»Ist lange her«, sagt Mathilde in wegwerfendem Tonfall. »Aber irgendwo habe ich noch ein paar Daumenschrauben. Egal, ich freue mich, dass Sie da endlich mal Geschmack bewiesen haben.«

Mathilde beherrscht nicht nur die Kunst der schonenden Abwertung, sondern auch die des vergifteten Lobes.

Carla übergeht die Bemerkung. Sie hat keine Lust zu streiten, und ihre Sekretärin scheint sich jenseits aller Boshaftigkeit ehrlich für sie zu freuen. Also, warum die Dinge nicht entspannt angehen. Zeit, die Karten neu zu mischen. Sie geht in ihr Büro, schließt die Tür hinter sich und fläzt sich in einen der Besuchersessel. Nach kurzer Überlegung greift sie zum Telefon und wählt die Nummer ihrer Schwester.

»Hallo, Schatz«, sagt Ellen. »Wie schön, dass du wieder da bist.«

Carla redet nicht lange drum herum. »Könntest du mir einen Gefallen tun, mit dem ich fünfzig Jahre in deiner Schuld stünde?«

Ellen kichert. »Noch einen? Okay, sagen wir mal, hundert Jahre. Worum geht es?«

»Ich bekomme Besuch, den ich maximal beeindrucken möchte. Würdest du übermorgen Abend für mich kochen? Zwei Personen, festlicher Rahmen, ernste Sache.«

»Drei oder vier Gänge?«

»Drei reichen.«

Ellen überlegt kurz. »Übermorgen Abend habe ich keine Zeit, aber ich denke mir was aus, das sich ohne Qualitätsverlust warm machen lässt. Ich könnte es dir so um fünf Uhr nachmittags vorbeibringen. Wäre das okay?«

»Das wäre absolut fantastisch.«

»Gut! Wann lerne ich ihn kennen?«

»Bald.«

»Wehe, wenn nicht«, sagt Ellen, bevor sie auflegt.

Das war einfacher als gedacht. Carla grinst und lehnt sich zurück. Dann schreibt sie Moritz eine WhatsApp-Nachricht: »Wenn du ein paar Minuten hast, ruf mich an!«

Eine Viertelstunde später klingelt ihr Handy. »Ich wollte nur deine wundervolle Stimme hören«, sagt sie zur Begrüßung.

Moritz lacht. »Das ist leicht für mich. Immer, wenn ich was sagen will, springt sie an.«

»Umso besser! Wenn wir uns treffen, musst du mir was vorlesen. Etwas Sterbenslangweiliges, das mich nicht vom Stimmklang ablenkt.«

»Und bis dahin ...«

»Bis dahin schmeichelst du mir«, unterbricht sie ihn.

»Auch das ist leicht: Du bist die schönste und klügste Frau, die ich jemals getroffen habe!«

»Das, mein Lieber, ist nur die schnöde Wahrheit! Ich sagte: *Schmei-cheln!*«

Moritz hat offenbar große Mühe, ernst zu bleiben, aber er schafft es. »Da muss ich wohl weiter ausholen. Am besten, wenn ich dir leibhaftig gegenübersitze. Am Telefon kommt das nicht so rüber.«

Carla holt tief Luft. »Ich sehe, du verstehst, wohin die Reise geht. Wir sehen uns also übermorgen Abend bei mir?«

»Jepp! Was machst du eigentlich in der Schweiz?«

»Ich treffe mich am Genfer See mit meinem Exmann und übernachte dann da.«

»Oh«, sagt Moritz. »Darf ich fragen, warum?«

»Ich werde mit ihm Schluss machen!«

»Seid ihr nicht schon ewig geschieden?«

»Geschieden ist *eine* Sache! Ab morgen ist *Schluss!* Was den Unterschied ausmacht, wird er wissen, wenn ich mit ihm fertig bin!«

NEUNUNDVIERZIG

Das Beau-Rivage am Quai du Mont Blanc ist eine Topadresse in Genf. Kofi Annan, Charles de Gaulle, Eleanor Roosevelt und der Dalai Lama haben in diesem Hotel logiert. Kaiserin Sisi von Österreich erlag hier den Folgen der Messerattacke eines italienischen Anarchisten, und 1987 wurde der Ex-Ministerpräsident Schleswig-Holsteins in der Badewanne von Zimmer 317 tot aufgefunden.

Das Hotel ist groß, enorm teuer und berühmt für seine Diskretion. Angeblich sollen etliche Zimmer sogar schallisoliert sein. Carla hält das für absolut möglich. Felix und sie haben hier einmal drei verrückte Tage und Nächte lang sein Geld mit vollen Händen herausgeworfen und dabei garantiert einen Höllenlärm veranstaltet. Es gab keinerlei Beschwerden. Sie erinnert sich, dass die Vielzahl der Promigäste und die bizarren Todesfälle der Grund waren, warum sie damals unbedingt hier übernachten wollte, was ihr heute ein wenig peinlich ist.

Aus heutiger Sicht ist ihre Naivität in Bezug auf Felix grenzenlos gewesen. Nicht ein einziges Mal hat sie sich gefragt, wieso ihr Mann als Angestellter einer Firma für Meerwasserentsalzung derart horrende Summen für Hotel- und Restaurantrechnungen ausgeben konnte. Sie hat das Luxusleben einfach als angemessenen Ausgleich für die vielen einsamen Stunden betrachtet, die Felix ihr zumutete.

All diese Gedanken und Erinnerungen gehen ihr durch den Kopf, als sie am späten Nachmittag nach knapp acht Stunden Autofahrt das Hotel erreicht. Doch sie spielen keine Rolle mehr.

Zweifel und Bedenken hinsichtlich ihres Planes sind abgehakt. Heute ist ein historischer Tag. Vor ein paar Wochen hat sie gedacht, der einsame Abschied an Felix' Grab sei der Schlussstrich unter einem wichtigen Teil ihres Lebens gewesen. Als sie dann vor ein paar Tagen die Tankstelle verließ, hatte sie ein ähnliches Gefühl gehabt und war endgültig sicher gewesen, ihn nicht mehr wiederzusehen. Beides war verfrüht. Der Tag der Abrechnung ist heute, und die Auswahl der Location wird sie mehr als fünfhundert Euro kosten, aber das ist es wert. Das Beau-Rivage ist genau der richtige Rahmen für ein würdiges Finale.

Nach dem Einchecken nutzt sie die Zeit bis zum Treffen mit Felix für einen Bummel am Seeufer, achtet aber sorgfältig darauf, um 17:45 Uhr wieder im Hotel zu sein. Um diese Zeit bringt der Zimmerkellner auch den Champagner, den sie bei ihrer Ankunft geordert hat. Sie bittet ihn, die Flasche zu öffnen und zwei Gläser einzuschenken. Dann nimmt sie einen kleinen Schluck, lehnt sich zurück und wartet.

Felix ist pünktlich. Nach einem kurzen Klopfen steht er um 6 Uhr im Türrahmen.

»Hallo Habibi«, sagt er freundlich, aber sie spürt seine Nervosität.

Sie nickt, deutet auf einen der Clubsessel ihr gegenüber und prostet ihm zu. Felix greift nach seinem Glas, probiert den Champagner und lächelt anerkennend. Er setzt sich, schlägt die Beine übereinander und gibt Carla ausgiebig Gelegenheit, ihn zu betrachten.

Auf geschickte Weise ist es ihm gelungen, sein Aussehen zu verändern. Die eigentlich glatten blonden Haare sind jetzt dunkelbraun gefärbt, leicht gelockt und weisen ein paar graue Strähnen auf. Dementsprechend ist auch der ehemals blonde Siebentagebart dunkel mit grauen Einsprengseln. Braune Kontaktlinsen passen die Augenfarbe an, und die gleichmäßige Solariumbräune komplettiert das mediterrane Gesamtbild. Alle Veränderungen wirken unaufdringlich und natürlich. Möglicherweise sind sie das Werk einer professionellen Maskenbildnerin.

Auch hinsichtlich des Outfits hat er sich neu erfunden. Die lässigen Globetrotter-Klamotten und Boots, die Carla immer an alte Camel-Werbespots erinnert haben, sind durch einen Nadelstreifenanzug von Gucci und ganz offensichtlich teure Schuhe ersetzt worden. Die Rolex und der dicke Siegelring an der rechten Hand runden das Bild des reichen Levantiners ab. Mit seinem perfekten Arabisch dürfte er keine Probleme haben, sich als wohlhabender Libanese oder Syrer auszugeben.

Als Carla weiterhin schweigt, wirft er einen diskreten Blick auf seine Angeberuhr und setzt das Lächeln auf, das er offenbar immer noch für unwiderstehlich hält.

»Es war nicht nötig, mir zu drohen, Habibi. Ich hätte mich auch so mit dir getroffen, vor allem an diesem nostalgischen Ort. Allerdings bin ich ein winziges bisschen in Eile. Also, was wird das hier?«

Carla lacht leise. »So etwas wie ein Abschlussgespräch. Ich erzähle dir eine Geschichte. Du hörst gut zu und benimmst dich. Für den Fall, dass du das nicht tust, habe ich ein paar Vorkehrungen getroffen. Bei einem Frankfurter Notar ist ein Schreiben hinterlegt, das alle Fakten und Details enthält, die gleich zur Sprache kommen werden. Falls mir etwas zustößt, kannst du dir denken, welche Anweisung meine Sekretärin hat.

Zu meiner weiteren Sicherheit ist draußen auf dem Flur ein Mann mit einer Glock 17. Willst du ihn sehen?«

Felix schüttelt den Kopf.

»Gut! Also, hier kommt die Geschichte.« Sie schenkt noch ein wenig Champagner nach und lehnt sich zurück. »Pass gut auf. Es war einmal ein Schmuggler und Abenteurer, der sich auf antike Kunstwerke spezialisiert hatte. Ein netter Typ eigentlich. Intelligent, charmant, risikofreudig, sehr gutaussehend. Er verdiente über viele Jahre einen Haufen Geld und bewegte sich aufgrund seiner exzellenten Sprach- und Ortskenntnisse im gesamten Nahen und Mittleren Osten wie ein Fisch im Wasser.

Zwischendurch machte er der Liebe wegen einen Abstecher nach Deutschland, stellte aber bald fest, dass die Bedürfnisse der kleinen Juristin, die er in Frankfurt erobert hatte, mit seinen Vorstellungen von der Zukunft unvereinbar waren. Also korrigierte er diesen Fehler und wandte sich wieder seinen Lieblingsbeschäftigungen zu.

Das hätte ewig so weitergehen können. Für reiche Hintermänner koordinierte er Plünderungen, Raubgrabungen und die Bestechung lokaler Behördenvertreter, kümmerte sich um Schmuggelrouten und gefälschte Provenienzen und führte offenbar ein zufriedenes Leben. Bis ... ja, bis er vor nicht allzu langer Zeit eine spezielle babylonische Statue in die Finger bekam, die er für seine Auftraggeber aus dem Irak über die Türkei und Deutschland in die Schweiz schmuggeln sollte. Diese Figur war so immens kostbar, dass er der Versuchung, sie zu stehlen, nicht widerstehen mochte.

Einem syrischen Freund, auf dessen Loyalität er sich absolut verlassen konnte, unterbreitete er folgenden Plan: Er selbst wollte die Figur aus dem Irak in die Türkei schaffen, ein Mittelsmann sollte sie von Istanbul nach Frankfurt schmuggeln, und auf diesem Teilabschnitt sollte sie ›abgezweigt‹ und der Verlust dem türkischen Zoll angelastet werden. Unser Schmuggler tat aber etwas ganz anderes, als er seinem syrischen Freund Wassouf erzählt hatte.«

»Klingt ziemlich abstrus. Willst du damit zu den Bullen?«

»Keine Sorge, dies ist eine private Unterhaltung. Ich hatte gestern ein langes Gespräch mit der Frankfurter Polizei und habe verschwiegen, was du getan hast und dass du noch lebst. Ob das deine Situation verbessert, werden wir sehen.

Du hast die ganze Sache mit Ömer Sahin geplant. Und natürlich mit dem Bestatter in Diyarbakır. Lebt der noch, oder habt ihr den sicherheitshalber beseitigt? Egal, du hast den Unfall inszeniert und die Statue in dem Sarg mit der falschen Leiche versteckt. Ich nehme an, auch dabei hat der Bestatter geholfen. Und die türkische Polizei natürlich. Ein paar von den Bullen in Mardin hast du auch geschmiert, oder? Sonst wäre es vermutlich nicht gegangen. Ich bin drauf gekommen, weil die Haydar und mich nach einem einzigen Anruf plötzlich so überaus freundlich nach Hause entlassen haben. Und Ömer Sahin vom Konsulat in Frankfurt hat mit seinen exzellenten Beziehungen in der Türkei dafür gesorgt, dass nach dem Unfall das ›richtige‹ Beerdigungsinstitut den Auftrag bekam und die deutsche Botschaft in Ankara angerufen wurde. So kam ich ins Spiel. Das war echt brillant. Aber weißt du, was der Hammer war?«

Felix runzelt fragend die Stirn. »Ich höre?«

»Wie du Sahin zu mir geschickt hast. Mit der Frage, ob ich für die Überführung und die Beisetzung aufkommen möchte. Das war ein gewisser Schwachpunkt in dem Plan und ziemlich riskant. Was wäre gewesen, wenn ich gesagt hätte: Scheiß auf Felix Winter! Verscharren Sie ihn in Anatolien! Aber du hast intuitiv *gewusst*, dass ich das nicht tun würde. Nicht tun *konnte*. Du Arschloch hast voll darauf gesetzt, dass ich dich einmal geliebt habe! Wenn das kein Zynismus ist. Wie auch immer – so kam die babylonische Gottheit auf einen deutschen Friedhof. Ömer Sahin war verdammt nervös deswegen.«

Felix nickt. »Wie bist du darauf gekommen?«

»Ich denke, es war deine Bemerkung, du hättest wegen der Leiche im Sarg den Bestatter in Diyarbakır bestochen. Ich habe das zunächst einfach geschluckt, weil ich so verdammt erleichtert war, dass du niemanden getötet hattest. Erst später sind mir Zweifel gekommen. Ich glaube, man kann in der Türkei alles Mögliche kaufen, aber keine Leichen. Und dann ist mir ein Foto zugespielt worden, da hat es dann klick gemacht. Du und Ömer Sahin beim Diskutieren in einem Schweizer Hotel.«

Felix nickt wieder. »Bist du fertig?«

»Noch nicht ganz.«

Ihr Exmann legt erneut die Stirn in Falten, wie ein ratloser Kandidat in einer Quizshow.

»Du hast Safiye verarscht und den Tod ihres Vaters billigend in Kauf genommen. Alles, was du ihnen erzählt hast, war gelogen. Dass die Figur verschwunden war, dass ein ominöser Armenier sie nach Frankfurt bringen sollte, dein Unfall ... alles Fake. Wassouf hat bis zuletzt nicht gewusst, dass du noch lebst, und getrauert ohne Ende. Und so verzweifelt auf die verdammte Statue gewartet! Dir war völlig klar, wie deine Auftraggeber ticken, und du hast ihn ins offene Messer laufen lassen.« Carlas Ton ist mit jedem Satz schärfer geworden.

»Ich habe ihm sieben Lebensjahre verschafft, als ich ihn aus Sednaja herausholte.«

»Und das gab dir das Recht, ihn später nach eigenem Gutdünken zu opfern?«

»Du verstehst das nicht. Wassouf hat immer von geliehener Zeit gelebt. Er wäre auch für mich gestorben, wenn ich ihn einfach darum gebeten hätte.«

»Bist du sicher, dass seine Tochter das auch so sieht? Sie war nämlich nicht eingeweiht, oder? Ich nehme an, du hast dich bei ihr gemeldet, als ich in Mardin aufgetaucht bin. Deine Auferstehung von den Toten hat sie garantiert genauso umgehauen wie mich, aber sie war so unendlich glücklich, dich lebend zu wissen, dass sie keine einzige Frage gestellt hat. Und sie war weiterhin loyal. Und da hast du dir gedacht, dann kann sie sich auch nützlich machen und ein wenig deine Exfrau bespitzeln.«

»Du hältst nichts von ihr, oder?«

»Im Gegenteil, aber darum geht's hier nicht. Sie liebt und verehrt dich. Du hast es geschafft, mit einer einzigen guten Tat zwei bis zur Selbstaufgabe loyale Verbündete zu rekrutieren. Nicht schlecht. Es war verdammt schlau von dir, Safiye nicht anzurühren, obwohl du mit Sicherheit scharf auf sie warst. Dass du keine Gegenleistung wolltest, hat dir ihre ewige Treue gesichert.«

»Musst du alles so zynisch in den Dreck ziehen?« Felix gönnt sich ein winziges spöttisches Lächeln.

»Vielleicht sollte ich dich von dem Mann im Flur zusammenschlagen lassen«, sagt Carla nachdenklich. »Aber das können wir ja immer noch machen. Drei Fragen hätte ich noch – obwohl, die erste habe ich mir eigentlich schon selbst beantwortet: Der Mann, der als Felix Winter auf dem Frankfurter Friedhof liegt, war der Spitzel von Delors, den du höchstpersönlich umgebracht hast?«

Felix antwortet mit einem kaum merklichen Kopfnicken. »Zweite Frage?«

»Wieso war der Jeep auf Felix Winter gemietet und nicht unter einem falschen Namen?«

»Ich hatte ihn schon lange vor diesen Ereignissen gemietet und einem meiner Kuriere als eine Art Dienstwagen zur Verfügung gestellt. Als Safiye mich deinetwegen anrief, musste alles sehr schnell gehen. Also habe ich ihn genommen. Frage Nummer drei?«

»Wie und wann wolltet ihr die Gottheit aus dem Sarg holen?«

Felix grinst auf die schelmisch-spitzbübische Weise, der Carla früher nicht widerstehen konnte und die sie heute zum Kotzen findet. »Da hatten wir eine wunderbare Idee, aber die würde ich gerne für mich behalten. Was hast du denn nun vor? Willst du mich der Polizei übergeben? Immerhin bin ich losgezogen, habe dich gesucht und dein Leben gerettet. Und Wassoufs Tod gerächt.«

»Stimmt! Eine sentimentale Regung. Du bist eben kein lupenreines Monster. Nobody is perfect. Ich glaube sogar, dass du irgendwie noch immer an mir hängst. Du hast damals in die Scheidung eingewilligt, weil ich ein Klotz am Bein war. Mit meinen Träumen von Haus, Kindern und Vorgarten. Im dritten Jahr unserer Ehe hattest du die Nase eigentlich schon voll. Du hast es nicht bei mir ausgehalten, aber auf deine Art hast du mich gerngehabt.«

»Das tue ich noch.«

»Ja, scheiß drauf! Vielleicht hast du auch nur angenommen, Safiye würde es verdächtig finden, wenn du mir nicht hilfst. Schließlich warst du ihr Held. Außerdem stellte natürlich Wassoufs Mörder für *dich* ebenfalls eine erhebliche Gefahr dar. Es war auch in deinem Interesse, ihn zu beseitigen.

Egal – spielt alles keine Rolle mehr. Dass du mich gerettet hast, ist dein großer Pluspunkt. Und dass du irgendwie dafür gesorgt hast, dass die Bullen in Mardin mich laufen ließen. Nur deswegen darfst du jetzt gehen.«

»Du lieferst mich nicht der Polizei aus?«

»Nein, du darfst eine Weile davonlaufen. Ich lasse das Grab öffnen und sorge dafür, dass die Statue dorthin zurückkehrt, wo sie hingehört. Anschließend wird durchsickern, dass die Leiche in dem Sarg nicht Felix Winter ist. Das wird eine Menge Leute interessieren und dir eine turbulente Zeit bescheren.«

Felix wirkt erleichtert. »Danke, Habibi. Danke für die Chance. Ich habe immer ein paar gute Exitstrategien parat. Ich werde eine Weile auf der Flucht sein, aber ich bin ganz gut im Untertauchen.«

»Das weiß ich. Aber natürlich erzähle ich auch Safiye, was du getan hast. Und wie weit die Pläne dafür zurückreichen. Sie wird dich finden!« Carla lächelt sonnig, als sie sieht, wie sich Felix' Gesichtsfarbe verändert. »Vielleicht wachst du eines Morgens mit einem fürchterlichen Husten auf, weil dir Blut in die Luftröhre läuft. Und das Letzte, was du siehst, wird Safiye mit einem Rasiermesser sein.«

Sie steht auf und geht zur Tür. »Raus jetzt«, sagt sie. Wortlos und ohne sie anzusehen verlässt Felix den Raum.

Sie schließt die Tür ab und schenkt sich noch ein Glas Champagner ein.

Dann ruft sie das Hotelrestaurant an und bestellt sich das Fünf-Gänge-Menü aufs Zimmer.

FÜNFZIG

Kein Haus ist jemals völlig still. Egal, ob bewohnt oder unbewohnt. Tagsüber nicht, aber auch nicht in der Nacht. Carlas Vater hat ihr das erklärt, als sie sechs war. Immer noch kann sie spüren, wie es sich anfühlte, auf seiner Brust einzuschlafen und plötzlich aufzuschrecken, weil sie ein Geräusch nicht einordnen konnte. Ihr Vater hatte ihr geholfen, zu hören und zu verstehen. Seine Stimme war wie ein Windhauch an ihrem Ohr. »Hörst du deine Mutter schnarchen, hier rechts neben mir? Es ist ganz leise, und sie würde es niemals zugeben, aber wir beide *wissen* es: Sie schnarcht!«

Es war wunderbar, seiner Flüsterstimme zu lauschen. »Pass auf, jetzt! Am Ende des Flurs wird eine Türklinke heruntergedrückt. Ganz vorsichtig. Millimeter für Millimeter. Deine Schwester Elli muss auf die Toilette. Du weißt, dass sie wenig isst und viel Wasser trinkt, um abzunehmen. Nachts bekommt sie Hunger. Gleich wirst du hören, wie sie vom Bad aus hinunter zum Kühlschrank schleicht. Die sechste Treppenstufe von oben knarrt ein bisschen.«

Seit fünf Jahren hat Carla jetzt ein eigenes Haus mit eigenen Geräuschen. Es hat der Familie ihrer Mutter gehört, und eigentlich haben es die drei Töchter gemeinsam geerbt. Doch keine ihrer Schwestern hat in Frankfurt wohnen wollen, und als ihr Vater nach Dänemark ging, ist Carla eingezogen. Mittlerweile liebt sie es. Die Lage ist einmalig günstig, sie muss nur Nebenkosten und Grundsteuern aufbringen, und im Laufe der Jahre hat sie angefangen, das Haus als »ihres« zu betrachten. Nach und nach hat sie gelernt, seine Geräusche zu unterscheiden, einzuordnen und schließlich zu überhören. Das leise Klappern der defekten Dachrinne bei Ostwind. Das Knarren der Deckenbalken, das sanfte Anspringen der Heizungsanlage. All diese Dinge nimmt sie nicht mehr wahr, weil sie sie kennt. Kein Grund zur Beunruhigung.

Sie ist nicht wirklich wach, während sie an ihren Vater denkt, aber sie hat die Tiefschlafphase bereits verlassen und nähert sich der Oberfläche. Ruhig atmend liegt sie auf dem Rücken und weiß, dass bis zum Morgengrauen noch viel Zeit ist. In der letzten Nacht hat sie trotz des luxuriösen Ambientes des Beau-Rivage nicht viel geschlafen, sondern sich von einer Seite auf die andere gedreht und an Moritz gedacht. Ein warmes, überaus angenehmes Gefühl durchströmt sie, wenn sie sich daran erinnert. Oder träumt sie es eher? Seit langer Zeit ist wieder eine Tür aufgegangen, durch die zu gehen sie sich traut. Was auch immer in den letzten Tagen begonnen hat, sie will nicht, dass es aufhört. Und sie ist verdammt sicher, dass Moritz das auch nicht will.

Sie hat sich gewaltig zusammenreißen müssen, um die ewig lange Autofahrt zurück nach Frankfurt durchzustehen. Danach war sie so groggy, dass sie um 9 Uhr schlafen gegangen ist. Bischoff war nicht mehr wach gewesen. Aleyna hatte ihn versorgt und war um 19 Uhr nach Duisburg zurückgefahren.

Morgen wird Moritz bei ihr übernachten. Sie werden Ellens fantastisches Essen genießen, Wein trinken und herausfinden, wie es mit ihnen weitergeht. Alle werden Moritz lieben. Mit Bischoff hat er sich schon im Krankenhaus blendend verstanden, auch Mathilde kennt ihn, und ihre Schwestern werden ihn ebenfalls mögen. Weit und breit keine Probleme in Sicht.

Aber bevor sie ihr Privatleben neu organisiert, muss sie bei der Staatsanwaltschaft die Öffnung der Grabstelle beantragen und die Gottheit exhumieren lassen. Rossmüller muss informiert und beschwichtigt werden. Da kommt einiges an Papierkram und Bürokratie auf sie zu. Den Rest erledigt Tillmann Bischoff. Und er wird es genießen.

So wie sie den Schlaf genießt, der zurückkehrt und sich wie ein wunderbar leichter Schleier auf sie legt. Und beinahe das winzige Knirschen überdeckt, das von weit weg an ihr Ohr dringt. Harmlos und auf eine lästige Weise vertraut. Warum hat sie nicht längst etwas wegen des Schlosses unternommen? Es ist praktisch neu und hat von Anfang an nicht optimal funktioniert. Sie hätte es reklamieren müssen. Oder ölen! In jedem Supermarkt gibt es Pflegemittel. Nichtfettend, FCKW-frei, prima Zeug. Statt es zu kaufen, hat sie sich lieber damit arrangiert, dass sich der Schlüssel in ihrem Haustürschloss nur mit erheblicher Kraft herumdrehen lässt und dabei dieses undefinierbar fiese Geräusch macht. Das hier nicht hingehört. Weil sie schlaftrunken im Bett liegt und nicht vor ihrer Tür steht. Und weil niemand außer ihr einen Schlüssel hat für das neue Schloss, das sie erst vor kurzem angeschafft hat. Was bedeutet ...

Der Gedanke lässt ihren Geist nach oben schießen. Innerhalb einer Sekunde ist Carla wach, sitzt aufrecht im Bett und lauscht geschockt in die Finsternis, die sie umgibt. Jemand dringt in ihr Haus ein. Zum zweiten Mal. Überwindet mit Leichtigkeit das neue Schloss und jagt ihr einen elenden Schrecken ein. Sie kann sich weder bewegen noch klar denken. Was soll sie ...? *Denk nach, verdammt!* Wer da unten herumschleicht, ist nicht gekommen, um etwas zu suchen. Dann hätte er sie beobachtet und einen Moment abgepasst, wo sie außer Haus ist. So wie das erste Arschloch. Das von heute Abend *weiß* mit Sicherheit, dass sie zu Hause ist. Schließlich hat sie überall das Licht angeschaltet, als sie aus der Schweiz zurückkehrte. Und das bedeutet, er kommt ihretwegen ... Weiß er auch von Bischoff? Kommt drauf an, wann er begonnen hat, das Haus zu observieren.

Das Geräusch wiederholt sich. Natürlich, sie hat den Haustürschlüssel zweimal herumgedreht und dann abgezogen. Wer immer da draußen ist, kann jetzt eintreten. Willkommen, bienvenue, welcome. Verdammte Scheiße!

Höchste Zeit für die Bullen. Sie überwindet die Erstarrung und tastet nach dem Schalter der Nachttischlampe, die ihr Schlafzimmer mit warmem Licht flutet. Sie dimmt es herunter, ist mit drei Schritten bei der Zimmertür und schließt ab. Dann dreht sie sich zum Nachttisch um. Das Handy ist nicht dort, wo es liegen sollte.

Ihr Blick scannt den Raum, erfasst das kleine Beistelltischchen am Fenster, das Wandregal, auf dem sich ihre Kleidung stapelt, seit sie den Schrank entsorgt hat, und auch den Hocker, auf dem die Sachen liegen, die sie gestern Abend ausgezogen hat. Kein Telefon!

Ihre Gedanken rasen zum gestrigen Abend zurück. Sie ist nach Hause gekommen, hat den Zettel von Aleyna gelesen und kurz bei Bischoff reingeschaut, der friedlich geschlafen hat. Anschließend ist sie in die Küche gegangen, hat sich ein Glas Weißwein eingeschenkt und Moritz' Handynummer gewählt. Bei jedem ihrer drei Versuche ist sofort die Mailbox angesprungen. Also hat sie das Telefon frustriert auf den Küchentisch geworfen, sich ein Bad eingelassen und ein Weilchen im heißen Wasser entspannt. Als es abkühlte, ist sie direkt von der Badewanne ins Bett gewechselt. Sie ist nicht noch einmal in die Küche gegangen. Also liegt ihr Smartphone dort auf dem Tisch. Fuck!

Das nur noch selten benutzte Festnetztelefon steht im Esszimmer. Kein Telefon, keine Bullen!

Unten wird die Haustür mit großer Sanftheit beinahe geräuschlos geschlossen.

Sie braucht eine Waffe. Irgendetwas, das ihre Chancen erhöht. Ihr herumirrender Blick fällt auf den Koffer, den sie nach der Rückkehr aus Mardin noch nicht ausgepackt hat. Sie weiß, was darin ist. Kleidung, Toilettenartikel, Dinge, die jetzt nicht das Geringste nutzen. Doch da ist noch was. Etwas, das sie gekauft hat. Nicht in der Türkei, sondern bevor sie Hals über Kopf nach Duisburg floh. Als sie noch dachte ... Die Erinnerung zündet in ihrem Kopf wie eine Blendgranate. Sie hat das Bahnhofsgelände in Frankfurt verlassen und in einem Drogeriemarkt aus einem Impuls heraus ein paar Sonnenbrillen und ... Mit drei lautlosen Schritten ist sie bei dem Koffer, reißt ihn auf, wühlt darin herum und findet das »Tierabwehrspray«. Ein Produktname, der erfunden wurde, um Pfefferspray legal in Drogeriemärkten anbieten zu können. Sie hat es versehentlich mit ins Flugzeug genommen, was ihr im Falle einer Entdeckung jede Menge Ärger eingebracht hätte. Das Verbot ist eindeutig und ausnahmslos. Unfassbar, dass das Zeug bei den Sicherheitskontrollen nicht bemerkt wurde.

Ihr Blick huscht über die Dose, auf der ein zähnefletschender Rottweiler abgebildet ist. Kühl und glatt liegt sie in der Hand. Vierzig Milliliter Inhalt, 11% hochaggressives Oleoresin Capsicum. Die Bedienung scheint denkbar einfach. Gut so. Ihre Angst flaut etwas ab.

Was jetzt?

Kurz überlegt sie, sich im Schlafzimmer zu verschanzen. Das Bett vor die abgeschlossene Tür zu schieben und aus dem Fenster um Hilfe zu schreien, was das Zeug hält. Durchaus möglich, dass irgendein Nachbar wach wird. Aber der Plan taugt nichts.

Sie hat nicht die Absicht, Bischoff zu opfern. Und genau das wird passieren, wenn sie hier oben bleibt. Er wird sich den alten Mann schnappen und drohen, ihn zu töten, wenn sie nicht herunterkommt. *Wenn Sie schreien oder irgendwelche Faxen machen, schneide ich ...* Ja, denkt sie, ich hab's kapiert!

Vielleicht schenkt er sich auch die Erpressung und bringt den Alten gleich um.

Aber weiß er, dass der Professor hier ist? Das ist die entscheidende Frage.

Egal, einfach abzuwarten, was passiert, kommt nicht in Frage. Sie schleicht zum Hocker mit den Kleidern, streift sich den Pullover über und schlüpft in Jeans und Sneakers. Als sie ihre Hand in die linke Hosentasche schiebt, ertastet sie den Autoschlüssel. Der Schlüsselanhänger ist eine kleine LED-Taschenlampe. Noch nie zuvor benutzt. Carla schaltet sie an und die Nachttischlampe aus.

Der dünne helle Lichtstrahl auf dem Boden zielt auf die Zimmertür. Extrem langsam dreht sie den Schlüssel. Mit äußerster Vorsicht und in Super Slow Motion drückt sie die Klinke herunter, knipst die Taschenlampe aus und tritt geräuschlos in den Flur. Dort bleibt sie stehen und versucht, die Stille und Dunkelheit in sich aufzunehmen. Sie weiß, dass ihr Gefahr droht, aber sie spürt sie nicht. Ist das normal? Dauernd muss sie an diese blöde Yogalehrerin denken. *Zu western-minded! Keine Instinkte, nur Verstand!*

Dann, nach endlosen Sekunden, realisiert sie die fremde Präsenz. Unfassbar winzige Schwankungen des Luftdrucks. Eine raubtierhafte Gegenwart. Irgendwo im Haus steht jemand genauso da wie sie. Reglos. Aufmerksam und konzentriert lauschend. Eine gefährliche Person. Die beim Atmen ein minimales Geräusch verursacht, weil sie die Luft zu scharf einsaugt. Eindeutig links vom unteren Treppenabsatz.

EINUNDFÜNFZIG

Minuten vergehen. In der rechten Hand hält Carla die winzige LED-Lampe, ihre Linke umschließt die Dose mit dem Pfefferspray. Nur für den absoluten Notfall. Optimal wirksam auf eine Distanz von vielleicht einem Meter. So nah will sie ihm auf keinen Fall kommen. Nicht, wenn es sich vermeiden lässt und sie schneller ist als er.

Sie wird diese Treppe hinuntergehen und versuchen, das Handy in der Küche zu erreichen. Wenn sie unten ist, scharf nach rechts, dann die zweite Tür auf der rechten Seite des Flurs.

Auf den ersten Stufen muss sie schleichen. Sich in Zeitlupe bewegen. Die Füße sanft und behutsam aufsetzen. Sobald sie spürt, dass er sie bemerkt hat, wird sie anfangen zu rennen. Sie traut sich zu, mehrere Stufen auf einmal zu nehmen, ohne zu stürzen. Natürlich ist das ein Risiko. Aber *wenn* sie die Küche vor ihm erreicht ... Die Küchentür ist stabil und lässt sich von innen abschließen. Den Tisch und einen Teil der Anrichte kann sie davorschieben. Sie muss es schaffen, ihn für kurze Zeit auf Abstand zu halten und die Bullen zu rufen. Dann läuft für ihn die Zeit aus und die Karten werden neu gemischt. Wenn sie aus einer guten Wohngegend angerufen wird, braucht die Polizei durchschnittlich acht Minuten, bis sie vor Ort ist.

Was ist mit Bischoff? Der hat sich bisher nicht gerührt, und der Eindringling hat nicht nach ihm gesucht. Vielleicht hat sie Glück, und das bleibt so.

Länger zu warten hat keinen Sinn. Sie atmet so tief wie möglich ein, hält die Luft an und setzt ihren rechten Fuß auf die oberste Stufe. Vorsichtig belastet sie ihn, verlagert ihr Gewicht und zieht den linken Fuß Zentimeter für Zentimeter nach. Kein Knacken, kein Knirschen oder Ächzen. Die Treppe gibt keinen Laut von sich. Sie überwindet fünf weitere Stufen auf die gleiche Weise, lauscht jedes Mal in die Finsternis. Als sie die sechste Stufe beinahe geschafft hat, spürt sie, wie er sich in Bewegung setzt. Es ist mehr eine Ahnung. Sie schnellt nach vorn, klickt dabei die Taschenlampe an und stürzt mit zwei Riesenschritten die Treppe herunter. Beide Füße landen sicher auf den Korridorkacheln, Carla federt in den Kniekehlen ein wenig nach, der hauchdünne Lichtstrahl der Taschenlampe zaubert ein geisterhaftes Muster auf die Wand, und dann geht plötzlich das Flurlicht an. Jemand rennt von hinten in sie hinein, sie verliert das Gleichgewicht, landet auf dem Bauch und spürt einen Unterarm im Genick, der ihr Gesicht auf den Boden drückt. Sie bäumt sich auf wie ein Rodeo-Pferd, bekommt den linken Arm frei, richtet über ihren Hinterkopf hinweg die Spraydose dorthin, wo sie den Angreifer vermutet, und drückt auf den Auslöser. Der Mann auf ihrem Rücken gibt einen überraschten Laut von sich, der weit entfernt ist von dem Schmerzensschrei, den sie erhofft hat. Er verdreht ihren linken Arm, entwindet ihr das Spray und gibt dann ihren Oberkörper frei, indem er sich aufrichtet und auf ihren Beinen sitzen bleibt. Es gelingt ihr, sich halb auf die Seite zu drehen und einen Blick auf ihn zu erhaschen. Er trägt einen dunklen Trainingsanzug und eine Sturmhaube, die, abgesehen von zwei Sehschlitzen, das ganze Gesicht bedeckt. Kein Wunder, dass ihn das Pfefferspray nicht ausgeschaltet hat. Er betrachtet die Dose kurz und richtet die Sprühvorrichtung dann auf ihre Augen.

ZWEIUNDFÜNFZIG

Carla reißt die Hände hoch, um ihr Gesicht zu schützen, doch er drückt sie beiseite und krallt die Finger seiner Linken um ihre Kehle. Sie starrt direkt in die winzige Öffnung, die keinen halben Meter entfernt ist, und unmittelbar bevor die Reizgaswolke auf sie zurast, sieht sie an der Wand hinter ihrem Angreifer einen riesigen Schatten, der eine Keule schwingt.

Ihr Gesicht und ihre Augen verbrennen in einem Inferno von Schmerz, sie schreit und nimmt zugleich einen dumpfen Schlag und ein widerliches Knacken wahr. Der Griff um ihre Kehle lockert sich, das Gewicht auf ihr fällt ab. Dann erneut Schläge, weniger laut, nicht so dumpf wie der erste, zweimal, dreimal, viermal ... Einen kurzen Augenblick gelingt es Carla, die Augen zu Schlitzen zu öffnen, und sie sieht Tillmann Bischoff, der den Hartschalenkoffer ihres Saxofons mit dem klobigeren Ende wie eine Dampframme auf den Kopf des Angreifers hinabsausen lässt. Immer und immer wieder.

»Bischooooff!« Sie brüllt seinen Namen, er holt noch einmal aus, stoppt mitten in der Bewegung und ist sofort bei ihr.

»Dusche! Helfen Sie mir!«

Er fasst sie unter den Achseln, will sie über den Boden in Richtung Bad schleifen, muss aber nach einem Meter aufgeben. »Meine Rippen. Ich schaff das nicht!« Bischoff dreht sie um, hebt sie etwas an und hilft ihr auf die Knie. »Sie müssen die letzten Meter kriechen.«

Wimmernd legt Carla den kurzen Weg ins Bad auf Knien und

Händen zurück. Bischoff schiebt sie in die Duschkabine und lässt kaltes Wasser über ihr Gesicht und in ihre Augen laufen, wobei sie völlig durchnässt wird. Ihr Puls rast, und sie fürchtet, sich in das Wasser zu übergeben, das ihren Körper hinunterläuft. Was für ein ekelhafter Gedanke. Dann dankt ihr Verstand für kurze Zeit ab. Sekundenlang weiß sie nicht, wo sie sich befindet und was passiert ist. Sie schlägt mit der Faust gegen die Wand der Duschkabine, und das Geräusch bringt sie zurück.

»Reicht«, sagt sie, als die Desorientierung vorübergeht.

Bischoff stellt das Wasser ab. Ihre Stimme ist immer noch kaum mehr als ein Keuchen, und ihre Lungen brennen bei jedem Atemzug. Der Schmerz in den Augen scheint ein klein wenig nachzulassen. Sie öffnet sie versuchsweise und nimmt Bischoff wie eine schemenhafte Gestalt hinter einer Milchglasscheibe wahr. Gütiger Gott! Die Angst zu erblinden aktiviert den letzten Rest Adrenalin und verursacht ein Zittern, das ihren ganzen Körper erfasst.

Sie streckt die Hand nach Bischoff aus. »Kommen Sie näher!« Er beugt sich zu ihr, sodass sie direkt in sein Ohr sprechen kann. »Holen Sie mein Telefon aus der Küche. Und ziehen Sie dem Arschloch im Flur die Mütze runter und beschreiben mir sein Gesicht. Vielleicht ist ja noch was davon übrig.«

Bischoff kommt fluchend auf die Beine und ist nach wenigen Augenblicken mit dem Handy wieder bei ihr. Als er sich neben sie kniet, stöhnt er vor Schmerz. »Lassen Sie mich die Anrufe machen, und spülen Sie weiter Ihre Augen.«

»Okay ... PIN ist 1789. Wie sieht der Kerl aus?«

»Nicht mehr so gut wie früher. Groß, schlank, sonnengebräunt. Dicker schwarzer Schnauzbart, volles dunkles Haar. Der Rest vom Gesicht ist reichlich demoliert. Hat aber immer noch ein bisschen Ähnlichkeit mit ...«

»Doktor Schiwago?«

»Woher wissen ...?«

»Lebt er noch?«, unterbricht ihn Carla.

»Er hat noch Puls«, sagt Bischoff gleichgültig.

Carla lehnt sich zurück, dreht das Wasser wieder auf und richtet den Strahl des Duschkopfes erneut auf ihr Gesicht. Bischoff hat begonnen zu telefonieren. Seine Stimme scheint von weit her zu kommen, als er ihre Adresse durchgibt. »Genau ... im Nordend. Polizei und Notarzt. Zwei Schwerverletzte. Ein Mann mittleren Alters mit Schädel-Hirn-Trauma und eine Frau, die mit Pfefferspray angegriffen wurde. Bitte kommen Sie schnell!«

Er beendet den Anruf und wendet sich Carla zu. »Der Typ im Flur hat nicht mehr so viel Zeit.«

»Sie haben wie ein Irrer auf ihn eingeschlagen. So was nennt man Notwehrexzess.«

»Wie gut für uns, dass er eine Pistole dabeihatte. Ein großes Ding mit Schalldämpfer.«

»Ja, was für ein Segen«, flüstert Carla. »Rufen Sie meine Schwester Ellen an.« Dann verliert sie das Bewusstsein und kippt zur Seite.

DREIUNDFÜNFZIG

Das Gedächtnis funktioniert, und sie hat keine Schmerzen. Ihre Hände streichen über das Bettzeug, das sich kühl und vor allem sehr glatt anfühlt. Kennt sie jemanden, der Bettwäsche bügelt? Keine Privatpersonen, nicht in ihrem Bekanntenkreis. Aber Hotels und Kliniken, die ihre Wäsche zum Waschen rausgeben, bekommen sie sauber, gestärkt und professionell gemangelt zurück. Also ist sie im Krankenhaus? Gut möglich. Sehr wahrscheinlich sogar. Die Erinnerungen fügen sich zusammen wie Puzzleteilchen. Sie liegt in einem Bett. Weil jemand sie angegriffen hat. Und sie danach nicht mehr richtig Luft holen und sehen konnte. In einem Ambulanzwagen hat sie Sauerstoff bekommen und ein Medikament, das die Bronchien erweitert. Sie erinnert sich an die Stimme des Notarztes, der ihr genau erklärt hat, was passierte. Auch ein Beruhigungsmittel hat er injiziert. Angst und Atemnot sind daraufhin besser geworden. An mehr kann sie sich nicht erinnern.

Was ist mit ihren Augen?

Langsam und mit großer Mühe öffnet sie sie zu schmalen Schlitzen. Sie nimmt eine milchige Helligkeit wahr. Eindeutig Tageslicht, die Horrornacht ist vorbei. Als es ihr gelingt, die Augen weiter zu öffnen, bekommen die Dinge im Zimmer Konturen, die langsam schärfer werden. Fensterrahmen, ein Tisch mit zwei Stühlen, die Zimmertür, zwei Bilder an der Wand gegenüber. Sie schließt die Augen für ein Weilchen, öffnet sie wieder und stellt eine erneute Verbesserung fest. Öffnen, schließen, öffnen, sie wiederholt das Spiel, bis sie müde wird. Kein Problem. Warum nicht ein wenig ausruhen, entspannen, vielleicht schlafen? Es ist alles in Ordnung. Sie wird nicht blind werden, und nur das zählt.

Ist das so?

Dass sie am Ende damit zufrieden ist, ihr Augenlicht behalten zu dürfen? Alles vergeben und vergessen, wenn sie nur wieder sehen kann?

Die Angst verwandelt sich innerhalb von Sekunden in kalte Wut. Hat Felix gewusst, was Ömer Sahin vorhatte? Hat er ihn darum gebeten oder dazu angestiftet? Hätte der es ohne Felix' Einverständnis überhaupt gewagt, sie anzugreifen? Im Grunde ist es gleichgültig, ob Sahin auf eigene Faust gehandelt hat. Felix war der Kopf hinter dem ganzen Plan und hat alle und jeden benutzt. Er ist verantwortlich. Der verdammte ...

Carla setzt sich im Bett auf, knüllt das Kopfkissen hinter ihrem Rücken zusammen und merkt, dass ihr ein wenig schwindelig wird. Sie wartet, bis sich der Kreislauf stabilisiert, greift dann nach dem Handy auf ihrem Nachttisch und wählt Safiyes Nummer.

»Challo?« Eine fremde Frauenstimme mit osteuropäischem Akzent. Im Hintergrund Volksmusik vom Balkan.

»Mein Name ist Carla Winter. Kann ich bitte mit Safiye Wassouf sprechen?«

Ein wenig Knistern und Flüstern, die Musik wird leiser gestellt, dann ist Safiye dran.

»Hallo Carla, wie geht es dir?« Sie klingt erschöpft und vorsichtig.

»Ich bin im Krankenhaus.«

»Warum?«

»Weil ein Freund und Komplize von Felix mit einer Waffe in mein Haus eingedrungen ist und mich verletzt hat.«

»Um Himmels willen! Schwer verletzt?«

»Nein. Wo bist du im Moment?«

»Bei einer Freundin in Berlin.«

»Okay, du musst mir jetzt zehn Minuten zuhören. Ich will dir eine Geschichte erzählen, die dir nicht gefallen wird. Welche Konsequenzen du daraus ziehst, bleibt dir überlassen. Bist du bereit?«

Safiye zieht hörbar die Luft ein. »Eine schlimme Geschichte?«

»Ja!«

Carla beginnt mit dem Tag, an dem Safiye Felix im Al Shahbandar Palace Hotel in Damaskus besuchte und um Hilfe für ihren Vater bettelte, und endet damit, wie der edle Retter sieben Jahre später Halim Wassouf verriet und opferte, um mit Ömer Sahin einen ganz anderen Plan zu verfolgen.

Safiye schweigt fassungslos. Dann beginnt sie zu weinen. »Ist das wirklich wahr?«, fragt sie schließlich.

»Ich habe es Felix bei unserem Treffen in Genf auf den Kopf zugesagt, und er hat es zugegeben. Als er deinen Vater aus Sednaja herausholte, hatte er womöglich noch keinen genauen Verwendungszweck im Auge, aber er wusste, dass ihm ein grenzenlos dankbarer Mensch sehr nützlich sein konnte. Er wusste, dass der Mann, den er gerettet hatte, auf eine Weise loyal sein würde, die man mit Geld nicht kaufen kann. Hinsichtlich dieser eigennützigen Motive hat sich dein Vater keine Illusionen gemacht. *Ich habe niemals erwartet, etwas umsonst zu bekommen*, hat er mir gesagt, als ich ihn getroffen habe. *Felix hat mein Leben gerettet und meine Tochter nicht angerührt. Nur darauf kommt es an.*«

»Du meinst, dass Felix mich nicht wollte, war Teil des Planes?«

»Ja, sozusagen das Sahnehäubchen. Er ist extrem manipulativ und hat genau gewusst, wie das Herz eines Vaters schlägt. Es hat lange gedauert, bis ich das begriffen habe. Ich wollte es einfach nicht wahrhaben.«

»Wie geht es nun weiter?« Safiye fängt sich offenbar wieder. Sie hat aufgehört zu weinen und die Temperatur ihrer Stimme deutlich abgesenkt.

»Was genau passieren wird, weiß ich nicht. Ich werde die Polizei informieren, und die wird nach Rücksprache mit der Staatsanwaltschaft das Grab öffnen lassen. Die Medien werden das Ereignis entsprechend aufblasen. Wenn die Hintermänner, die Felix betrogen hat, erfahren, dass die Statue im Sarg nach Deutschland geschmuggelt wurde, zählen sie zwei und zwei zusammen und wissen, dass er noch lebt. Also werden sie gefährliche Leute beauftragen, die nach ihm suchen. Falls du weißt, wo er sich aufhält, und mit dem Gedanken spielst, eine private Rechnung zu begleichen, ist das Zeitfenster dafür wahrscheinlich relativ klein.«

»Du meinst, falls ich mich an ihm rächen will?«

Carla zuckt zusammen und ist froh, dass Safiye sie nicht sehen kann. »Ich käme nicht im Traum darauf, dir eine solche Absicht zu unterstellen.«

»Komisch, für mich klingt es so, als wenn es genau das ist, was ich, deiner Meinung nach, tun sollte. Möchtest du, dass ich ihn für dich umbringe?« Safiyes Stimme ist jetzt sehr kühl geworden. »Weißt du was, Frau Anwältin, ich habe in Mardin für kurze Zeit gedacht, wir könnten so etwas wie Freundinnen sein, aber das lassen wir mal besser.«

Sie legt auf, bevor Carla etwas erwidern kann, und das ist gut. Safiye hat ihr einen bösen Verdacht vor die Füße gespuckt, und sie ist froh, dass sie auf die Frage nicht antworten musste. Ihr ist ein bisschen übel. Sie schluckt und presst die Lippen fest aufeinander. Zu was hat sie sich da hinreißen lassen. Warum kann sie nicht *einmal* ... Es wäre besser, überhaupt nicht mehr reden zu müssen. Außer mit Moritz. Beim Essen, heute Abend ... aber schafft sie das? Sie lehnt sich zurück, schließt die Augen und gleitet mit ihren Gedanken in einen sanften Sekundenschlaf.

Warum hat sie dieses Telefonat geführt? Wegen ihrer unbändigen Wut auf Felix und der Überzeugung, dass Safiye ähnlich empfinden würde, wenn sie die Wahrheit erführe. Aber ist das wirklich so? *Ich habe ihm sieben Lebensjahre verschafft, als ich ihn aus*

Sednaja herausholte. Wassouf hat immer von geliehener Zeit gelebt. Was, wenn Safiye das auch so sieht? Trotz des Verrats ...

Der Verdacht, dass Felix von Ömer Sahins Plan gewusst und diesen womöglich gebilligt haben könnte, hat sie rotsehen lassen. Und jeden Gedanken an irgendein Berufsethos verdrängt. *Der Rechtsanwalt ist ein Organ der Rechtspflege. Das ist kein Beruf wie jeder andere.* Was man im ersten Semester so lernt. In ihrem Kopf ist eine näselnde Professorenstimme, an die sie seit einer Ewigkeit nicht mehr gedacht hat. Blabla!

Hat die Rechtsanwältin Winter wirklich gerade versucht, Safiye Wassouf einen Mord nahezulegen?

Die hat es so verstanden, oder? *Möchtest du, dass ich ihn für dich umbringe?*

Nein!

Hör auf zu lügen!

»Carla?«

Sie öffnet die Augen und sieht Moritz' lächelndes Gesicht über sich.

»Oh, hallo. Wie schön, dich zu sehen.«

»Alles gut bei dir?«

»Einigermaßen.«

»Wie einigermaßen gut siehst du aber nicht aus.«

»Das wird schon wieder. Aber unser Essen heute Abend müssen wir verschieben.«

»Natürlich. Du musst dich ausruhen. Wir haben alle Zeit der Welt.«

»Ich darf nicht vergessen, meine Schwester anzurufen. Wie geht es Bischoff?«

»Bestens. Hat gerade so eine Art Höhenflug. Ich glaube, der fühlt sich seit gestern Abend wie Indiana Jones.«

»Na ja, den kann er nun gerade *nicht* ausstehen. Aber vielleicht sollten wir ihm trotzdem so einen Hut und 'ne Peitsche schenken. In seinem Alter jemanden mit einem Saxofon-Koffer auf die Intensivstation zu befördern, wäre auch für Harrison Ford eine starke Nummer. Was ist mit Sahin?«

»Er lebt. Mehr weiß ich nicht. Für mich zählt nur, dass dir nicht mehr passiert ist.«

Sie lächelt dankbar, aber ihre Gedanken sind schon wieder bei Safiye. Sie muss Moritz von diesem verrückten Telefongespräch erzählen. Was um Gottes willen hat sie sich dabei gedacht? Wenn sie nicht bald darüber reden kann ...

Aber nicht heute.

Wann sonst?

Nicht heute!

Moritz grinst. »Ich habe noch jemanden mitgebracht.« Er dreht sich um und öffnet die Zimmertür. Ellen und die Jungs kommen herein. Das Gesicht ihrer Schwester sieht verweint aus, Chris und Tom schauen verlegen und besorgt. Carla wird betont vorsichtig umarmt und geküsst, aber alle scheinen erleichtert, sie in nicht noch elenderem Zustand vorzufinden.

»Ist wirklich ein Angestellter des türkischen Generalkonsulats in dein Haus eingedrungen und hat dir das angetan?« Ellen setzt sich auf die Bettkante und streichelt Carlas Hand. Ihr Zorn scheint zurückzukehren.

»Ich denke, er ist ein ganz normaler Straftäter, der zufällig im Konsulat arbeitet und seine Position ausnutzte.«

»Warum zum Teufel hat er dich angegriffen?«

Carla zuckt mit den Achseln. »Wenn ich es sicher weiß, erzähle ich es dir.«

»Entscheidend ist doch, dass dein alter Professor ihn außer Gefecht gesetzt hat. Wie cool ist das denn bitte?«, mischt sich Tom ein.

Sein Bruder nickt. »Ja, wer behauptet, Gewalt sei keine Lösung, hat einfach nicht hart genug zugeschlagen.«

Ellens Blick huscht böse zwischen ihren Söhnen hin und her, aber als sie Carla und Moritz fröhlich grinsen sieht, lässt sie es bei einem resignierten Kopfschütteln bewenden.

»Wir haben ein Geschenk für dich«, sagt Tom. Er tritt an Carlas Bett heran und fördert aus seinem Rucksack ein Buch zutage, das er feierlich überreicht. »Wir wussten ja nicht, wann du wieder lesen kannst, aber wenn es so weit ist ...«

Carla nimmt das Präsent in die Hand, und ein Lächeln breitet sich auf ihrem Gesicht aus, als sie das farbenfrohe Cover betrachtet: »DIE POKERSCHULE – Das deutsche Poker-Standardwerk.«

»Wenn du lernst, was da drinsteht, hast du eine echte Chance gegen uns«, behauptet Chris. »Wir wollten dir erst einen Online-Kurs schenken, aber dann haben wir überlegt, dass für einen älteren Menschen bedrucktes Papier vielleicht doch angenehmer ist. Falls du was vergisst, kannst du leicht zurückblättern, und jede Menge Fotos gibt es auch.«

Carla lässt das Lächeln verschwinden. »Ich weiß, ich sehe nett aus. Aber das ist nur Fassade. Seit meiner Konfirmation kann ich diesen Gesichtsausdruck an- und ausknipsen. Also, ihr beiden: Noch ein Wort, und ihr werdet es bitter bereuen, mich herausgefordert zu haben.«

Während ihre Neffen sie entgeistert anstarren und einzuschätzen versuchen, wie ernst sie das meint, beugt sich Moritz grinsend zu Carla hinunter. »Du brauchst das Buch nicht«, flüstert er. »Ich spiele seit zwanzig Jahren. Wenn das hier alles vorbei ist, laden wir sie ein und machen sie fertig.«

»Bist du sicher, dass wir gewinnen?«

»Verlass dich drauf!«

Carla bringt ihren Mund dicht an sein Ohr. »Gut«, zischt sie. »Wenn das so ist, spielen wir Strip-Poker!«

VIERUNDFÜNFZIG

Sie ist wunderschön. Auf eine archaische, irritierende und bizarre Weise wunderschön. Carla betrachtet die farbigen Hochglanzfotos, die Bischoff ihr gereicht hat, und schließt für Sekunden die Augen, die immer noch ein wenig schmerzen, wenn sie etwas fokussieren will.

Die Ishtar-Statue ist etwa 30 Zentimeter hoch und scheint der vergoldete Zwilling der Figur zu sein, die im Louvre zu bestaunen ist. Nur noch besser erhalten als die Dame in Paris. Es handelt sich um die weibliche Version der babylonischen Gottheit, und sie sieht ziemlich genau so aus, wie Bischoff sie Carla bei ihrem ersten Gespräch beschrieben hat.

Die berühmte ›Breast-offering-Pose‹, dazu die ausladenden Schultern und Schenkel, die im Kontrast zu der schmalen Taille für die Sanduhrkontur sorgen, die seit jeher für Fruchtbarkeit steht. Hals und Schambereich zieren mehrreihige Ketten und Colliers, und der Gesichtsausdruck wirkt auch nach vier Jahrtausenden noch offen und lebendig.

»Wo ist die Lady jetzt?«, will Carla wissen.

Bischoff grinst. »In Mainz. In einem Spezialtresor des Römisch-Germanischen Zentralmuseums. Perfekt klimatisiert und gut bewacht. Morgen kommt jemand von der Irakischen Botschaft zur Besprechung der Übergabemodalitäten.«

Carla grinst zurück und lässt ihren Blick von Bischoff zu Moritz und dann zu Mathilde gleiten. Sie hat sich mit ihnen in der Kanzlei getroffen, um die letzten Informationen auszutauschen und ein klein wenig zu feiern. Moritz hat gerade die zweite Flasche Sekt aufgemacht, die Stimmung ist entspannt und ausgelassen.

Bischoff ist nach dem nächtlichen Abenteuer mit Ömer Sahin regelrecht aufgeblüht. Gestern hat er die Schmerztabletten abgesetzt und ein nettes kleines Solo auf dem Saxofon zustande gebracht. Fehlt nur noch, dass er sich nach der Telefonnummer von Aleyna Ekincis erkundigt.

Carla sieht, dass auch Moritz ihn beobachtet. Der Arzt fängt ihren Blick auf und lächelt. Es ist die Art von Lächeln, die unmittelbar Wärme und Energie erzeugt.

Mathilde registriert, dass Bischoff sich ein zweites Glas Sekt genehmigt, öffnet den Mund zu einem Kommentar und schließt ihn wieder. Carla lächelt zufrieden. Mathilde lernt dazu.

Vier Tage sind seit dem Alptraum in ihrem Haus vergangen, und es geht ihr schon wieder ziemlich gut. Vor ihrer Entlassung aus der Uni-Klinik ist sie noch einmal gründlich untersucht worden. Die Augenärzte haben versichert, dass eine dauerhafte Schädigung ihres Sehvermögens nicht zu befürchten steht, obwohl sie die Nachwirkungen des Sprays noch immer spürt.

Weniger glimpflich davongekommen ist Ömer Sahin, der sich seit jener Nacht auf der Intensivstation befindet und nicht vernehmungsfähig ist. Jemand vom türkischen Generalkonsulat hat sich erkundigt, wie es ihm geht und was ihm vorgeworfen wird. Danach hat sich niemand mehr gemeldet.

Tagelanger Papierkrieg und Telefonate mit Staatsanwaltschaft und Friedhofsverwaltung waren nötig, bevor die Exhumierung heute Morgen unter Polizeischutz stattfinden konnte. Carla hat Bischoff den Showteil überlassen. Er hat ein paar handverlesene Presseleute und Fernsehjournalisten eingeladen und sie in schönen Videosequenzen festhalten lassen, wie er zusammen mit einem Kriminaltechniker die Kostbarkeit aus dem Zinksarg befördert, auspackt und in die Kameras hält. Schon in den Mittagsausgaben der Nachrichtenportale war die Ishtar-Statue das Thema des

Tages, und wenig später ging dann der Medienrummel richtig los. Für die verkohlte Leiche hat sich gottlob niemand interessiert. Alles zu seiner Zeit.

Nicht so unangenehm wie erwartet sind die Verhöre bei der Polizei verlaufen. Angesichts Sahins geladener Schusswaffe samt Schalldämpfer hat niemand die Notwehrsituation ernsthaft angezweifelt. Nur Rossmüller konnte es nicht lassen, Carla noch ein wenig zuzusetzen. »Die Ärzte meinen, dass bereits der Schlag, der seine Nase brach, ihn völlig außer Gefecht setzte. Es war nicht nötig, sein Gesicht zu Brei zu schlagen.«

Carla hat ihn eisig gemustert. »Nachts bewaffnet in mein Haus einzudringen, birgt gewisse Risiken. Und wenn jemand sein Gesicht hinter einer Maske versteckt, kann man nicht sehen, wann er außer Gefecht ist. Falls man bei der Angst und dem Adrenalin überhaupt etwas sieht. Aber viel interessanter ist doch eine andere Frage: Wo waren Sie und Ihre Leute? Hatten Sie nicht gesagt, Sie könnten mich beschützen? Wie wäre es mit einer Pressekonferenz, auf der wir diesen Punkt ausführlich erörtern?«

Rossmüller hat geschwiegen und seine Wut heruntergeschluckt. Ein schöner Anblick. Damit war das Thema vom Tisch.

Carla hebt ihr Glas und prostet Bischoff zu. »Wieso hatten Sie eigentlich mein Saxofon?«

»Sie sagten, ich könne es mal ausleihen. An unserem ersten Abend. Sie erinnern sich?«

Carla nickt.

»Als Sie in die Schweiz gefahren sind, habe ich es mir aufs Zimmer geholt und ein bisschen ausprobiert, was meine Atmung schon wieder hergibt. War leider nicht viel. Also bin ich früh schlafen gegangen. Der Tumult auf dem Flur hat mich geweckt, und das Erste, was ich zu fassen bekam, war eben der Instrumentenkoffer.«

»Ein echtes Qualitätsprodukt. Das Saxofon hat keinerlei Schaden genommen.«

»Worüber ich sehr froh bin.« Bischoff lächelt kalt, und Carla begreift, dass er auf seine Weise ein ebenso gefährlicher Gegner ist wie ein Asan Ekincis oder Jean-Luc Delors.

Moritz, der bis jetzt geschwiegen hat, schüttelt ein wenig konsterniert den Kopf. »Warum hat er das gemacht? Warum wollte dich dieser Sahin töten? Statt sich einfach ins Ausland abzusetzen. Nach eurem Treffen im Beau-Rivage hat dein Exmann ihn doch garantiert angerufen und gewarnt. Er muss gewusst haben, dass sie keine Chance mehr hatten, an die Statue heranzukommen. Wieso ist er nicht einfach abgehauen?«

Carla will antworten, aber Mathilde kommt ihr mit einem entgeisterten Einwurf zuvor. »Habe ich das richtig verstanden? Ihr Exmann lebt noch? Und außer mir wusste das hier jeder?«

»Sie hätten es heute erfahren«, beschwichtigt Carla. »Ich habe geschwiegen und ihm die Chance gegeben, zu verschwinden, weil er mir das Leben gerettet hat. Noch denkt die Polizei, dass er in dem Zinksarg liegt, der heute Morgen wieder eingebuddelt wurde. Wenn Ömer Sahin das Bewusstsein wiedererlangt und auspackt, wird die Polizei den Fall neu aufrollen und Felix auf die Fahndungslisten setzen. Aber das ist nicht mehr meine Angelegenheit. Bis dahin bitte ich alle, über diesen Punkt Stillschweigen zu bewahren.«

Bischoff nickt. »Ihre Entscheidung! Auch wenn ich meine, dass er hinter Gitter gehört.« Er wendet sich Moritz zu. »Was Ömer Sahin angeht, glaube ich, dass er sich einfach rächen wollte. Eine Kurzschlusshandlung jenseits aller vernünftigen Kalkulation. Er hatte mit Winter einen fantastischen Plan ausgeheckt und eine Wahnsinnsbeute vor Augen. Das Projekt seines Lebens. Dank Ihnen«, sagt er mit Blick auf Carla, »ist alles den Bach runtergegangen. Die Millionen, sein Job beim Konsulat, seine Familie. Vermutlich kann er nicht so einfach untertauchen wie Felix, der keine Bindungen oder Verpflichtungen hat. Vielleicht befürchtete er, an die türkische Justiz ausgeliefert zu werden. Man kann es auch so sehen: Mit dem Angriff auf Carla hat er sich zumindest einen Platz in einem *deutschen* Knast gesichert.«

»Eine makabre Vorteilsrechnung«, erwidert Moritz.

»Finden Sie?« Bischoff zuckt mit den Schultern. »Waren Sie mal in einem türkischen Gefängnis? Alles eine Frage des Vergleichs.«

Carla schwenkt ihr Sektglas erneut in Richtung Bischoff. Ein warmes Glücksgefühl durchströmt sie. »Wir haben ein paar Don't-buy-that-stuff-Denkzettel getackert, oder?«

»Seien Sie froh, dass Sie noch leben.«

»Bin ich!« Sie zieht Moritz zu sich heran und küsst ihn übermütig. Dann zwinkert sie Mathilde zu. »Erinnern Sie sich, wie Sie gesagt haben, ich sollte versuchen, Dr. Nikolai in die Finger zu kriegen? Da habe ich mal auf Sie gehört!«

»Sehr klug! Wenn Sie das weiterhin machen, wird es Ihnen gutgehen bis ans Ende Ihrer Tage. So Gott will, versteht sich!«

»Versteht sich«, sagt Carla und fragt sich, ob Gott für das Wohlergehen von Menschen sorgt, die andere zum Töten anstiften. Aber, das ist nicht entscheidend.

Entscheidend ist, was Safiye tut.

MARDIN, OKTOBER 2019

Es ist früh am Morgen. Nur wenig Tageslicht sickert durch die Lamellen der Rollos ins Schlafzimmer. Başkomiser Orhan Celik ist noch weit davon entfernt, wach zu werden. Dennoch nimmt er am Rande seines Bewusstseins einen gedämpften Tumult und Stimmen wahr, die mit den erotischen Fantasien, die seinen Schlaf in diesen ersten Stunden des Tages bereichern, nichts zu tun haben.

Und ihn deshalb nichts angehen.

Wie um das zu unterstreichen, dreht er sich auf die Seite und tastet nach den behaglichen Rundungen seiner Frau. Aber da ist nichts. Die Hände greifen ins Leere, seine Suchbewegungen werden hektischer, dann wird ihm klar, dass Emine nicht neben ihm liegt, und diese Erkenntnis macht ihn schlagartig wach. Er sitzt aufrecht im Bett, durchlebt einen kurzen Moment voller Angst, Misstrauen und Eifersucht und hört dann ihre Stimme vom Flur heraufdringen. Jung, resolut und ein klein wenig schrill. »Wenn der Mann schon tot ist, kommt es ja auf eine Stunde mehr oder weniger auch nicht an. Der Başkomiser schläft noch!«

Seine Frau hat ihn *nicht* verlassen – das ist die gute Nachricht.

Weniger gut ist, dass sie sich wie immer in seine Arbeit einmischt. Warum haben die Idioten von der Dienststelle nicht einfach angerufen? Er greift nach dem Handy auf der Nachtkonsole und muss feststellen, dass Klingelton und Vibrationsalarm ausgeschaltet sind. Sein umherhuschender Blick erfasst auf dem kleinen Beistelltisch am Fenster ein Tablett mit Teetassen, seinem

Lieblingsgebäck und einer herzhaften Frühstücksplatte mit Oliven, Zwiebeln und Sucuk. Emine hatte für heute Morgen offenbar Pläne, die mit Polizeiarbeit nichts zu tun haben. Sondern eher damit, dass Feiertag ist. Und zwar nicht irgendeiner, sondern Cumhuriyet Bayramı. Sie wollte den Nationalfeiertag wohl auf besondere Weise begehen.

Schmeichelhaft, aber nicht unproblematisch. Orhan Celik ist in zweiter Ehe mit einer Frau verheiratet, die zwanzig Jahre jünger ist als er. Seine geheime Befürchtung war immer gewesen, dass sie ihn nur wegen seiner guten Stelle im Staatsdienst genommen hat. Diese Angst war unbegründet, aber in letzter Zeit hat sie Ansprüche entwickelt, die über materielle Versorgung weit hinausgehen, und er weiß nicht, wie lange er denen noch gerecht werden kann.

Egal, *er* ist der Başkomiser, und zu entscheiden, ob eine Leiche warten kann, fällt in sein Ressort. Celik schwingt die Beine aus dem Bett, schlüpft in Hose und Badelatschen und reißt die Tür zum Treppenhaus auf. Ein kühler Luftzug weht herauf. Emine steht mit vor der Brust verschränkten Armen in der offenen Haustür und verwehrt einem uniformierten Beamten erfolgreich den Zutritt. Als sie ihren Mann sieht, zieht sie enttäuscht die Schultern hoch und tritt beiseite. »Er ist gekommen, um dich abzuholen. Wegen eines Toten im Artuklu Kervansarayı, und das am Tag der Republik.«

Orhan Celik kann ihre Verärgerung durchaus verstehen. Am Nationalfeiertag, der fünfunddreißig Stunden hat, weil er schon am Mittag des Vortages beginnt, gelten besondere Regeln und Prioritäten. Leute, die bereits tot sind, müssen sich da weit hinten anstellen.

»Ich brauche fünf Minuten«, ruft er die Treppe hinunter und kassiert einen Blick von Emine, der erahnen lässt, was ihm durch diese Entscheidung entgeht.

Der uniformierte Kollege wartet im Auto auf ihn. Misstrauisch studiert Celik sein Gesicht und stellt fest, dass der Mann klug genug ist, keine Miene zu verziehen. »Tamam«, sagt er. »Was haben wir?«

Der junge Polizist ist ein bisschen blass geworden, und sein rechtes Augenlid zuckt nervös. »Ich glaube, das müssen Sie sich selbst ansehen.«

»Mach ich.« Orhan Celik nickt und denkt an das Telefongespräch, das er gestern geführt hat. Er ist gespannt, welche Konsequenzen es hatte.

Das Artuklu Kervansarayı Hotel liegt in der Altstadt von Mardin. Es handelt sich um einen schön restaurierten historischen Prachtbau, dessen Zimmer allerdings, wie Celik gehört hat, von Ausstattung und Größe her mit der fabelhaften Fassade nicht immer mithalten können. Was für ihn keine Rolle spielt, weil er sich ein Hotel wie dieses in seinem ganzen Leben sowieso nicht wird leisten können. Obwohl ... man wird sehen.

In der Birinci Cadde sind zwei Einsatzwagen der Polizei und ein Kleinbus geparkt, der die Ausrüstung der Kriminaltechniker transportiert. Als der Dienstwagen von Orhan Celik hinter dem Bus zum Stehen kommt, hat sein junger Kollege schon etliche Informationen herausgesprudelt. »Das Hotel hat ein Restaurant, drei Suiten, 37 Doppelzimmer und einen Konferenzraum, alles verteilt auf vier Etagen. Die Rezeption ist 24 Stunden am Tag geöffnet, aber nicht pausenlos besetzt. Es gibt einen Hotelparkplatz, der unbewacht ist ...«

»Und eine männliche Leiche«, ergänzt Celik.

Der junge Uniformierte nickt wortlos. Als sie aussteigen, gleiten ihre Blicke über die Gruppe der vielleicht dreißig Schaulustigen, die sich in respektvollem Abstand zum Hauptportal des Hotels versammelt haben. Viele haben ihre Handys gezückt, fotografieren aber nicht, weil sie Angst haben, einen der zahlreichen Polizisten mit aufs Bild zu bekommen, was in der Türkei als ganz und gar schlechte Idee gilt.

Celiks Augen erfassen in der Menge eine schöne junge Frau mit schwarzen Haaren und tränenüberströmtem Gesicht.

»Der Tatort ist im zweiten Stock«, sagt der junge Beamte. »Wenn es recht ist, gehe ich vor.«

Der Başkomiser macht mit der Hand eine einladende Bewegung und folgt seinem Kollegen in die Eingangshalle. In der zweiten Etage stehen vor einer Zimmertür vier Männer in weißen Plastiköveralls.

»Ich habe der Spurensicherung gesagt, dass sie mit ihrer Arbeit warten sollen, bis wir uns einen ersten Überblick verschafft haben«, sagt der Uniformierte.

»Das war sehr clever von Ihnen«, erwidert Celik. Er streift sich ein paar Latexhandschuhe über, drückt die Türklinke herunter und bleibt auf der Schwelle stehen.

Das Zimmer ist etwa achtzehn Quadratmeter groß und gleicht einem Schlachthaus. Drei der aus Naturfelssteinen gefügten Wände sind mit bizarren Mustern von rotbraunen Spritzern übersät, die schon etwas älter aussehen, und auf dem blutüberströmten Doppelbett, das zusammen mit dem Kleiderschrank und einem Sessel beinahe das ganze Zimmer ausfüllt, liegt ein dünner Mann ohne Gesicht. Er trägt ein ehemals weißes Hemd sowie Weste und Hose eines zweifellos teuren Anzuges. Seine Füße stecken in edlen Schuhen, das Sakko hängt über der Lehne des Sessels. Die protzige Rolex am rechten Handgelenk war für den Täter offenbar nicht von Interesse.

Celik ist erfahren genug, um zu sehen, was geschehen ist. Das Projektil einer großkalibrigen Waffe ist in Höhe der Nase in den Schädel des Mannes eingedrungen, hat Oberkiefer, Jochbeine und Augenhöhlen zermalmt und ist vermutlich am Hinterkopf wieder ausgetreten. Der Blick des Başkomisers huscht durch den Raum. Wenn man die geringe Größe des Zimmers berücksichtigt und davon ausgeht, dass der Schütze die Tür hinter sich schloss, als er eintrat, betrug die Entfernung zu seinem Opfer nicht mehr als vier Meter. Hinweise auf Gegenwehr oder gar einen Kampf sind nicht erkennbar, aber das müssen natürlich Spurensicherung und Pathologie untersuchen.

Der junge Kollege räuspert sich. »Vermutlich hat der Mörder einen Schalldämpfer benutzt, und die massiven Wände des alten Gebäudes haben zusätzlich dafür gesorgt, dass niemand den Schuss hörte. Von hier sieht es so aus, als ob das blutige Bettzeug schon getrocknet ist. Wenn das stimmt, könnte die Tat auch gestern verübt worden sein. Vielleicht am Nachmittag. Da gab es in der Altstadt den Riesenumzug. Blasmusik, jede Menge Lärm. Vielleicht hat der Täter das ausgenutzt.«

So sieht man sich wieder, denkt Celik.

»Der Tote hat unter dem Namen Janis Purvitis eingecheckt«, sagt der junge Polizist. »Mit einem lettischen Pass. Mal was ganz Neues.«

Celik nickt nachdenklich. Name und Pass sind falsch. Nicht, dass es an dem Gesicht irgendetwas wiederzuerkennen gäbe, aber er weiß, wer der Tote ist. Er hat ihn gestern höchstpersönlich verraten.

Es ist der arrogante Deutsche, der in seinem Auto verbrannte und dann auf wundersame Weise wiederauferstand. Und der über so exzellente Beziehungen verfügte, dass er alle herumschubsen konnte. Erst musste die halbe Einheit bei dem fingierten Unfalltod helfen, und später hatte ein Anruf von diesem Mann genügt, um die Rechtsanwältin freizubekommen. Bei Gott, wie gern er der ein paar Manieren beigebracht hätte!

Seine Gedanken wandern zurück. Die Schmiergelder waren großzügig geflossen, doch ihm persönlich hatte die Sache gestunken. Sich von einem Ausländer bestechen zu lassen, kam ihm aus patriotischer Sicht falsch vor, aber den Kollegen diesen Nebenverdienst zu verderben, war auch nicht in Frage gekommen.

Nachdem die Anwältin das Land verlassen hatte, drehte sich im April völlig überraschend der Wind. Erst war es ein Gerücht in den

Cafés und auf dem Basar, dann tauchte der Name vereinzelt auf Fahndungslisten auf, und schließlich pfiffen es die Spatzen von den Dächern: Felix Winter genoss keinen Schutz mehr und war spurlos verschwunden. Von einer großen Summe war die Rede, die man verdienen konnte, wenn man seinen Aufenthaltsort herausfand und diese Information an entsprechende Stellen weitergab. Visitenkarten, auf denen lediglich eine Handynummer stand, machten die Runde, und auch Orhan Celik hatte eine erhalten. Er hatte sie nicht weggeworfen.

Schließlich war noch ein Mann von Interpol in der Dienststelle aufgetaucht. Ein fetter Franzose, der eine lange Reihe von strafrechtlich relevanten Anschuldigungen gegen Felix Winter im Gepäck hatte und sich lautstark darüber wunderte, dass nichts davon in Celiks Computer zu finden war. Er hatte auch von der inoffiziellen Belohnung gewusst und herumgetönt, dass Polizisten keine Kopfgeldjäger seien und Felix Winter nach Recht und Gesetz hinter Gitter gebracht werden müsse. Blablabla!

Celik hatte ihn hinauskomplimentiert und die ganze Sache binnen einer Woche vergessen.

Danach war das Leben weitergegangen, und Emine hatte es versüßt. Dem Frühling folgte ein trockener Sommer, der sanft in einen milden Herbst überging, und jetzt, Ende Oktober, konnte man morgens den nahen Winter schon riechen.

Doch vor der Kälte wurde noch einmal gefeiert. Alle bereiteten sich auf die Festlichkeiten zum Tag der Republik vor, planten Partys, Aufmärsche und Konzerte. Trotz der zahllosen Probleme im Land war die Stimmung prächtig, und auch Orhan Çelik war guter Dinge gewesen. Bis gestern Morgen. Da hatte sich seine glänzende Laune in ein nie gekanntes Hochgefühl verwandelt, und Glückshormone hatten sein Gehirn geflutet wie dereinst Euphrat und Tigris das alte Mesopotamien.

Gestern Morgen, beinahe sieben Monate nach den Ereignissen im Frühjahr, hatte ihn die junge Frau, die er draußen in der Menge gesehen hat, aufgesucht, und er hatte sie sofort wiedererkannt. Hochgewachsen, schlank und von klassischer Schönheit. Es war die junge Araberin, die er einmal bei Felix Winter gesehen hatte, und sie hatte ihm etwas mitgeteilt, das sein Leben verändern wird.

Da ihn nur wenige Stunden von eineinhalb freien Tagen trennten, war er zunächst über den unangemeldeten Besuch nicht erfreut gewesen, aber was die Frau aussagte, hatte ihn bis in die Haarspitzen elektrisiert.

»Ich weiß, wo sich Felix Winter aufhält und dass er mit internationalem Haftbefehl gesucht wird. Ich weiß außerdem, dass auf ihn ein Kopfgeld von 200 000 Euro ausgesetzt ist. Die Leute, die bereit sind, diese Summe zu bezahlen, wollen ihn tot sehen. Das ist aber nicht, was *ich* will.«

Er hatte es geschafft, keine Miene zu verziehen. »Ich höre!«

»Ich kann damit leben, dass er bestraft wird, aber nicht getötet. Wenn er noch länger auf freiem Fuß ist, wird er über kurz oder lang umgebracht. Also ist es mir lieber, wenn Sie ihn bekommen und meinetwegen auch das Geld. Ich bin bereit, Ihnen zu sagen, wo er ist, wenn Sie garantieren, dass ihm nichts passiert. Sie verhaften ihn unauffällig, streichen die Lorbeeren ein, und er wird in der Türkei vor Gericht gestellt. Meinetwegen können Sie ihn auch nach Deutschland ausliefern, das ist mir egal. Was halten Sie davon?«

»Sie wissen wirklich, wo er steckt?«

Sie hatte nur genickt.

»Wir können ihn nicht sofort verhaften. Zuerst müssen wir sicher sein, dass er allein ist, und beobachten, ob er noch Kontakte zu etwaigen Komplizen unterhält. Wenn Sie mir den Aufenthaltsort nennen, wird Winter dort zunächst observiert werden, und das kann ein Weilchen dauern. Ist Ihnen das klar?«

»Tamam, acht Stunden, ab jetzt gerechnet! Geben Sie mir Ihr Wort, dass ihm nichts geschieht?«

»Selbstverständlich!«

»Kann ich Ihnen vertrauen?«

»Wem wollen Sie sonst trauen?«

Die junge Frau hatte genickt, gezögert und ihn mit einem langen tränenverhangenen Blick gemustert. »Er ist in der Stadt. Im Artuklu Kervansarayı, Zimmer vierundzwanzig.« Dann war sie aufgestanden und zur Tür gegangen.

Orhan Celik hatte ihr nachgeschaut, als sie das Büro verließ. Was für eine schöne Frau. Zum Glück nicht besonders klug. Er hat die Visitenkarte mit der Handynummer aus der Schreibtischschublade genommen, sie eingetippt und während des Wählvorganges überschlagen, wie viel türkische Lira 200 000 Euro derzeit ergeben. Bei der rasenden Inflation muss er sich was einfallen lassen.

Am anderen Ende der Leitung war eine Männerstimme. »Evet?«

»Ich weiß, wo er ist. Aber Sie müssen sich beeilen. Innerhalb der nächsten acht Stunden muss es erledigt sein.«

»Kein Problem!«

Orhan Celik kehrt mit den Gedanken zum Tatort zurück und wendet sich an seinen jungen Kollegen, der das Pech hat, seinen Feiertag für diese Schweinerei opfern zu müssen. »Geben Sie die Angaben aus dem Pass und die Fingerabdrücke des Toten in alle Datenbanken ein, zu denen wir Zugang haben. Lassen Sie den Pass auf Echtheit prüfen, und halten Sie engen Kontakt zur Pathologie. Befragen Sie das Hotelpersonal, ob jemand etwas gesehen oder gehört hat. Klären Sie, wie der Mann angereist beziehungsweise ins Land gekommen ist und ob er Besuch hatte. Nehmen Sie sich so viele Leute, wie Sie bekommen können, und machen Sie Druck!«

»Können wir Sie telefonisch erreichen?«

Orhan Celik denkt daran, wie er Emine von ihrer wundervollen gemeinsamen Zukunft und dem neuen Haus erzählen wird. Von dem Auto und der Reise nach Kanada, wo ein Teil ihrer Familie lebt. Ihre Liebe und Dankbarkeit werden überwältigend sein und ihn eine Weile ans Bett fesseln.

Er wirft seinem jungen Kollegen ein strahlendes Lächeln zu. »Sie schaffen das schon!«

DOGHAROUN – ISLAM QALA
GRENZÜBERGANG IRAN – AFGHANISTAN

– Hörst du mich?
– Ja, die Verbindung ist sehr gut.
– Bist du wieder in Deutschland?
– Ich fliege morgen! Wann kannst du rüber?
– Die Grenze wird um 7 Uhr geöffnet. Wenn alles glattgeht, nehme ich den ersten Bus nach Herat. Gab es irgendwelche Probleme?
– Keine! Der türkische Bulle ist so geldgierig und dumm, dass er alles geglaubt hätte. Wer war der Mann im Hotel?
– Ein Holländer mit einem Gehirntumor. Blond, meine Größe, mein Alter, du hast ihn ja gesehen. Die Ärzte gaben ihm noch sechs Wochen, und die Sorge um seine Familie hat ihn wahnsinnig gemacht. Als ich ihm eine halbe Million Euro auf den Tisch gezählt habe, brauchte er keine zehn Sekunden Bedenkzeit. Wie hat er sich gehalten?
– Gut! Wir konnten in dem Zimmer nur kurz reden, aber er war gefasst und zufrieden. Er trug deinen Anzug, die Schuhe und auch die Rolex mit deinen Initialen auf der Rückseite. Im Koffer waren ein Foto von deiner Exfrau und dein alter deutscher Personalausweis. Seine Fingerabdrücke sind nirgendwo erfasst. Die meisten Zähne hat das Projektil erledigt.
– Das muss reichen.
– Denkst du, sie fallen darauf herein?
– Den Versuch war es wert.

– Wie konntest du wissen, dass sie ihm ins Gesicht schießen würden?
– Das tun sie immer. Als Warnung für alle! To whom it may concern! Ich danke dir für deine Hilfe.
– Nicht nötig. Das hier war für Sednaja. Sieben Jahre sind sieben Jahre. Aber wenn wir uns noch einmal begegnen, zählt nur, was danach geschah. Dafür werde ich dich töten!
– Ich weiß, Habibi!

DANKSAGUNG

Schön, dass Sie da sind. Ich hatte gehofft, Sie zu treffen. Möglichst nicht bei Netflix, sondern nach dem Lesen eines Buches. Dieses Buches, um ehrlich zu sein.

Die erste Danksagung gilt also Ihnen.

Des Weiteren bedanke ich mich sehr herzlich bei Vanessa Gutenkunst, Georg Simader, Felix Rudloff und Caterina Schäfer von Copywrite sowie bei meinen Lektorinnen Johanna Schwering und Sarah Iwanowski. Sie alle trugen mit zahlreichen Anmerkungen, Ideen und Änderungsvorschlägen dazu bei, den Roman definitiv zu verbessern, und halfen mir, den Mut nicht sinken zu lassen.

Danken möchte ich auch meinem Sohn, dem Nahost-Wissenschaftler Jan Pfeiffer, und meiner Schwiegertochter Seda Kılınc-Pfeiffer, die mir mit der türkischen und arabischen Sprache und den Recherchen in und über Anatolien behilflich waren.

Die im Roman erwähnte Liedzeile »Wir brauchen mal 'ne Pause von der Coolness und der ewigen Besonnenheit« stammt aus dem Song »Volle Lotte« der Rodgau Monotones von 1984. Ich bedanke mich bei der Band für die freundliche Überlassung dieses schönen Satzes.

Für die Hip-Hop-Punchline »Ich mach dir Feuer unterm Arsch ganz ohne Holzfällen – du gehst baden und ich reite auf Erfolgswellen«, die ich vor Jahren bei meinen Söhnen gehört habe, konnte ich leider keine:n Urheber:in ermitteln. Für den Fall, dass es eine:n Texter:in oder Band gibt, die diese Zeile für sich reklamiert, bitte ich um Kontaktaufnahme und im Vorhinein um Entschuldigung.

Zwei kleine dichterische Freiheiten habe ich mir aus dramaturgischen Gründen erlaubt, die die Leser:innen mir verzeihen mögen: Die »Mardian Shopping Mall« war im Frühjahr 2019 noch im Aufbau begriffen, und soweit mir bekannt, gibt es im Frankfurter Palmengarten am Eingang Siesmayerstraße keine Videoüberwachung.

Wie bereits erwähnt, handelt es sich bei »Das letzte Grab« um einen Roman, also einen fiktionalen Text. Das bedeutet, dass ich mir die ganze Geschichte ausgedacht habe. Romanhandlung und Protagonisten sind frei erfunden, und etwaige Ähnlichkeiten der Figuren mit realen oder gar noch lebenden Menschen, sofern sie nicht Personen der Zeitgeschichte sind, wären unbeabsichtigt und rein zufällig.

Sehr real und viel zu wahr, um schön zu sein, sind allerdings die kriminellen Szenarien, die im Zusammenhang mit Raubgräberei und dem illegalen Handel mit antiken Kulturgütern geschildert werden, sowie die hoffentlich korrekt recherchierten Handlungsorte und politischen Implikationen. Leserinnen und Lesern, die sich näher mit den im Roman behandelten Themen befassen möchten, empfehle ich folgende Bücher:

Günther Wessel: Das schmutzige Geschäft mit der Antike. Der globale Handel mit illegalen Kulturgütern, Ch. Links Verlag 2015

Gerhard Schweizer: Türkei verstehen, Klett-Cotta Verlag 2016

Sonja Galler und Davut Yeşilmen: Osttürkei, Trescher Verlag 2015

www.tropen.de

Pascal Engman
Mörderische Witwen
Ein Fall für Vanessa Frank

Aus dem Schwedischen
von Nike Karen Müller
512 Seiten, Klappenbroschur
ISBN 978-3-608-50515-3
€ 18,– (D) / € 18,50 (A)

»Pascal Engman ist der beste Krimiautor seiner Generation!« *David Lagercrantz*

Terror in Stockholm. Der Justizminister wurde vom IS ermordet. Doch Vanessa Frank ist sich sicher: Das war erst der Anfang. Denn vor kurzem wurden ihre syrische Ziehtochter Natasja und ein Polizist tot aufgefunden. Der Verdacht bestätigt sich: Natasja war eine Witwe des IS. Kann Vanessa noch das schlimmste verhindern?

www.tropen.de

Stephen Mack Jones
Der gekaufte Tod
Ein Detroit-Krimi

Aus dem Amerikanischen von
Klaus Timmermann und Ulrike Wasel
368 Seiten, Klappenbroschur
ISBN 978-3-608-50477-4
€ 17,– (D) / € 17,50 (A)

»Stephen Mack Jones haucht Detroit neues Leben ein.« *The Boston Globe*

Mexicantown, Detroit. August Snow kehrt mit zwölf Millionen Dollar Schadenersatz zurück in das Viertel seiner Kindheit. Genug Geld für den Ex-Polizisten, um seinen alten Humor wiederzufinden und ein neues Leben zu beginnen. Doch er hat die Rechnung ohne seine Feinde gemacht: Kurz nach seiner Rückkehr wird eine der mächtigsten Unternehmerinnen der Stadt tot aufgefunden. Snow setzt sich auf die Fährte des Mörders – und gerät in einen gefährlichen Strudel, der ihn in Detroits dunkelste Winkel hinabzieht.